# 혼자 걷는 새

## 1

서사희
장편소설

a bird walking alone

## 목 차

00. 프롤로그 ·················· 7

01. 스물일곱의 여자 ·················· 25

02. 서른하나의 여자 ·················· 51

03. 스물일곱의 여자 ·················· 77

04. 서른하나의 여자 ·················· 103

05. 스물일곱의 여자 ·················· 129

06. 서른하나의 여자 ·················· 161

07. 스물아홉의 남자 ·················· 209

08. 서른셋의 남자 ·················· 241

09. 스물아홉의 남자 ·················· 281

10. 서른셋의 남자 ·················· 321

## 00. 프롤로그

　여름의 초입에서 마침내 다시 자유를 얻었다. 다시, 자유를. 여원은 그 두 단어를 곱씹어 보았다. 어폐가 있다는 생각이 들었다. 수감되기 전에도 자유로웠던 적은 없었으니까……. 어쨌건 간에 때 지난 자조에 불과했다.
　바람이 든 것처럼 가슴이 산란했지만 정신은 놀라우리만큼 차분했다.
　무섭도록 비가 쏟아지는 전경은 회색빛이었다. 함께 나온 출소자들은 각기 마중 나온 이와 함께 어디론가 걸어갔다. 다들 목적지가 있는 모양이었다. 가만히 서 있기만 하는 것은 어쩐지 민망해서, 여원은 개중 하나를 뒤따라가기 시작했다.
　앞서가던 이가 동행한 출소자에게 걸칠 것을 주었다. 비 때문인지 날이 조금 서늘했다. 여원은 코를 훌쩍이며 제 차림을 내려다보았다. 딱히 누가 보내 준 옷이 없어서 구속 당시의 옷을 받아 입은 상태였다.
　여원은 문득 멈춰 선 채 한쪽 다리를 이래저래 움직여 보았다. 바지가 조금 작은 느낌이다. 어쩌 여기 들어오기 전보다 살이 더 찐 것 같았다. 감방 들어간 범죄자가 몸무게를 더 늘려서 나오다니, 선량한 시민들이 알면 뒷목을 잡을 일이었다.

물론 교도소 생활이 좋았다는 뜻은 아니다. 다만 4년 전의 자신은 더 빠질 구석이라곤 없이 바짝 말랐었고, 나라가 수감자를 굶기지는 않았다. 그뿐인 이유였다.

이제 나는 어디로 가지.

여원은 바닥을 보며 열없이 걸음을 옮겼다. 출소자의 숙식 보호 지원 요청은 시간이 걸릴뿐더러, 수요에 비해 공급이 턱없이 부족한 실정이었다. 게다가 자신은 젊고, 부양가족도 없으며, 수중에 돈이 아예 없는 것도 아닌 터라 더더욱 선정 가능성을 기대하기 어려웠다.

걸음이 조금 느려졌다. 우선 당장 머무를 곳이 필요했다. 분명 출소를 손꼽아 기다리며 이런저런 계획을 생각해 두었었는데, 막상 마주한 자유 앞에서 머릿속은 하얗기만 했다.

우산을 쓰고 있었음에도 온몸이 비에 젖은 듯 무거웠다. 그녀는 이제 어디로든 갈 수 있었지만, 동시에 어디에도 닿을 수 없을 것 같은 낯선 기분을 느꼈다. 완벽한 이방인의 감각.

문득 여원은 정신을 차렸다. 그녀는 고개를 돌려 교도소 입구에서부터 자신이 어디까지 왔는지 확인했다. 얼마 걷지 않은 것 같은데 벌써 꽤나 멀어져 있었다.

다시 앞을 바라보았다. 앞서가던 사람들은 모두 저만치 멀어져 있었다. 또 계속해서 멀어지고 있었다. 여원은 길 한가운데 덩그러니 남은 채 그들의 뒷모습을 지켜보았다.

앞을 가리는 폭우 때문에 먼 공간을 인식하기가 어려웠지만,

색색의 우산들은 끊임없이 어디론가 걸어가고 있었다. 그래서 여원은 거기에 계속 길이 있다는 것을 알았다.

멀어지던 우산이 완전히 빗속으로 감추어질 즈음, 그녀는 그 길을 향해 천천히 발을 뗐다. 그러나 옅게 언 호수 위를 걷는 것처럼 위태로운 기분에 그만 멈춰 버리고 말았다. 빗방울이 비닐우산 위로 매섭게 떨어졌다.

그렇게 얼마쯤 멍하니 서 있었을까, 불현듯 차바퀴가 도로를 가로지르며 물 튀는 소리가 났다. 여원의 바로 옆 길가에 대형 세단 한 대가 매끄럽게 멈춰 섰다. 오차 없이 정확히 그녀 옆에 선 탓에 모른 척 지나칠 수도 없었다.

여원은 눈을 가늘게 뜨며 차창 부근을 응시했다. 우산 손잡이를 쥔 손에 힘이 조금 들어갔다. 자신에게 볼일이 남은 이가 있었던가.

오른쪽 차창이 내려갈 거란 그녀의 예상과 달리, 조수석의 문이 달칵 열렸다. 운전자는 문을 조금 더 밀어 틈을 넓힌 후 손을 뗐다. 익숙한, 익숙한 손이었다. 여원은 그 크고 마디가 굵은 손에서 눈을 떼지 못했다.

안에서 낮은 목소리가 났다.

"타."

4년은 긴 시간이었다. 낡은 것들은 더 낡았고, 낯선 것들은 더 낯설어졌다. 그녀는 나이를 먹었고 많은 과거의 일들을 잊어버렸다. 그것은 다분히 의도적이기도 했다.

여원은 지난 4년간 의식적으로 기억을 누르며 살아왔다. 그렇게 세월이 지나며 처음의 죽을 듯 아프던 마음은 상흔으로만 남았고, 나중에 가서는 떠올리려고 해도 희미하게 되었다. 기억이란 그런 것이었다.

그러나 지금, 이 순간, 잊었다고 생각했던 그에 대한 모든 것들이 마른 흙먼지처럼 번성했다.

"……나한테 볼일이 남았어요?"

"타서 얘기해."

"왜 왔어요?"

"비가 많이 온다, 여원아. 잘 들리지도 않아."

여원은 목소리를 조금 높여 말했다.

"내가 치를 대가는 이미 치른 것 같은데, 저기서. 다 안 풀렸나요?"

"일단 타라고 했어."

"내가 왜요?"

"……."

"나 이제 빚진 거 없는데."

"이야기, 좀 하자. 해코지 같은 거 안 해. ……정말로."

그의 목소리가 절박하게 들렸다면 착각일까. 여원은 이석의 절박하거나, 초조하거나, 패배한 모습을 거의 본 적이 없었다. 그는 늘 우월하고 고고했으며 여유를 잃지 않았다. 대부분의 경우 신사적이기까지 했다. 단 한 번을 제외하고는 그랬다.

여원이 그를 배신했을 때를 제외하고는.

4년이라는 시간으로 그 대가를 치른 것은 사실이지만, 어쨌거나 그녀는 먼저 그를 배신했다. 여원은 그것을 부정하거나 미화할 생각이 없었다.

그래서 아까 이석의 목소리를 들었을 때 내심 짐작했었다. 내게 폭언이라도 쏟아 내려고 왔구나. 기껏 뒤통수를 쳐 놓곤 실패해서 감옥에 처박혔다 나온 꼴을 비웃으려고.

이석은 신사적이었지만— 그건 어디까지나 대부분의 경우였다. 그는 이제 여원에게 신사적일 이유가 단 하나도 없었다. 그러나 이석이 보이는 태도는 예상과 전혀 다른 것이었다.

그러니까 이건 어쩐지, 위치가 뒤바뀐 상황 같았다.

여원은 빗방울이 튀는 발치를 응시하다가, 머뭇머뭇 문손잡이를 잡았다. 손잡이에 점점이 묻은 빗방울들의 차가운 느낌이 손에 전해졌다.

설령 이석이 해코지를 한다 한들, 그가 그렇게 마음먹은 이상 여원이 도망칠 구석은 없었다. 그녀에겐 집도, 일자리도, 실종되어도 신고해 줄 지인도 없었다.

그것들이 있어 봤자 결과는 같겠지만……. 대단하신 남자니까. 여원은 냉소적으로 생각하며 우산을 접고 좌석에 몸을 앉혔다. 옆얼굴에 들러붙는 그의 시선이 고스란히 느껴졌다. 문을 닫자 빗소리가 반쯤 유리되었다.

여원은 빗물로 흥건한 우산을 다리 옆에 세워 두고선 창가로 고개를 돌렸다. 묵직한 그의 향기가 옅게 풍겼다. 4년 전과 같은 종류의 향수였다.

그래, 그는 늘 그랬다. 그는 결코 '정해진 것'에서 벗어나는 법이 없었다. 그게 향수와 같이 아주 사소한 종류의 것일지라도. 흐른 세월이 무색할 만치 그 사실이 너무나 익숙해서, 가슴 언저리가 젖어 들 듯 먹먹해졌다.

여원은 그와 관련된 모든 것이 그저 덮어 둔 기억에 불과하다는 것을 금세 깨우쳤다. 먼지 쌓인 천 하나만 걷어 내면 그 실체를 드러내고야 말 것들……. 그리고 그 자각은 여원을 다소 비참하게 만들었다. 번번이 그녀에게 이런 감정을 안겨 주는 게 그의 재주라면 재주였다.

침묵 끝에 이석이 나직한 어조로 물어왔다.

"면회, 왜 거절했어."

"차 출발하지 마요. 얘기 끝나면 내릴 거니까."

"왜 거절했냐니까."

"……얼굴 보고 싶지 않아서요. 볼 이유도 없고."

여원은 솔직하게 대답했다.

만약 이석이 수감 초기에 접견 요청을 해 왔다면, 못 이긴 척 만났을지도 모른다. 그때까지만 해도 그를 아직 사랑했었으니까. 사랑이 저물지 않은 때였으니까.

하지만 이석은 그녀가 복역한 지 1년 반이 지나서야 접견을 요청했다. 간신히 마음 정리를 해 가던 차에 갑자기 접견이라니, 그를 도저히 이해할 수가 없었다. 여원은 이제 영영 이석을 보지 않을 셈이었고, 그와 더 이상 할 말도 없었다. 거절은 당연한 수순이었다.

그 후로도 수차례 접견 요청이 들어왔지만 그녀는 단 한 번도 응하지 않았다. 출소를 1년쯤 앞두고부터는 더 이상 오지 않기에 그가 포기했구나, 이제 나를 잊고 사는구나 싶었다. 그제야 여원도 완전히 마음을 내려놓을 수 있었다.

오늘 이렇게 만나기 전까지는 그랬다.

"……갈 곳은?"

"정했어요."

"어디."

"고시원이요."

찰나였지만 그의 얼굴이 황망해졌다. 그가 도저히 납득할 수 없다는 어조로 물었다.

"네가 거기를 왜 가?"

"그럼 내가 어딜 가요."

다소 반항적인 대답에 이석의 짧은 한숨 소리가 돌아왔다. 무언가를 생각하듯, 잠깐 침묵하던 그가 고압적인 어조로 말했다.

"집으로 가자."

"무슨 집이요?"

"너랑 살던 오피스텔."

"무슨……. 당신 집에 내가 왜?"

"나 아직 거기 살고 있어. 네 짐도 그대로고. 몸만 오면 돼."

"……."

"너만 오면 돼."

여원은 어리둥절해져선 그에게로 고개를 돌렸다. 이석의 얼굴이 생각보다 가까이 있던 탓에 순간 놀랐으나, 내색하지 않고 찬찬히 그를 살폈다.

피로한 듯 움푹 들어가 음영이 드리운 눈가, 그림자처럼 짙은 눈매, 우뚝한 코, 예외를 모르는 눈빛과 미소라곤 지어 본 적 없을 것 같은 딱딱한 입매……. 모든 것이 4년 전과 그대로였다. 오싹할 정도로 완벽히 재단된 얼굴.

다만 그는 조금 마른 것 같았다. 그러지 않아도 차가운 얼굴은 더욱 날카로워져 잘 벼린 날처럼 예리해 보였다. 비단 외양만을 이야기하는 게 아니라 그를 둘러싼 분위기와 감정, 그 모든 것을 포함해서.

그녀는 시선을 올려 그의 새까만 눈동자를 응시했다. 일순,

이석의 눈에 묘한 이채가 돈 것 같기도 했다. 여원과 눈이 마주친 그는 할 말을 잊어버린 사람처럼 입술을 달싹였다. 답지 않게 조금 멍청해 보이기까지 하는 얼굴이었다.

여원은 미간을 찡그렸다.

"무슨 속셈인가요?"

"……아무 속셈도."

다소 간절하게 들리는 목소리였다. 여원은 잠시 귀를 의심하다가, 믿을 수 없다는 듯 말했다.

"나 당신 배신했어요."

"그런데."

"그래서 당신은 그 대가로 날 감옥에 넣었고요."

"날 원망해? 그래서 이렇게 구는 건가?"

"이상한 질문을 하시네요……."

어쩐지 대화가 겉도는 느낌이었다. 당최 여원은 그의 의도를 파악할 수가 없었다. 어째서 배신자에게 이런 말을 하는 걸까.

그녀의 혼란스러움을 아는지 모르는지, 이석은 재차 독촉하듯 물었다.

"날 원망하느냐고."

"그건 내가 묻고 싶은데요. 당신이야말로 나를 원망하는 거 아닌가요?"

"그렇다고 생각해?"

"배신했으니까요. 아니에요?"

"내가 널 원망한다면 어쩔 건데."

"그래서 맞단 거예요, 아니란 거예요?"

"……그래. 나를 배신한 너를 원망해."

묘하게 비틀린 어조였다. 이석의 입매가 일자로 힘주어 다물렸다가 다시 벌어졌다. 짧은 정적 끝에, 그에게서 거친 목소리가 터져 나왔다.

"지난 4년간, 너를 원망하지 않은 적이 없었어!"

놀란 여원의 눈이 조금 커졌다.

여원은 이석을 알아온 시간 동안 단 한 번도, 그가 큰 소리를 내는 것을 보지 못했다. 그는 끔찍이 이성적인 사내였고 어떤 일에서든지 결코 북받치는 법이 없었다.

그녀의 배신을 알게 된 순간조차도, 이석은 지나친 감정을 내보이지 않았었다. 분명 '화'라는 감정이 있긴 했지만 그걸 억누르고 또 억누른 형태로 표출했다. 4년이 지나 우리의 관계가 소원해진 지금엔 더욱 메말라 있음이 당연할 터였다.

그런데 왜 갑자기, 그가 이렇게나 제 감정을 주체 못 하는지 이해가 되지 않았다.

"지금도 그래! 지금도……."

그의 말끝이 뭉개졌다. 이석은 고통을 인내하는 사람처럼 이를 악물더니 정면으로 고개를 돌렸다. 성마른 숨소리와 함께 빗줄기가 다닥다닥 흐드러졌다. 정제되지 않은 기세가 사납다.

그런데 그에게서 어딘지 조심스러움이 느껴지는 것은 왜일까.

여원은 간신히 당황스러움을 추스른 후, 정적인 기색으로 입을 열었다.

"난 당신에게 미안하지 않아요."

"……."

"다시 그때로 돌아간대도 같은 선택을 했을 거예요."

"날…… 배신했을 거라고?"

"네. 물론 조금 더 교묘해졌겠죠. 그때의 난 너무 어리고 멍청했으니까요. ……이게 무슨 뜻인지 아세요?"

이석은 억눌린 낯으로 절레절레 고개를 저었다. 그 모습이 꼭 치기 어린 아이 같았다.

여원은 설득하듯 조곤조곤 말을 이었다.

"지금 우리가 달라질 건 아무것도 없다는 거예요. 당신이 날 원망하는 거 이해하지만, 나 역시 그랬어요. 이석 씨가 잘못했다고 말하는 게 아니에요. 하지만 잘잘못을 떠나서, 나 역시 당신을 원망했다구요. 여기에 무슨 말이 더 필요한가요."

"상관없어."

"네?"

"네가 날 또다시 배신해도, 난 상관없어."

이석의 얼굴은 바닥이 보이지 않는 검고 깊은 우물 같았다. 여원은 상체를 숙여 그 안을 들여다보는 심정으로, 조심스레 그를 바라보았다. 이석이 중얼거리듯 뇌까렸다.

"너는 날 사랑한다고 했잖아."

"매일 말했었죠."

"끝까지 말했지. 그러니까, 다시 시작하자. 아무 일도 일어나지 않았던 것처럼. 처음부터 새로."

"……못 본 사이 너그러워지셨나 봐요."

"대답해."

"많이 바뀌셨네요."

감정을 억누르는 듯 그의 턱에 힘이 들어갔다. 참을성도 없어진 것 같고. 여원의 입매가 희미한 미소를 짓듯이 옅게 떨렸다.

"어째서 아직도 제가 당신을 사랑한다고 전제하세요."

순간, 이석이 허를 찔린 사람처럼 멍해졌다. 그의 눈에서 믿을 수 없다는 기색이 내비쳤다. 여원은 몹시 관조적인 기분으로 그를 바라보았다.

이 사람을 어리석다고 생각하게 되는 날이 올 줄이야.

언제나 바위 같고 태산 같던 남자였다. 그녀처럼 별 볼 일 없는 여자는 감히 탐낼 수도 없는, 그런 남자였다.

그러나 여원은 이제 어수룩했던 이십 대도 아니고 꿈결 같은 사랑에 빠진 여자도 아니었다. 현명하진 않더라도 제 감정이 어떠한지, 또 취해야 할 행동이 무엇인지 정도는 알았다.

"4년이 흘렀어요. 저도 이제 서른이 넘었고요. 감정이 퇴색되기엔 충분한 시간이죠. 그리고…… 어떻게 아무 일도 일어나지 않은 것처럼, 그렇게 해요. 이미 다 일어난 일인데."

"난 상관없어."

"저는 아니에요."

"여원아."

"저는 아니에요, 이석 씨."

두둑두둑, 빗방울이 창을 두드렸다. '아니라고' 말한 순간, 생각에 소리를 입힌 순간, 여원은 새삼스레 깨달았다. 아니구나. 정말 많은 것이 변했구나.

이석이 목멘 목소리로 중얼거렸다.

"……4년 동안, 네가 생각한 건 그건가? 이제 나를 사랑하지 않는다는 것?"

"그렇게 긴 시간 동안 한 사람을 계속 사랑한다는 것도 이상한 일이죠. 이제 얼굴도 보지 못하는 사람을, 단 한 번도 나를 사랑하지 않았던 사람을."

"나는, 계속 너를 생각했어."

여원은 침묵했다. 다소 병적으로 숨을 몰아쉬던 그가 손등으로 뺨과 입가를 거칠게 쓸어내렸다. 그건 있지도 않은 눈물을 닦는 행위처럼 보였다.

"너를 계속 원망하고, 원망하고, 생각하고, 생각하고……. 끝에 가선 이 감정이 원망인지 뭔지도 모르게 되어 버렸어."

"……."

"너를 다시 내 곁에 둔다 해도, 그래, 네 말대로 예전과 같을 수는 없겠지. 이미 다 일어난 일이니까. 우린 과거에 붙잡혀 서로를 원망하고 의심하게 되겠지."

쫓기듯 내뱉은 이석이 호흡을 골랐다. 조잡하게 쌓아 올린 돌탑처럼 위태로워 보이는 모습이었다. 그는 분명 여느 때와 같이 멀끔하고 근사했지만 한편으론 완전히 엉망이었다. 여원은 머리끝까지 물에 잠긴 양 막막한 감정을 느꼈다.

저런 모습은, 저 남자에게 어울리지 않았다.

그 어떤 과거도 지니지 않은 듯 메마른 얼굴. 그게 장이석의 초상이었다. 저렇게 지나간 시간을 제 목에 매어 두고 말뚝 주변을 배회하는 모습 같은 건 본 적도, 생각해 본 적도 없었다.

그저 한없이 낯설기만 했다.

"그럼에도 불구하고."

이석이 흔들리는 목소리로 말을 토해 냈다.

"너와 다시 시작하겠다고…… 말하는 거다. 이게 내가 4년간 생각한 결과야."

어째서?

그와 그녀가 함께했던 3년 동안, 그녀는 매일 사랑을 말했다.

지치지도 않고 말했다. 표현하지 않고서는 참을 수가 없는 마음이어서. 그만큼 그를 사랑해서. 누구보다 가까이에서 그의 눈을 마주하는 것만으로ㅡ 목이 멜 정도로 행복하고 벅차서.

어떤 말로도 글로도 그 마음을 다 담아낼 수는 없었겠지만, 여원은 순진한 어린아이처럼 감정을 표현하고 또 표현했다. 단 한 조각의 마음이라도 그에게 가 닿기를 바랐다.

그러나 그는 결코 그녀를 돌아보는 일이 없었다.

이석이 그녀를 사랑하지 않는 게 그의 잘못은 아니다. 또 보답받지 못한 사랑이 배신의 이유도 아니다. 물론 이석이 돌아봐 주었다면 많은 것이 달라졌을 수도 있었을 테지만 끝내 그런 일은 일어나지 않았다.

지나간 일은 지나간 일이었다. 여원은 그 일에 대해 괜히 이런저런 가정을 해 보고 싶지 않았다.

"……저를 계속 생각하셨다고요."

우스운 소리였다. 3년간 함께 살았어도 생겨나지 않은 마음이, 얼굴 한 번 보지 못하고 흘려보낸 4년 동안 자라기라도 했다는 말일까.

"저와 다시, 시작하시겠다고요."

한때는 그의 근사한 얼굴이 그녀로 인해 일그러지는 것을 바란 적도 있었다. 번듯하게 재단된 이성이 그녀로 인해 흔들리기를. 사랑하지 않을 거라면 그에 상응하는 원망의 감정이라도 가지기를.

침대 한 번 데우고 나면 종일 잊고 사는 그런 여자가 아니라, 어떤 형태라도 좋으니 그 이상의 의미를 가지기를…….

하지만 그러지 못한 채로 끝이 났다. 끝난 일이었다.

"너무 분노해서일지도 모르죠. 어이없어서일지도 모르고요. 신경도 안 썼던 하찮은 여자가 감히 날 배신하다니 싶어서. 4년씩이나 원망하며 생각할 만큼 제가 당신에게 가치 있었던 것도 아니잖아요."

"그런 게 아니야."

"그런 거라도 상관없어요. 전 다만……."

"……."

"4년 전에 그 말을 해 주었다면 좋았을 텐데. 그런 생각이 드네요. 그랬다고 무언가가 바뀌었을지는 모르겠지만요."

그만 대화를 끝내고 싶었다. 여원은 우산을 쥔 채 문 쪽으로 몸을 틀었다가, 문손잡이 앞에서 순간 멈칫했다. 손끝이 희미하게 떨렸다. 짧은 찰나였지만 어떻게 차 문을 열고 나가는지 기억이 나지 않았다.

나가려면…… 문을……, 문을 열어야 하는데…….

지난 4년간, 여원은 늘 누군가가 열어 주는 문으로만 드나들었다. 교도소 안에선 스스로 문을 열 기회가 일절 없었으니까. 어떤 박탈은 아주 사소한 것부터 체화되는 법이다. 하지만 이제 자신은 자유를 되찾았고 스스로 열어야 했다. 문이든, 다른 무엇이든.

그녀는 주먹을 꽉 쥐었다가 펴고선 손잡이를 당겼다.

"가 볼게요."

"신여원……!"

이석이 무어라 더 붙잡는 소리가 들렸지만, 여원은 제대로 듣지 않고 문을 열었다. 우산을 펼칠 새도 없이 나와 문을 쾅 닫았다. 추위인지 희열인지 모를 감정으로 어깨가 덜덜 떨려 왔다. 그 짧은 사이에 머리와 어깨가 흠뻑 젖어 들어갔다.

우산을 펴려 했지만 누르개가 말을 듣지 않았다. 고리를 위로 당기며 반복해서 누르자 캐노피가 펼쳐졌다. 그제야 걸음을 옮기는데, 몇 걸음도 채 가지 못하고 어깨가 쥐어 잡혔다.

여원은 눈을 휘둥그레 뜬 채 이석을 돌아보았다. 그는 급히 차에서 나왔는지, 우산도 들지 않은 채 옅게 어깨를 들썩거리고 있었다.

빗소리를 제외하곤 모든 게 멈춰 버린 것처럼 고요했다. 우산을 어깨 뒤로 기울이자 가려졌던 이석의 얼굴이 보였다. 무언가를 잃어버린 것 같은 표정. 젖어 들어가는 남자의 모습이 물에 번진 듯 흐릿했다.

"왜 나왔어요."

"어디 가."

"들어가세요, 비가 이렇게……."

"어디로 갈 건데."

"……다 젖어요."

여원은 조심스레 그의 위로 우산을 씌워 주었다. 이석이 얼굴을 일그러뜨렸다. 일순간 모든 소음이 귓가에서 멀어지고, 그의 불안정한 호흡만이 선명히 다가들었다. 그녀는 숨을 죽인 채 그를 마주 보았다.

그의 얼굴에 벙력지기 새겨져 있었다.

## 01. 스물일곱의 여자

 어스름한 새벽빛이 커튼 사이로 스며들었다. 아직 어둑한 침대 위에서 그가 몸을 일으켰다. 인기척에 여원이 희미하게 깨어나자, 이석은 한 손으로 그녀의 눈을 덮었다가 떼었다.
 "더 자."
 별것 아닌 손길, 별것 아닌 말에 괜히 가슴이 두근거렸다. 여원은 몇 번 눈을 끔벅이고선 이불에 얼굴을 파묻었다. 덜 깬 정신 속에서 나른한 박동이 울려 퍼졌다.
 이불에서는 그의 냄새가 났다. 그의 우람한 등이 침대 근처에서 서성였다. 여원은 곁눈질로 그가 수건을 챙기는 걸 보다가, 설핏 또 잠이 들었다.
 다시 깬 것은 그가 운동을 마치고 돌아온 후였다. 여원은 머리맡을 더듬더듬 짚어 휴대폰으로 시간을 확인했다. 7시. 여느 때처럼 칼 같은 시간이었다.
 그는 결코 정해진 시간을 어기는 법이 없었다. 퇴근 시간의 경우엔 업무에 따라 다소 달라지긴 했으나, 그 외에는 일정 오차 범위를 넘어가지 않았다.

 옷도 마찬가지였다. 완벽히 다림질되어 옷장에 걸려 있는 정장이나 평상복 등은 제각기 요일별, 혹은 특별한 날짜별로 제 역할이 있었다. 넥타이나 가방도 마찬가지였다. 이석은 마치 정해진 알고리즘에 따라 행동하는 기계 같았다.

 그녀가 변덕스레 옷을 골라 줄 때도 있긴 하지만, 그건 어디까지나 변수였다. 사실 여원은 자신이 골라 주는 옷을 이석이 종종 받아 입는 게 신기했다. 물론 아닐 때가 더 많았지만.

 그녀는 끙 소리를 내며 침대에서 일어났다. 이불이 부스스 내려가며 벗은 몸이 드러났다. 여원은 속옷과 셔츠만 대강 걸치고선 그의 옷장으로 걸어가 검은색 넥타이를 골랐다.

 물론 이 넥타이는 오늘 날짜의 것이 아니었다. 다만 그의 변화가 자신에게서만 비롯되길 바라는 유치한 마음에서였다. 비록 넥타이와 같이 아주 사소한 것일지라도.

 여원은 졸린 눈을 길게 감았다가 뜨며 비척비척 거실로 나왔다. 어제 늦게 잤더니 온몸이 무거웠다. 그녀와 달리 언제나 멀쩡한 그의 체력이 신기할 따름이었다.

 "굿모닝."

 여원의 인사에 그가 마시던 물컵을 내려놓았다. 정장을 갖춰 입은 이석은 나갈 채비가 완벽히 된 상태였다.

 "깼어?"

 "배웅해 주려고."

 "더 자지."

 "저도 곧 준비해야죠."

 여원의 손에 들린 넥타이에 이석의 시선이 닿았다.

"이미 맸는데."

"뭐야. 누가 먼저 매래요."

유치한 투덜거림에 픽 웃음소릴 낸 이석이 그녀에게 가까이 다가섰다. 그녀가 멀뚱히 서 있기만 하자, 그는 넥타이를 풀며 턱짓했다.

"네가 다시 매 줘, 그럼."

여원은 물끄러미 이석의 눈동자를 바라보다, 곧 자연스레 간극을 이어 붙이며 타이를 매어 주었다. 그러고선 대수롭잖은 듯 물었다.

"이석 씨 어제…… 무슨 일 있었어요?"

"그런 거 없는데."

"아닌 것 같은데."

"그래 보이나?"

책상이나 다리를 검지로 천천히 두드리는 것은, 짜증과 권태를 숨기기 위한 그의 유구한 버릇이었다. 대체로 그는 감정을 크게 드러내는 편이 아니었지만 이따금 그런 사소한 행동에서 묻어나곤 했다.

그리고 그 버릇은 어제부터 오늘 아침까지 이어지고 있었다. 잠깐 잠깐씩일 뿐이었지만. 이를 주의 깊게 알아채는 것 또한 사랑의 이면일까. 여원은 조금 씁쓸하게 웃었다.

"네, 그래 보여요."

그 말에 이석이 눈을 가늘게 내리떴다. 관찰당하거나 간파당하는 것에 아닌 척 예민한 남자였다. 그러나 여원은 그의 심정을 모른 체하고 싶지 않았다. 내가 이렇게 당신에 대해 잘 알고 있다는, 유치하고 같잖은 주장이라도 펼쳐 보이고 싶었으니까.

그녀는 그런 제 생각을 비웃으며 사뭇 조심스러운 어조로 물었다.

"……무슨 일인데요?"

"그냥, 마음에 안 드는 인간이 있어서."

"설마……, 난가요?"

여원의 농담 섞인 말에 이석이 낮게 웃음을 터트렸다. 그는 한참을 더 웃더니 중얼거리듯 대꾸했다.

"어떻게 알았지."

태연한 말에 여원은 따라 웃다가, 문득 조금 묘해진 기분으로 그를 올려다보았다. 처음 만났을 때만 해도 농담 같은 건 전혀 모르는 남자였는데.

그녀의 시선을 어떻게 해석했는지, 이석이 덧붙였다.

"너 아니야."

"아하하, 뭘 또 진지하게 대꾸하고 그래요. 그래서 어떻게 하게요. 쌈박질이라도 하게요?"

"쌈박질?"

이석의 웃음소리가 정수리를 간질였다. 타이를 쥔 그녀의 손에 힘이 조금 들어갔다.

그의 웃음소리를 들을 때면 가슴 저 구석부터 빠듯하게 채워지는 느낌을 받곤 한다. 좋으면서도 때로는 너무 벅차 힘에 겨울 만큼 가쁜 감각이었다.

이석이 그녀의 단어 선택에 맞추어 대꾸해 주었다.

"쌈박질이라도 하지, 뭐."

"그럼 난 이석 씨 얻어맞는 거 구경하러 가야지."

"누가 얻어맞는대."

이석은 황당하다는 듯 그녀의 뺨을 쥐고 엄지로 문질렀다. 여원은 타이를 마무리 짓고 그의 가슴을 가볍게 밀었다.

"다 됐어요."

"이제 잘 매네."

"그죠. 연습했어요."

"며칠 못 들어올 거야."

"……그래요? 많이 바쁜가 봐요. 몸 챙겨 가며 일해요."

걱정스레 말한 여원이 이석의 입술 위에 부드럽게 입맞춤했다. 그는 영 성의 없는 손길로 그녀의 머리를 한 번 쓰다듬고는 지체 없이 신발장으로 향했다.

순식간에 주변이 서늘해졌다. 이쪽과 저쪽을 반듯이 잘라 놓은 것 같은 분리감이 여원을 덮쳤다. 어린애 같은 마음이라는 걸 알면서도, 여원은 이상할 만큼 짙게 밀려오는 불안함과 외로움 따위의 감정을 떨쳐 낼 수가 없었다.

너른 등을 응시하던 그녀가 충동적으로 그를 불렀다.

"이석 씨."

"왜?"

"너무 무리하지 마요. 잘 챙겨 먹고……. 요새 잠도 많이 못 자는 거 같은데."

"그래."

"다녀와요. 사랑해요."

적당히 다정하게 미소 지어 준 이석이 문을 닫았다. 그녀는 하염없는 시선으로 그의 뒷모습을 바라보았다. 사위는 불티처럼 발걸음 소리가 멀어졌다.

못내 아쉬움이 남았다. 가는 걸음 괜히 한 번 더 붙잡아야 했을까, 무어라 몇 마디 더 건네야 했을까, 그러면 그의 기억에 짧은 말마디라도 더 남을 수 있을 텐데. 갈 길 없고 쓸모도 없는 후회가 가슴속에서 덜걱거렸다.

문 하나를 두고 남겨진 고독이 새삼스레 몰아치는 통에, 여원은 한참이고 자리에서 발을 떼지 못했다. 얕은 단꿈에서 현실로 내동댕이쳐진 기분이었다.

문득, 홀린 듯 입술이 떨어졌다.

"두 달······."

나직한 중얼거림이 허공을 떠돌다 찬찬히 내려앉았다.

두 달 후면 이 관계도 끝이다. 모든 게 끝나는 것이다. 그 끝은 가까우면서도 아득했고, 전에 없는 일이 벌어질 것 같으면서도 지금까지처럼 여수투수 흘러갈 것 같기도 했다.

잡힐 듯 잡히지 않는 미래의 형상은 짙은 안개 너머처럼 까마득하기만 했다. 그때가 되면 이 마음도 깔끔하게 끝낼 수 있을까. 여원은 말뿐이라도 도무지 긍정할 수가 없었다.

그녀에게 남겨진 기한이 두 달이라는 것을 이석이 알고 있을지도 의문이었다. 안다고 해도 달라질 것은 없겠지만. 그는 미련 없이 그녀를 떠나보낼 남자였다.

떠나보낸다니······. 꽤 낭만적으로 들리는 말이었다.

여원은 헛웃음을 지었다. 그와 그녀의 관계는 낭만 그 비슷한 것에도 미치지 못했다. 그녀의 사랑조차도 그랬다. 그건 낭만적인 게 아니라, 그냥 불쌍하고 딱한 감정일 뿐이었다. 이런 처지가 아니었다면 애처롭기라도 했겠지.

이런 처지가 아니었다면, 여느 평범한 여자처럼 그를 보며 애를 태우고 설렐 수 있었을까. 여원은 파르르 떨리는 눈꺼풀을 내리감았다.

 3년 전, 여원에게 채권자들이 찾아왔다. 제 앞으로 떠맡겨진 막대한 사금융의 빚을 알게 된 것도 그때였다. 그녀는 알지도 못하는 빚에 대한 보증인이라는 명목이었다. 이를 탓할 모친은 교통사고로 죽어 버리고 없었다.

 대출 원금과 신용 카드 대금만 무려 일억 삼천이었다. 사금융의 어마어마한 연 이자율로 인해 눈덩이처럼 불어난 상환 금액은 이억 사천에 다다랐다. 돌려 막기를 한 게 틀림없었다.

 처음에는 중견 기업의 주임에 불과한 그녀의 어딜 믿고 그런 거액을 빌려주었을까 싶어서 믿지 못했다. 분명 무언가 잘못된 부분이 있을 거라고 생각했다.

 그러나 낙관적인 생각은 오래가지 않았다. 여성 전용, 여성 우대 대출이라는— 그 친절하기 짝이 없는 말을 듣자마자 어렵지 않게 유추할 수 있었다.

 말은 여성을 위한다고 하지만, 대출로 유인한 후 성매매업소로 인신매매하려는 거겠지. 남자보다 여자의 채권 추심 방도가 많으니까. 돌려 막기까지 했으니 빚은 끝 간 데 없이 불어났을 테고…….

 머릿속이 뜯겨 나간 것 같았다. 닿을 이가 없는 분노는 메아리처럼 그녀에게로 돌아와 머리를 여러 차례 후려쳤다. 그 분노는 이내 살갗을 저미고 뼈를 파먹는 절망이 되있다.

 달리 수가 없었다. 여원은 반쯤 정신을 놓은 상태로 빌라 월세를 빼고 적금을 깼다. 그러나 으레 이십 대의 청년들이 그러하듯, 월셋집의 칠천짜리 보증금에도 은행 대출이 잔뜩 껴 있었다. 결론적으로 제 손에 들어온 금액은 적금을 포함하여 삼천만 원 남짓이었다. 물론 그것조차도 이젠 제 것이 아니었지만.

여전히 그녀에게는 이억 천이라는 빚이 남아 있었다. 결국 흐름은 채권 양도로 넘어갔다.

그 채권 양도 중에 나타난 게 이석이었다. 그는 여원의 사채와 관련된 이는 아니었지만, 업체 사장의 동생이라고 했다. 일이 있어 잠시 방문했을 뿐인.

이석은 그녀를 한참 바라보더니, 사장에게 무심히 말했다.

'내가 몇 년 빌릴까 하는데.'

정말이지 다짜고짜.

그렇게 여원을 '빌린' 이석은 그녀에게 제안을 했다. 3년간 자신의 파트너 노릇을 하라는 것이었다. 거절해도 좋다고 말해 주기까지 했다.

파트너. 머리로는 이해가 되는데 제가 이해한 것이 맞는지 의심스러웠다. 사업 파트너 따위의 건설적인 의미는 당연히 아닐 테고. 스파이 노릇 같은 것도 아닐 테고. 그 외에, 그 외엔 뭐가 있지…….

빤한 의미라는 걸 알면서도 부질없는 고민을 놓을 수가 없었다. 이석은 정신을 차리지 못하고 멍하니 있는 그녀를 그다지 신경 쓰지 않으며 사무적으로 설명을 덧붙였다.

'대신 상환 기한을 3년 후로 미루고, 그간 머물 곳을 마련해 주지. 거주에 들어가는 비용은 없을 거야. 3년간은 이자도 통상 정상 이자로만 받고.'

'……'

'마음에 안 들어? 그럼 이자는 아예 안 받는 걸로 하지. 원금

만 열심히 갚아 봐.'

'…….'

'물론 당신을 찾는 것은 완벽히 내 관할이야. 어차피 일이 바빠 찾아봐야 일주일에 한두 번 정도고…….'

'…….'

'무슨 말이라도 좀 하지? 나쁘지 않은 제안일 텐데.'

'……저, 왜…….'

여원은 뒤늦게 혼란스러워하며 물었다.

'왜 나를……?'

다소 멍청한 질문이었음에도, 이석은 꽤나 오래 고민하고선 답해 주었다.

'그냥, 마음에 들어서.'

이해되지 않았다. 저 남자 정도면 주변에 여자들이 널리고 널렸을 텐데, 어째서 상환 기한을 미루어 주겠다며 오늘 처음 본 그녀에게 이런 제안을 하는 걸까. 거주지를 제공해 주는 데다가, 원래라면 1년에 삼천만 원에 가까운 이자를 아예 안 받겠다는 건 또 어떻고.

여원은 특별히 얼굴이 예쁘지도 않았고 몸매가 대단하지도 않았다. 반대로 이석은 겉모습에 한정하여, 그녀가 상상에서나마 꿈꿔 왔던 남성의 완벽한 표본이었다. 정확히 무슨 일을 하는지는 모르겠으나 돈도 제법 많아 보였고.

그러나 그 사실들은 오히려 여원을 비참하게 만들었다. 그는 연인 상대가 아니었으니까. 그리고 무엇보다, 지금껏 평범하게 살아온 그녀에게는 이런 제안 자체가 모욕적이었다. 죽어 버리고 싶을 정도로 수치스럽고 비참했다.

인생이 아무리 나락이라고 해도 이렇게까지 떨어질 줄은, 정말이지 예상도 못 했으니까. 차라리 죽는 게 낫지 않을까 싶을 정도로.

'그렇게 해요, 그럼……'

하지만 그녀에겐 모친 같은 용기는 없는 모양이었다. 그렇게 큰돈을 덜컥 빌릴 만한 용기가. 빚 말고 그런 것도 같이 물려주었다면 좋았을 텐데. 만약 엄마가 죽지 않았다면 지금쯤 어땠을까……, 자기가 책임지겠다고 했을까?

다 소용없는 가정이었다.

그렇게 여원의 상환 기한은 3년 후로 미뤄졌고 그녀는 그의 소유인 오피스텔로 들어갔다. 그러나 말과 달리, 이석은 여원을 건드리지 않았다. 처음 몇 달은 그녀가 있는 오피스텔에 거의 걸음도 하지 않아서 존재를 잊고 있는 건가 싶을 정도였다.

그와 처음 관계를 가지게 된 것도 여원이 먼저 말을 꺼내서였다.

'나랑 잘래요?'

무슨 정신이었는지는 그녀도 몰랐다. 삶이 너무 힘들어서였는지, 아니면 어차피 팔려 갈 거 처음은 그와 해 보는 게 낫겠다고 생각해서였는지.

그러나 그 말을 해서는 안 됐다고, 여원은 생각했다.

장이석은 근사한 남자였다. 처음부터 잘못 끼워 맞춘 관계라는 걸 망각할 정도로 그는 멋졌고, 다정했고, 점잖았다. 그러나 단지 그뿐이었다면 이렇게까지 아프게, 현실도 잊고 사랑하지는 않았을지도 모른다.

그를 사랑함에 이유를 붙일 수는 없었다. 하지만 여원은 종종

'만약'의 가정을 꼽아 보곤 했다. 만약 상황이 달랐다면 그를 사랑하지 않았을까.

그와 침대를 함께 쓰지 않았더라면. 그가 언젠가부터 그녀가 있는 오피스텔에서 출퇴근을 하지 않았더라면. 아픈 그녀에게 약을 사다 주지 않았더라면. 지나가듯 꺼낸 자격증 이야기에 관련 교재를 사다 주지 않았더라면. 그녀가 사랑스럽다는 듯 웃어 주지 않았더라면. 무뚝뚝하기 그지없던 남자가 그녀를 따라 어색하게 농담하지 않았더라면.

그녀가 빚을 진 후 교통사고로 죽어 버린 모친을 가족으로 둔, 남녀 간의 사랑에 무지한, 미성숙한 스물네 살의 여자가 아니었다면…….

상념이 현기증처럼 문드러졌다. 방으로 들어선 여원은 서랍에서 수첩을 꺼내 펼쳤다. 수입, 지출, 갚은 금액, 잔액 등이 정갈한 글씨체로 빼곡히 적혀 있었다.

3년간 닥치는 대로 일하며 원금을 갚았다. 남은 빚은 일억 천만 원 남짓.

'천만 원은 또 뭐야.' 그녀는 메마르게 웃었다. 일억이나 일억 천만 원이나 그게 그거처럼 느껴졌다. 어차피 두 달 안에 갚을 수 없는 금액이라는 점에서 똑같았으니까.

정말 일심이 살았다. 비록 대학은 졸업하지 못했지만, 학창 시절부터 괜찮았던 영어 실력과 각종 자격증으로 한 번의 이직을 거쳐 중견 기업에 입사했다. 입사 후에도 스펙 쌓는 것을 게을리하지 않았다.

그녀는 괜찮은 인재였다. 대학 나온 사람들보다도 내가 더 능력이 좋다고 자부하기도 했다. 막대한 빚 앞에서는 모든 게 소용없었지만.

 어떻게든 빚을 갚기 위해 퇴근 후에는 새벽까지 교정교열과 번역 아르바이트를 했다. 생활비를 아끼고자 식비도 최소화했고, 문화생활 같은 것은 생각도 할 수 없었다.

 정말로, 정말로 열심히 살았다. 그러나 이억 천이라는 금액은 날 때부터 가진 것 없이 자란 그녀에겐 너무 큰돈이었다. 어차피 안 될 것에 그렇게나 애를 썼던 자신이 멍청한 걸까? 먹히지도 않을 노력 같은 건 진작 접고 그냥 죽어 버려야 했던 걸까?

 죽도록 살았는데 대체 남은 게 뭐지.

 언젠가 이석에게 희망을 가져 본 적이 있었다. 그가 빚을 청산해 줄지도 모른다고. 그래도 몇 년이나 보아 왔으니, 그녀가 어딘가로 팔려 나가는 것만은 막아 줄지도 모른다고. 표면적일지언정 그는 제법 다정하고 점잖은 남자였으니까.

 하지만 여원이 넌지시 상환 기간에 대해 말을 꺼낼 때마다 이석은 제 일과 상관없다는 듯 굴었다. 그녀가 밤을 새워 일하든 상환 기간이 다가오든 신경도 쓰지 않았다. 그에게는 신경 쓸 만한 일이 아니었던 것이다. 이석의 다정함과 점잖음은 말 그대로, 표면적일 뿐이었다.

 여원은 두 무릎을 끌어안았다. 마지막으로 한 번 더, 말해 볼까. 무릎이라도 꿇고 빌어 볼까. 자존심 같은 건 아무것도 아니라고 생각하면서도 어쩐지 참을 수가 없어져서, 돌덩이에 매몰된 양 숨이 턱턱 막혀 왔다.

 더께로 쌓인 비관은 좀체 물러서는 법이 없었다. 희망을 용납하지도 않았다. 너무 오래 쌓인 채로 살아와서인지, 마치 한 몸처럼 느껴지기도 했다.

끝이 정해진 외길. 정말 시시하고 불행한 삶이라고 그녀는 생각했다.

*　*　*

퇴근하고 돌아온 오피스텔 입구 근처에 차 한 대가 서 있었다. 이석의 차와 같아서 눈여겨보는데 운전석에서 누군가 내렸다. 엄준섭이었다. 바짝 깎은 머리에 시커멓게 탄 얼굴, 듬직한 덩치가 사나운 느낌을 주었다. 그러나 이목구비에서는 어딘지 앳된 티가 났다.

제대로 말은 섞어 본 적 없지만 여러 차례 보아 안면은 익힌 사이였다. 늘 이석의 옆을 그림자처럼 붙어 다녔는데, 부하 직원인지 보디가드인지는 그녀도 잘 몰랐다.

여원이 눈을 깜박이며 다가오자 그가 각진 태도로 인사했다.

"안녕하심까."

"안녕하세요. 어쩐 일로……? 이석 씨 며칠 안 들어온다고 했는데."

"본부장님이 집에서 뭘 가져오라고 하셔서요. 비밀번호는 안 알려 준다고 여원 씨 퇴근 시간에 맞춰서 보내셨습다."

"아…… 오늘 야근이 없어서 다행이네요. 앞으로 이런 일 있으면 먼저 저한테 전화 주세요. 늦게까지 일할 때노 많으시."

"옐겠습다."

이석이 그녀의 퇴근 시간을 알고 있다니 놀라운 일이었다. 야근이 잦다는 사실까지는 모르는 것 같지만. 하긴 그는 늘 밤늦게 혹은 새벽에 들어와서 아침 일찍 나갔으니까. 주말에는 대체로 집에 있는 편이었지만, 그는 집에서도 회사에 있을 때와 마찬가지로 업무를 보느라 바빴다.

여원이 지내는 오피스텔은 복층이었고 2층은 전적으로 이석이 사용하는 공간이었다. 그가 2층엔 가지 말라 따로 주의를 준 적도 없건만, 여원은 거의 올라가 본 일이 없었다. 괜히 얼쩡대며 뭘 잘못 만지기라도 했다가 그의 심기를 건드릴까 봐 무서웠다.

한 지붕 아래 살되 이석이 1층으로 내려오지 않는 한 볼 일이 없다는 이야기였다. 생각해 보면 그와 함께 외식을 한 일도, 밖을 함께 나다녀 본 일도 전무했다. 왜냐고 묻는다면 답할 말이 없었다. 특별한 이유가 있어야만 함께 외출할 수 있는 건 아니지만— 말 그대로, 그럴 이유가 없었기 때문에.

훌륭한 파트너네. 여원은 씁쓸하게 생각했다. 문득 엄준섭이 물어왔다.

"그, 본부장님 서재는 안 잠겨 있는지……, 생각해 보니 비밀번호를 따로 못 들어서요."

"네? 따로 잠겨 있진 않은 것 같은데요. 저도 몇 번 안 들어가 봐서요."

"그렇습까……?"

준섭이 조금 놀란 것처럼 중얼거렸다. 엘리베이터는 27층에 가 있었다. 기다리는 동안 여원은 어색함을 깨고자 괜히 질문을 던졌다.

"저, 비서분이신가요? 아니면 운전하시는……?"

"어, 어허허. 비서라뇨. 딱 봐도 저랑 안 어울리지 않슴까. 그냥 시다바리죠. 본부장님이 시키는 건 다 함다."

"아…… 그러시구나."

다시 침묵이 흘렀다. 여원은 괜히 엘리베이터 층수를 확인했다. 14층. 왜 이렇게 안 오는 거야.

준섭도 어색한 건 마찬가지였는지 횡설수설 말을 내뱉었다.

"음, 흠, 형님과는 군대에서 만난, 그런…… 해병대 특수수색대였습다. 제가 뭐 일을 잘해서 뽑힌 건 아니고요."

"해병? 이석 씨가 거기 출신이었나요?"

"예? 모르신…… 예, 그렇습다."

준섭이 급히 말을 얼버무렸다. 공기가 더욱 어색해졌다.

여원은 고개를 숙이고 표정을 가다듬었다. 그에 대해 모르는 게 한두 개도 아니고, 고작 이런 일에 상처받을 것도 없었다.

이석은 그녀가 그에 대해 이것저것 캐묻는 것을 좋아하지 않았다. 그리고 그 자신도 그녀에 대해 묻지 않았다. 그건 어떤 암묵적인 선이었다.

우리의 관계는 여기까지가 적정이라는 선언.

이석에게 그녀는 침대만 데우면 그만인 여자였다. 함께 식사를 하고 웃으며 이야기를 해도 그 사실은 변하지 않았다. 앞으로도 변하지 않을 터였다. 둘의 관계가 편해졌고, 그가 이전보다 더 많이 웃고, 잠자리가 뜨거워도, 그래서 뭐?

"서 근데, 그냥 해병대랑 특수수색대는 달라요. 특수수색대는 일반병 자원입대가 가능한 특수부대입다."

"아, 네……."

준섭이 자부심 있게 덧붙였지만, 여원은 그런 것까진 궁금하지 않았다.

띵. 엘리베이터 문이 열렸다. 여원은 18층을 누른 후 거울을 보며 손으로 머리를 빗었다. 준섭도 따라 들어와 열중쉬어 자세로 문 앞에 섰다. 어색한 분위기 속에서 엘리베이터가 올라갔다.

집 문 앞에서 여원이 비밀번호를 누르려 하자 준섭은 뒤돌아섰다. '참 딱딱한 남자야.' 그녀는 속으로 웃으며 생각했다. 이석도 부드러운 분위기는 아니었지만, 둘은 전혀 다른 느낌이었다.

"들어오세요. 서재는 2층에 있어요."

"실례하겠습다."

준섭이 쿵쿵 소리를 내며 집 안을 가로질렀다. 여원은 물이라도 한 잔 떠다 줘야 하나 고민하다가 내려오면 묻기로 했다. 괜히 부엌 근처를 서성거리고 있는데, 그가 오래지 않아 두툼한 서류 봉투를 챙겨 내려왔다. 그녀가 머뭇머뭇 물었다.

"물이라도 한 잔……?"

"아, 괜찮습다."

손까지 내저으며 사양한 준섭이 신발을 신었다. 그는 현관 문고리를 잡으려다 말고, 신발장 앞에 서 있는 여원을 돌아보았다. 그녀가 뭐냐는 듯 고개를 기울였다. 준섭은 어색한 듯 턱 언저리를 긁더니 망설이는 얼굴로 입을 열었다.

"저기 근데."

"네?"

"실례되는 질문일지 모르지만요, 그 혹시, 빚이 얼마나 남으셨습까?"

"네? 아, 비, 빚이요. 어…… 일억 좀 넘게……."

준섭이 으음, 하는 신음을 냈다. 그는 어쩐지 곤란한 표정이었다. 여원은 그가 왜 이런 것을 묻는지 몰라서 눈치만 살피다가 덧붙였다.

"……상환 기한은 두 달 남았구요."

"아……. 예."

어색하게 대꾸한 엄준섭이 약간 주저하며 덧붙였다.

"뭐…… 저도 이래저래 사채 때문에 팔려 나가는 여자들 많이 봤고 그게 특별한 일도 아니긴 하지만, 아무래도 마음이 영 껄쩍지근하네요. 형님이 오래 데리고 계셔서 그런가."

그 말에 여원은 가슴 한편이 서늘해지는 감각을 받았다. '특별한 일이 아니라고…….' 어리고 순박한 사내라고 생각했다. 왜 그따위 말도 안 되는 생각을 했을까. 이 바닥에서 구른다는 게 어떤 의미인지 알면서도.

이석도 마찬가지겠지. 여자 하나 팔려 나가는 건 그에게 이 바닥에서 흔하게 볼 수 있는 일, 그 이상도 이하도 아니겠지. 사채는 이석이 맡은 사업이 아니니 그의 권한 또한 아니라는 건 변명거리도 되지 않았다.

그저 그가 그런 것에 익숙해졌다는 사실— 그 자체로 새삼스레 아연해졌다.

그녀가 사랑하는 남자가 어떤 인간인지는 알고 있었다. 그러나 무의식중에 그것에 대해 깊이 생각하기를 피해 왔었다. 어리석게도. 사랑에 미쳐서.

그럼에도 불구하고 사랑을 그만둘 수 없는 건 얼마나 어리석기 때문일까.

"그, 형님이 좀, 냉혈한 기질이 있슴다. 나쁜 분은 아닌데, 아니 나쁜 분은 맞네. 뭐 하여튼 그분이 그렇게 데리고 있는 것도 여원 씨가 처음이고 하니까, 한번 잘 말씀해 보십쇼."

"……네."

"예, 뭐 그럼……. 실례했슴다."

준섭이 어정쩡하게 고개를 숙이며 나갔다. 그녀는 닫힌 문 앞에서 한참이고 서 있었다.

* * *

이석은 나흘 만에 돌아왔다. 그의 외투에서 옅은 담배 냄새가 풍겼다. 후각에 예민한 여원은 담배 냄새를 몹시 싫어했으나 별다른 티는 내지 않았다. 아마 그는 그녀가 담배 냄새를 싫어한다는 사실조차 모를 것이다.

여원은 현관까지 나가 그를 맞으며 조심스레 눈치를 보았다.

"왔어요? 혹시 저녁은……."

"오늘은 안 반겨 줘?"

"응?"

"간만에 보면 안아 주고 그랬잖아."

그의 가벼운 어투에 여원의 눈동자가 가늘게 흔들렸다. 그녀는 눈을 몇 번 깜박이다가, 조심스레 이석에게 안겼다. 그가 짧게 웃으며 그녀를 마주 안아 주었다. 여원은 이석의 뺨에 입술을 눌렀다가 떼며 속삭이듯 물었다.

"저녁은요?"

"늘 그렇듯."

이미 먹고 들어왔다는 소리였다.

"그저께 엄준섭 집에 왔다 갔지?"

"아, 네. 당신 서재에서 무슨 서류 들고 나갔어요. 그런 일 있으면 앞으로는 미리 연락 줘요. 그날 나 야근했으면 어쩌려구요."

"알았어. 건물 앞에서 만났나?"

"네, 같이 집 들어왔어요."

"혹시 그놈이 너한테……."

"네?"

"……아냐, 됐어."

여원은 무슨 일인가 싶었지만, 이미 그는 그녀를 지나쳐 방 안으로 향하고 있었다. 이석은 간단히 씻고 드레스 룸에서 옷을 갈아입었다. 여원이 그의 곁에서 괜히 얼쩡대자, 그는 픽 웃으며 말했다.

"오늘 이상하네. 집 어디 망가뜨리기라도 했어?"

"그건 아니구요…… 진지한 얘긴데."

웃옷을 입은 그가 고개를 뭐냐는 듯 기울였다. 날카롭고 매섭게 생긴 얼굴이지만 이럴 때면 한없이 무구해 보이기도 해서 희망이 싹텄다. 번번이 꺾이는 희망이었지만…….

여원은 차마 말문을 트지 못하고 한참을 머뭇거리다가, 간신히 입을 뗐다.

"있잖아요, 저 상환 기한 두 달 남은 거 아시죠."

"아, 벌써 그렇게 됐나."

"네에…… 근데 제가 아직, 채무가 많이 남아서요. 두 달 안에 도저히 못 갚는 금액이에요. 그, 그래서 말인데 혹시 이석 씨가 돈을 빌려줄 수 있을까 해서요. 그냥 달라는 거 아니고 갚을 거예요. 좀 걸리겠지만 갚을 거예요, 꼭."

여원은 필사적이다 싶을 만큼 강조했다. 그가 바람 빠지는 웃음소릴 내며 와이셔츠 단추를 끌렀다.

"내가 이자율을 얼마나 칠 줄 알고."

"시…… 심하지만 않으면…… 저 급한 거 아시잖아요……. 안 되면 상환 기한이라도 어떻게 조정을 좀."

"너는 언제나 열심이지."

이석은 무슨 생각을 하는지 알 수 없는 눈을 하고선 덧붙였다.

"신기할 만큼."

"……네?"

이석은 꼭 여원이 여느 때 짓던 웃음처럼, 다소 장난스럽게 웃으며 그녀의 뺨을 문질렀다.

"네 빚은 네 빚이지, 여원아."

그가 느긋한 어조로 말했다. 순간, 심장이 떨어져 내린다는 느낌이 어떤 것인지 여원은 완벽하게 이해했다.

가슴이 서슬처럼 굳어지는 것 같았다. 그가 그녀의 부탁을 거절했기 때문이 아니었다. 물론 그것 역시 절망적이었지만, 그건 앞서 몇 차례 겪은 일이었고 어느 정도 예상했던 바였다. 그것보다, 그것보다도…….

그가 웃었어.

온몸의 피가 차갑게 식었다.

그가 웃었다. 가볍게, 재미있다는 듯. 그 웃음에 머릿속으로 정리해 두었던 말들이 와르르 무너져 버렸다.

재밌나요. 당신한테는 이게 뭐 농담이나 장난 같은 건가. 난 인생이 진창에 처박힐지도 모르는데. 깎아 내린 절벽 끝에서, 지옥의 초입에서 등이 떠밀리는 기분인데.

당신한텐 그냥 웃고 넘길, 그런 일인 건가.

그러나 끝내 여원은 그중 어떤 말도 하지 못했다. 아무런 소용이 없다는 것을 알기 때문이었고, 지금보다 관계가 나빠질 것을 우려해서였다.

무심코 조소가 새어 나오려는 것을 삼켜 냈다. 지금보다 나빠진다고? 언제는 좋았던 적이 있으려고. 언제나 그럴싸한 내일이 있는 양 위장하고 있는 것일 뿐이지…….

이석이 잠자리의 전조처럼 그녀의 턱을 부드럽게 붙들고 키스해 왔다. 새삼 놀랄 것도 없었다. 그가 이 오피스텔에서 머무를 때 그녀를 안지 않은 적은 드물었다. 머무르는 날보다 머무르지 않는 날이 더 많았으므로.

여원은 그를 거절한 적이 없었다. 거절할 수 없었다. 그와의 관계는 늘 좋았으니까. 죽을 듯 피곤하고 힘들어도, 이석이 그녀를 원한다는 사실 하나면 모든 게 괜찮은 것처럼 보여서. 그를 사랑해서. 너무너무 사랑해서.

사랑한 만큼 아파도 사랑해서.

혀가 겹쳐지고 맞물렸다. 그가 부드럽게 그녀의 입 안을 휘젓고 문질렀다. 여원은 미세하게 떨리는 손으로 그의 어깨를 붙들며 가느다란 신음을 흘렸다. 질척한 소리가 이어졌다. 그녀는 계속해서 밀려나다가 옷장에 등을 부딪쳤다. 입맞춤이 더욱 깊어졌다.

내리깔린 시선 사이로, 힘이 들어가 단단해진 턱이 보였다. 그의 흥분이 온몸으로 느껴졌다. 그에게는 신기한 힘이 있다. 모든 상황이 이렇게나 엉망인데, 그와 달라붙으면 머릿속이 희미해져서 현실을 잠시나마 잊고 만다.

결코 깨어지지 않을 것 같던 금욕적이고 이지적인 그의 얼굴이— 욕망으로 뒤범벅되는 순간은 언제나 그녀에게 충족감을 안겨다 주었다. 꿈은 언제나 현실에 내던져지는 것으로 끝이 나지만.

축축한 숨이 귀에 감겼다. 다리에 힘이 풀릴 즈음 젖은 소리와 함께 입술이 떨어졌다. 여원은 흐릿한 시선으로 그의 눈을 바라보다가, 가슴팍에 얼굴을 묻으며 중얼거렸다.

"……옷은 왜 입었어요? 어차피 벗을 거."

"그러게. 입은 채로 할까."

이석이 낮게 웃으며 그녀의 뒤통수를 쓰다듬었다. 이석의 품에서는 그의 냄새가 났다. 그녀는 이대로 시간이 멈추어 버렸으면 좋겠다고 생각했다. 그냥 모든 걸 다 잊고, 이곳에서 그와 둘이 한없이 침잠하며…….

이석은 여원을 번쩍 안아 들더니, 침실로 걸어가 침대 위에 내려놓았다. 다시 그녀에게 키스하며 옷을 벗겨 내리는 손길이 다소 급박했다.

여원은 그가 벗기기 수월하도록 엉덩이를 들어 올렸다. 스스로가 우스웠다. 그녀의 앞날 따위 어떻게 되든 상관없는 남자인데, 그가 안기 쉽도록 협조나 하고 있는 꼴이라니.

그러나 당신이 내게 잔인하니 안기지 않겠다고 버티는 것도 우스운 일일 터였다. 그건 그녀의 진심이 아니기도 했고.

그와 맞물리는 것이 싫었던 적은, 단 한 번도 없었으니까.

사랑이 이성에서 연역되는 것이었다면 진즉 마음을 접었을 것이다. 그러나 그렇지 않기 때문에 이렇게나 구차하고 저열한 것이겠지. 자존심 같은 건 버린 게 옛날이지만 스스로가 비참하다는 느낌을 지울 수가 없었다.

이석이 그녀의 안으로 깊숙이 파고들었다. 그의 입에서 만족스러운 한숨이 흘러나왔다. 쾌락에 젖은 이석의 얼굴은 보는 것만으로도 여원을 무르게 만들었다. 언제나 그랬다. 그래서 번번이 자존심을 억누르고 싶은 소리를 삼켜 냈다.

그러나 오늘은, 오늘만큼은 도무지 참기가 힘들었다. 그가 치받을 때마다 금방이라도 원망이 튀어나올 것 같았다. 여원은 아랫입술을 당겨 물었다.

이야기를 하고 눈을 맞추고 키스를 하고 함께 밤을 보내도, 나는 당신에게 아무런 의미가 아닌가요. 아무런 의미도 될 수 없나요. 이곳에서 나가면 나를 잊을 거죠. 그러다 몸이 달면 나를 찾을 거죠.

나는 그뿐인 거죠…….

그에게 마음을 바라는 게 아니었다. 언젠가는 바랐던 적도 있지만 지금은 아니었다. 죽을 때까지 안 되리라는 것을 뼛속까지 알고 있었으니까.

그냥 다만, 인생이 망가지는 것 정도는 막아 줄 수도 있는 것 아닌가. 그 정도는 해 주면 안 되나. 그래도 우리 몇 년을 함께 했는데.

당신은 우리의 시간에 어떤 이름을 붙이고 있는 걸까. 곧 끊어 낼 흥미? 금방 식어 버리고 말 열락? 가슴이 욱신거리는 통증에 여원은 눈꺼풀을 파르르 떨었다.

그녀는 사랑이었다. 달아오르는 눈가에 눈물이 조금 맺혔다. 그녀가 붙인 이름은 사랑이었다.

귓가로 쏟아지는 그의 숨은 더없이 뜨겁고 열정적이었다. 그것에 돌연히 더욱 슬퍼지는 것은 어째서인지. 그의 모든 것은 그녀를 너무나 행복하게 만드는 동시에, 죽도록 비참하게 만든다.

정말이지, 그의, 모든 것이.

여원은 그를 마주 볼 자신이 없어서 끌어안아 버렸다. 버겁게 밀려오는 박자에 맞추어 연신 흐느끼듯 중얼거렸다. 좋아요, 좋아……. 이석이 웃는 것이 느껴졌다. 그녀는 어쩐지 참을 수가 없어져서, 오랫동안 참아 온 것을 토해 내듯 말했다.

"……웃지 마요."

마음속에서 한 차례 낙엽이 쓸렸다.

## 02. 서른하나의 여자

　교도소에서 복역할 때는 매일 철창 밖을 꿈꿨다. 신체의 자유를 박탈당한 채로 사는 것은 결코 쉬운 일이 아니었다. 그러나 막상 나와 얻은 자유는 막막하고 암담하기만 했다. 어디에도 소속되어 있지 않다는 사실은 그녀의 예상보다도 더 서글픈 일이었다.
　여전히 거리에는 비가 내렸다. 여원은 아득한 시야 너머를 바라보며 통장에 든 작업 상여금을 떠올렸다.
　모범수로 외부 공장에 출력된 덕에 2년간은 월 이삼십만 원씩 벌 수 있었다. 여원은 일부는 영치금으로 전환해 필요한 곳에 사용한 후 나머지를 모아 두었다. 그렇게 출소까지 적립된 금액은 총 오백칠십이만 원이었다.
　문득 많다는 생각이 들었다. 사실 4년이란 시간을 대입해 본다면 황당할 만큼 적은 금액인데도, 진심으로 그런 생각이 들었다.
　여원은 단 한 번도 그만한 금액의 현금을 가져 본 적이 없었다. 아니, '그만한 금액'이라고 거창하게 붙일 것도 없었다. 교도소 밖에서는 언제나 마이너스였다. 죽을힘을 다해 일해도 언제나 그랬다. 교도소에서 번 돈으로 이제야 플러스가 된 것이다.

 기뻐해야 할지 슬퍼해야 할지 알 수가 없었다. 인생에서 날아가 버린 4년이라는 시간을 어떻게 여겨야 할지조차 감을 잡기 힘들었다. 철창 안에서 이별한 날들은 너무나 더뎠고, 앞으로의 시간은 더욱 그러했다.

 여원은 애써 걷기 시작했다. 무작정 걸으며, 안개 낀 듯 흐릿한 머릿속을 다른 생각으로 환기시키기 위해 노력했다.

 단기간이라도 머무를 곳을 구해야 했다. 당장 집을 구할 수는 없으니 우선은 고시원이 낫겠지, 일도 찾아야 할 텐데, 알바 같은 것도 전과 기록을 보던가…….

 우선 여원은 은행에 들른 후 PC방으로 가서 50분을 결제했다. 회원제가 더 저렴했지만, 영치품으로 받은 휴대폰을 아직 재개통하지 않아서 가입할 수 없었다. 그녀는 바로 대리점으로 가야겠다고 생각하며 컴퓨터를 켰다.

 인터넷에 고시원을 검색하자 여러 사이트가 주르륵 떴다. 이름들을 보아하니 최근에는 고시원이 아니라 고시텔이라고 하는 모양이었다. 그녀는 스크롤을 끝없이 내렸다. 서울은 확실히 세가 비쌌다.

 아래쪽으로 갈까 싶기도 했다. 물가도 여기보다 쌀 테고……. 물론 일을 구하기에는 여기가 나을지도 모른다. 하지만 어차피 그녀는 그럴싸한 기업체에 취직이 불가능했다.

 워낙 공백이 길뿐더러, 대부분의 기업체 구인에는 해외여행 결격 사유가 없어야 한다는 조항을 붙이기 때문이었다. 이는 전과자의 입국을 거부하는 나라들이 있다는 점을 이용해 우회하여 전과를 조회하는 것이었다.

그렇다면 차라리 공단 쪽으로 가는 게 나았다. 교도소에서 제과 제빵 기술을 배워서 자격증도 따 두었으니, 관련 공장 같은 곳에 취직할 수도 있겠지. 돈을 모아서 집을 구하고 어느 정도 자리를 잡으면 취직 가능한 기업체를 찾아볼 작정이었다.

여원은 PC방 알바생에게 메모지와 펜을 빌려 눈여겨본 곳들의 주소와 연락처를 적은 후, 휴대폰 개통을 검색해서 살폈다.

볼일을 마친 후 밖으로 나오자 어느덧 비가 멈춰 있었다. 여원은 휴대폰 대리점을 찾았다. 그녀의 뒤를 따르는 발걸음은 못 본 척했다.

대리점 직원은 그녀의 휴대폰을 낡은 유물 보듯 했다. 그도 그럴 게, 사용한 기간과 복역 기간을 합하면 무려 7년 전 휴대폰이었다. 직원은 잘 돌아가지도 않을 거라며 새 기기의 구매를 추천했다.

"어떻게 7년이나 쓰셨어요? 고장 안 났어요? 공짜 폰 많은데 한번 보시지."

"최근 4년 동안은 안 써서요. 고장 안 났으면 그냥 쓰고 싶은데, 무리인가요?"

"4년이요?"

직원이 의아히다는 듯 되물었다. 여원은 대충 고개를 끄덕이며 전시된 휴대폰들을 살폈다. 다 반짝반짝하고 멋있어 보이는 것들이었다. 직원이 떨떠름하게 말을 이었다.

"어차피 이 정도 썼으면 바꿔야 돼요. 이 정도 된 건 수리비가 더 나가요."

"공짜 폰은, 싼 요금제는 안 되는 거죠?"

"에이, 표준요금제 아니어도 얼마 안 해요. 제일 싼 걸로 봐 드릴까?"

"이걸로 개통해 주세요."

낮은 목소리가 끼어들었다. 그가 가리킨 것은 척 보기에도 비싸 보이는 핸드폰이었다. 여원의 얼굴이 어두워졌다. 직원이 어리둥절한 얼굴로 여원과 이석을 번갈아 보더니, 그녀에게 물었다.

"어…… 이걸로 해 드려요?"

"아뇨. 다른 거 보여 주세요."

"그냥 받아."

"최소요금제 제일 낮은 걸로요."

직원은 슬슬 이석의 눈치를 보는가 싶더니 여원에게 요금제, 할부 개월 수, 공시지원금 등을 설명해 주었다. 잘 이해할 수 없는 말들이 많았지만, 그녀는 아까 알아본 개통 지식을 떠올리며 최대한 꼼꼼히 살폈다.

"부가 서비스 안 하구요, 그 말씀하신…… 요금제는 6개월 말고 3개월만 쓰고 바꿀게요."

계약서를 작성한 후 바로 휴대폰을 받아서 나왔다. 그새 또 비가 오는 둥 마는 둥 했다. 벌써 날이 어두워져서 오늘 밤은 찜질방에서 묵어야 할 것 같았다. 한번 깨끗하게 씻고 싶기도 했다.

뒤에서 불만스러운 목소리가 났다.

"어디로 가는데. 정말 고시원을 가겠다고? 어디 고시원?"

"그만 따라와요. 차는 어디에 두고 온 거예요."

"사 주겠다는 걸 왜 안 받아."

"……."

"일단 오피스텔로 가자. 거기 네 짐 다 있어. 그대로라고 했잖아. 너 지금 맨몸인데 어딜 가겠다고……."

"아, 정말!"

여원이 짜증을 내며 뒤돌아섰다. 이석의 다급한 얼굴과 마주치자, 기분이 이상해지다가도 성가셨다. 4년 전에 저런 얼굴을 보았다면 그의 말대로 하지 못해서 안달이 났었겠지. 그의 감정은 아주 작고 사소한 것일지라도 언제나 그녀를 무르게 만들었으니까.

하지만 지금은 아니었다. 그녀 스스로가 놀랄 정도로, 여원은 그에게 성가심과 의구심 이상의 감정을 느끼지 못하고 있었다.

"장이석 씨, 무슨 속셈이신 건진 모르겠지만, 저한테 신경 안 쓰셨으면 좋겠어요."

"속셈 같은 거 없다고 했잖아. 네 집, 생활비, 그 외에 들어가는 비용, 다 내가 대지. 취업 걱정도 하지 마. 공부하고 싶은 거 있으면 해. 나쁘지 않은 제안이잖아."

"7년 전에도 그러셨죠. 나쁘지 않은 제안이라면서, 당신 파트너가 되라고."

"지금의 난…… 네게 원하는 게 없어."

"그때도 없으셨어요. 파트너라는 조건을 걸어 놓고선 제가 말 꺼내기 전까지 손도 대지 않으셨잖아요. 그때도, 지금도, 당신은 이해힐 수 없는 것부성이네요."

"무슨 상관이야. 그때도, 지금도 명백히 네게 유리한 제안인데."

"왜 제 기분은 생각 안 하세요."

그가 어쩐지 당황한 것처럼 입을 다물었다. 여원은 차분하려 애쓰며 말을 이어 나갔다.

"7년 전에 하셨던 그 제안이요, 말이 파트너지 날 갖다 파는 거였잖아요. 실제로 그러셨든 안 그러셨든, 그 제안을 받아들이는 제 심정이 얼마나 비참했는지 아세요."

"난 그저―"

"지금도 그래요. 이제 빚 다 갚고 출소까지 했는데, 이제야 겨우 스물네 살 이전의 그 비슷한 삶으로 돌아갈 수 있게 됐는데. 왜 제가 당신과 또 엮여야 해요? 당신 같은 깡패들 진짜 지긋지긋해요. 돈 안 줘도 좋으니까 그냥 엮이기 싫다구요."

"돈 때문에 날 배신해 놓고, 이제 와서 돈 같은 건 됐다고?"

"돈 때문에 당신 배신한 여자한테 왜 이런 제안을 하시는 건데요."

"아무리 봐도 너한테 나쁠 거 없는 제안인데 왜 거절하는 거야. 자존심 때문에?"

"그렇다면요?"

"너 그렇게 자존심 챙기던 사람 아니었잖아."

"……왜 말을 그렇게 하세요?"

이석은 목 졸린 얼굴로 입을 달싹였다. 여원이 질린 듯 돌아서려고 하자 그가 급히 사과했다.

"……미안하다. 실언했어. 나는 그냥, 옛날의 네가……."

'돈 달라고 빌었죠.' 여원은 목구멍까지 차오르는 말을 삼켜 내고 뒤돌아 걸어갔다.

도무지 이해할 수가 없었다. 속셈 같은 게 없다고? 없을 리가. 언젠가 갚을 테니 제발 빚 좀 갚아 달라고 무릎까지 꿇은 여원을 무시한 그였다. 그런데 이제 와서 왜.

4년이라는 시간이 지났다. 서로 잊고 사는 게 좋은, 상처뿐인 관계였다. 그런데도 굳이 찾아와 이렇게 들쑤시는 데엔 분명 이유가 있을 터였다. 이석은 절대 '무익한' 짓 따위는 하지 않는 인간이니까.

뒤따르는 인기척이 고스란히 느껴졌다. 여원은 필사적으로 무시하며 하루 묵을 찜질방을 찾았다. 비위생적인 것은 질색하는 사람이니 거기까지 따라오진 않겠지.

* * *

"……."

여원은 입을 벌린 채 그녀 쪽으로 걸어오는 이석을 바라보았다. 워낙 키가 커서 멀리서도 눈에 띄었다. 찜질복도 그가 입으니 꼭 무슨 명품 브랜드의 옷처럼 느껴졌다. 이런 장소에서, 이런 옷을 입고, 그를 보는 것은 상상치도 못한 일이었다.

여원은 황당한 얼굴로 눈을 빠르게 깜박이다가 짧게 한숨을 내쉬었다. 설마하니 찜질방까지 따라올 줄은 몰랐다. 도대체 무슨 의도인지는 모르겠지만, 어지간히 필사적이었다.

처음에는 감정적으로 안 풀려서 남은 복수라도 하려는 건가 싶었다. 하지만 아무리 생각해 봐도 이석이 이렇게까지 할 이유가 없었다. 그는 가만히 앉아서도 원하는 것을 이룰 수 있는 사람이었나.

솔직히 그녀는 이석의 뜻에 반하면서도, 속으론 그에게 끌려갈 각오까지 하고 있었다. 그리고 그런 각오를 해야 하는 상대라는 게 싫었다. 여원이 그와 엮이고 싶지 않은 이유이기도 했다.

이석은 조금 엉거주춤하게 여원의 옆에 앉았다. 영 꺼림칙한 듯했다.

"왜 이런 델 와."

"……."

"일부러 온 거지, 여기. 내가 싫어할 걸 알고……,"

자의식 과잉도 심하다. 그녀는 속으로 코웃음을 쳤다.

이석은 그녀의 옆모습을 바라보며 중얼거리듯 말했다.

"그냥 봐선 하나도 안 변한 것 같은데."

"변했어요."

"외양으론 말이야."

'당신도 마찬가진데요.' 여원은 대답을 삼켰다.

이석은 요일별로 입는 옷과 넥타이, 가방 등이 정해져 있었다. 오늘도 목요일에 맞추어 차콜색 쓰리버튼 재킷과 정장 바지에 알렉산더 맥퀸 벨트, 멜롯 구두를 착용했던 걸 보니, 그놈의 요일별 옷 리스트는 4년이 지나도 안 바뀌는 모양이었다.

함께 지낸 3년을 더하면 도합 7년이다. 무려 7년 동안이나 그 리스트를 지키고 있다는 소리였다. 여원이 그를 알기 훨씬 전부터였을지도 모르고.

3년간 그에게 익숙해졌다고 생각했는데, 공백기를 두고 보니 정말 이상한 남자였다. 단순히 강박적으로 계획을 지키는 것만 말하는 게 아니다. 장이석은 해당 옷이 단종되면 명장에게 의뢰하여 기어코 맞춤 제작으로 똑같은 제품을 얻어 내는 또라이였다.

월요일부터 일요일까지 그가 어떤 옷을 입었는지 아직도 기억이 생생했다. 도대체, 이걸 왜 자신이 아직까지 기억하고 있는 건지. 그 사실이 괜스레 짜증 나서 여원은 짐짓 더 냉랭한 얼굴을 했다.

그녀는 휴대폰 화면에 시선을 고정하며 뚱하게 있었다. 중간중간 달라붙는 시선이 불편했지만 끝까지 눈길 한 번 주지 않았다.

한참 시간이 흘렀다. 언짢은 침묵 속에서 지루함과 나른함에 눈꺼풀이 무거워질 무렵, 이석이 나직이 입을 열었다.

"교도소 생활…… 많이 힘들었나?"

그 말에 노곤하던 정신이 조금 깼다. 여원은 잠시 망설이다가 중얼거리듯 대꾸했다.

"……좋을 거 있나요."

그녀를 감옥에 넣은 당사자가 저런 말을 한다는 게 우습게 느껴졌다. 여원은 저지르지도 않은 죄목들을 뒤집어쓰고 배신의 대가를 치렀다. 그게 정당하든, 아니든 그 사실은 변하지 않았다.

"다치거나 아픈 덴 없고."

"없어요."

"영치금이랑 이것저것 보냈는데 환부됐더라."

"……그냥 다 거절해 뒀어요. 보내신 것도 이해가 안 가구요."

"왜 거절했어. 받지."

"받아야 할 이유는 또 뭐예요, 우리 마지막 진짜 별로였는데. 무슨 심경의 변화라도 있으셨나."

여원이 냉소적으로 말했다. 이석은 잠시 주저하는가 싶더니, 버석하게 웃으며 중얼거렸다.

"……심경은 그대로지."

"……."

"내가 병신이었을 뿐이고."

그 말은 가물가물 꺼져 가는 불씨처럼 들렸다. 여원은 제 발끝을 가만히 내려다보았다. 그는 도망가기 일보 직전인 초식동물을 대하듯, 더없이 조심스러운 어조로 천천히 말을 이었다.

"4년간 계속 널 생각하고, 끝내 이렇게 찾아온 건…… 정말 네 말대로 너무 분노하거나, 어이가 없어서일지도 모르지. 내가 네게 가졌던 원망은 나로서도 당황스러울 만큼의 크기였으니까. 하지만 네가 가치 없고 하찮다는 말은…… 그건 아니야. 그랬다면 내가 그렇게."

끊어진 말 중동에는 묘한 억눌림이 잔존했다. 그가 성마르게 덧붙였다.

"……너는 내가 4년간 무슨 생각을 했는지 몰라."

"……"

"나는 차라리 네가 나를 원망했으면 좋겠어. 원망하고 또 원망해서, 이게 무슨 감정인지조차 모르게 될 만큼 원망해서, 그렇게라도 나를 계속 생각하는 게 나아. 내가 그랬듯이."

언젠가, 여원도 비슷한 생각을 한 적이 있었다. 어떤 형태라도 좋으니 그에게 자신이 강렬한 의미로 남았으면 좋겠다고.

그러나 그가 그런 말을 하는 것은 굉장히 이상했다. 어울리지 않았다. 그건 옛날의 그녀나 할 법한 생각이었으니까.

"다시, 물을게. 나를 원망해?"

여원은 그제야 그에게로 고개를 돌렸다. 아주 오래된 그림자처럼 짙은 눈동자가 그녀를 초조한 듯 응시하고 있었다. 그녀는 느릿느릿 고개를 저었다.

"……아뇨."

그의 얼굴이 한 꺼풀 가라앉았다. 여원은 기둥에 등을 기대며 다시 눈을 내리깔았다.

"아주 많이, 원망할 때도 있었어요. 복역 초기엔 더 그랬죠."

"내가 널 그렇게 만든 건……."

"그것 때문에 원망하는 게 아니에요. 오히려, 차라리 감옥이 더 낫다고 생각하기도 해요. 이러나저러나 당신 덕분에 상환 기간도 늘렸고, 어디 팔려 가는 대신 감옥에 갔죠. 4년 좀 길긴 하지만…… 다른 식으로 채권 추심 되니 죽는 게 낫겠다고 생각했으니까요. 죽는 것보다는 감옥이 낫고."

"……그렇게 생각하지 마."

"사실인걸요. 그러니까 제 원망은, 제가 배신하기 전의 일들에 관해서죠. 하지만 사실 원망할 것도 없어요. 당신이 절 사랑하지 않았던 건 당신 마음이지 잘못이 아니구요. 제 빚도 제 빚이었잖아요. 이석 씨한테 갚아 줄 의무 없었던 거잖아요."

물기 없는 목소리는 바싹 말라 있었다.

"그러니까 이젠 원망도 안 해요."

"왜 그런, 식으로 생각을 해."

이석은 거의 이를 악물며 조급하게 말했다.

"나를 더 이상 사랑하지 않는다고 했지, 그렇게 해. 하지만 사랑하지 않을 거라면 차라리 원망이라도 해. 원망도 사랑도 아니라면 내가 네게 무슨 의미야."

"아무 의미도 아니에요."

"여원아."

호소하듯 부르는 이름에는 간절함과 절박함이 서려 있지만, 그녀에겐 별다른 감흥을 가져다주지 못했다. 여원은 그의 눈동자를 똑바로 바라보았다.

"저 처음 채무 금액 알았을 때 죽고 싶었고, 당신 형한테 채권 양도 되고 저에 대한 처분 들을 때도 죽고 싶었구요. 빚 갚을 때도, 상환 날짜 다가올 때도, 교도소에서도, 종종 죽고 싶었는데요. 결국은 저 안 죽었어요."

"……."

"안 죽고 이렇게 살아 있잖아요. 이제 빚도 없으니까 제 인생 온전히 제 거잖아요. 근데 왜 절 찾아와서 이러세요? 왜 저한테 빚을 지우려 드세요? 저 진짜 이해가 안 돼요. 왜 이러시는 거예요?"

말이 길어질수록 감정이 격해졌다. 여원은 간신히 호흡을 추스르며 손등으로 입가를 가렸다. 너무 흥분했다. 하지만 아직 해야 할 말이 남아 있었다. 어쩌면 4년 전에 해야 했던, 하지만 아직도 유효한 말.

"……당신에게 제 말이 우습게 들리는 거 알아요."

"갑자기 무슨 소리야?"

"절 갖고 싶은 거라면, 대충 끌고 가서 가두어 놓으면 끝이니까. 당신은 그런 세계에 사는 사람이고 제 반항 같은 건 아무런 의미가 없잖아요. 그래서 우리는 안 된다는 거예요. 내게 유리한 제안이니 뭐니 해도, 그건 언제든 당신이 거두어 갈 수 있는 종류의 것일 뿐이라고요. 당신과 나는 도저히 동등할 수가 없어요."

"……."

"나는 4년 전의 그 비정상적인 관계를 사랑이라는 말로 포장해 왔지만, 이제는 그럴 만한 감정도 이유도 없어요. 당신이 내게 원하는 게 뭐든 간에 우리는 여기서 끝내는 게 맞아요."

그의 눈은 그녀를 옭아맬 것처럼 집요하기도 했고, 반쯤 무너져 버린 것 같기도 했다. 여원은 침착하려고 애쓰며 또박또박 말을 이었다.

"그러니까, 이석 씨…… 제발 나한테 간섭하지 마세요."

"나는 네게 간섭하려고…… 그러려고 하는 게 아니야. 네가 하고 싶은 건 다 해도 좋다고 했잖아."

"그걸 왜 당신이 신경 써요? 제가 하고 싶은 건, 제가 알아서 할 거예요."

"뭘 하고 싶고, 뭘 알아서 할 건데? 집은? 돈은? 취직은? 네가 지금 할 수 있는 게 뭔데?"

"할 수 있는 건 뭐든지요. 나는, 내가 할 수 있는 건 다 할 수 있어요."

말문이 막힌 듯 이석의 얼굴이 일순 멍해졌다. 그의 눈동자가 짐작하기 힘든 감정으로 일렁거렸다. 여원은 단호하게 마침표를 찍듯 말했다.

"그러니까 저 당신 사랑도 안 하고, 원망도 안 하고, 도움도 안 받아요. 우린 남인 거예요. 그냥."

이석의 제안을 받아들이면, 물론 좋을 것이다. 7년 전에도 그랬듯이. 그가 건네는 제안은 그때도 지금도 달콤하고 매력적이었다. 그러나 나쁜 점이 있다면 그때는 선택지가 없었고, 지금은 선택지가 있다는 것이었다.

제안을 거절하는 것은 자존심 때문이기도 했고 아니기도 했다. 여원은 이제껏 스스로의 인생보다 더 거대한 무언가에 내내 끌려다녔다. 그리고 그때에 너무 많은 것들을 잃어버렸다. 자존심은 그중 하나일 뿐이었다.

이석에게 도움을 받는다는 것은 인생에 또 하나의 빚을 만드는 것과 다름없었다. 끌려다닐 여지를 가질 수밖에 없는 것이다. 그는 언제나 그녀보다 더 거대했으니까.

비록 이 선택이 삶의 일부분을 제한하고 망가뜨린다 해도, 그건 오로지 그녀의 몫이었다.

"내가 네게 아무런 의미도 아니라면."

이석의 말끝이 갈라졌다. 그는 불안정한 목소리로 말을 이어 나갔다.

"그래서, 아무런 의미도 아니라서, 더 이상 나와 엮이지 않겠다는 건가? 그렇다면 오히려 상관없잖아. 상관없는 거잖아. 의미야 다시 만들면 되는 거잖아."

이석의 말은 이상적인 이야기에 불과했다. 지금의 그가 제게 아무 의미도 없는 것은 맞지만, 그렇다고 해서 지난 과거가 없던 일이 되는 것은 아니다. 또 여원이 그를 거부하는 이유는 단순히 과거의 상처에만 있지 않았다. 그라는 사람 자체에도 있었다.

"예전에⋯⋯ 엄준섭 씨가 그런 말을 했어요. 사채 때문에 팔려 나가는 여자들 많이 봤고 특별한 일도 아니라고. 근데 자신은 마음이 불편하다고. 당신이 날 오래 데리고 있었기 때문에요. 저는 그 말을 들을 때, 그런 생각이 들었어요."

"⋯⋯."

"이석 씨도 그렇겠지. 이석 씨에게도 그런 건 특별한 일이 아니겠지. 실제로 제 일에 대해서도 아무렇지 않은 듯 구셨고요."

"난 평생 그런 것을 보며 자라 왔어. 익숙했을 뿐이야."

그 나름의 항변에 여원은 쓸쓸히 웃었다.

"그런 일에 익숙해지는 거, 정상 아니잖아요. 그때 제가 제 마음을 마음대로 할 수 있었다면 당신을 사랑하지 않았을 거예요. 당신은 나쁜 사람이에요. 법적으로든 도의적으로든, 4년 전이든 지금이든."

"……."

"그때도 지금도 당신이 그런 사람인 줄은 알고 있었어요. 다만 다른 건, 4년 전의 저는 그걸 인정하지 않으려고 들었다는 점이죠. 사랑했으니까요. 사랑 하나면 다 용서가 되는 줄로 알고."

여원은 숨을 한번 몰아쉬었다. 막연히 쌓아 두었던 생각들을 구체적인 언어로 전하고 나자, 그녀는 비로소 케케묵은 감정을 완벽하게 끊어 냈다는 생각이 들었다.

"지금은 아니에요. 우린 결코 그때로 돌아갈 수 없어요. 그러니까 우리, 남인 걸로 해요."

* * *

여원은 일찍 눈을 떴다. 교도소의 기상 시간인 6시 30분보다도 1시간이나 일렀다. 이석은 벽에 기댄 채 앉아 있는데, 잠들지는 않았는지 그녀의 인기척에 눈을 떴다. 그녀는 안 잤냐고 물으려다 말았다.

이석은 여원이 일어나자 따라 일어나려는가 싶더니, 도로 몸을 앉혔다. 우린 남이라는 그녀의 말을 상기한 모양이었다. 여원은 그의 눈을 피하며 자리를 떠났다.

목욕을 마친 그녀는 옷을 갈아입고 드라이기를 켰다. 여원은 허리 아래까지 내려오는 머리카락을 말리며 유심히 거울을 들여다보았다. 연한 속 쌍꺼풀, 처진 눈매, 작은 코, 얇은 입술. 전체적으로 순하고 흐릿한 인상이었다.

일반적으로 통용되는 미인상의 얼굴과는 거리가 멀었다. 옛날에는 좀 더 화려하고 예쁜 외모를 가졌다면 그가 그녀를 사랑했을지 가늠해 보기도 했었다. 그러나 이제는 그게 다 쓸모없는 가정임을 안다.

길고 치렁치렁한 머리카락이 새삼 무겁게 느껴졌다. 자르는 것도 일이라 내버려 두었는데, 조만간 짧게 쳐야 할 것 같았다. 요새 미용실은 가격이 얼마나 하려나.

옷을 갈아입고 짐을 챙겨 찜질방을 나왔다. 어제 비가 와서 그런지 새벽 공기가 서늘했다. 그러고 보니 옷을 사야 하는데. 정말 가진 게 아무것도 없다 보니 필요한 물품이 한두 가지가 아니었다.

오피스텔에 짐이 그대로라던 이석의 말이 생각났다. 그러나 다시 그를 찾아가 짐을 돌려 달라고는 하고 싶지 않았다.

'왜 거절했어. 받지.'

이석의 말들이 꼬리처럼 따라붙었다. 여원은 쓴웃음을 흘렸다. 그의 눈에는 이상하게 보이기도 하겠다. 가진 거라곤 아무것도 없는 여자가, 준다는 걸 안 받겠다고 버티니 같잖은 자존심인가 싶겠지.

하지만 사람에게 그런 신념 하나 없다면 죽은 것과 무엇이 다를까.

교도소에서 헤르타 뮐러의 『숨그네』를 읽은 적이 있다. 원래 여원은 독서를 즐기는 편이 아니었으나 지루한 시간을 버틸 만한 선택지는 그다지 많지 않았다. 그녀가 복역한 교도소는 폐가제 형태로 도서관을 운영했는데, 교정 기관에서 보유한 도서 목록을 보고 도서 대여 신청서를 작성하여 책을 받아 보는 식이었다.

여원은 수용소나 전쟁에 대해 다룬 책들을 찾아 읽곤 했다. 『죽음의 수용소에서』, 『이반 데니소비치의 하루』, 『예루살렘의 아이히만』……. 책에서 나오는 극단적인 상황들보다는 교도소가 차라리 낫겠지 싶은 위안에서였다.

교도소에서의 일과는 정해져 있다. 일어나라면 일어났고, 밥을 먹으라면 밥을 먹었고, 일하라면 일했고, 쉬라면 쉬었고, 자라면 잤다. 소지 물품 하나하나를 검사받았으며 인터넷을 하는 것도 자유롭지 못했다. 여원을 힘들게 하는 것은 그것이었다.

바깥과 단절된 것보다, 공장에서 노역을 하는 것보다, 아주 적은 액수의 작업 상여금보다, 의지를 박탈당한 것. 그게 너무 힘이 들었다.

죽어라 빚만 갚다가 이십 대를 보냈다. 교도소에서 나가면 서른하나라는 사실과 비어 버린 4년의 공백, 그리고 평생을 따라다닐 전과자란 과거. 집도 가족도 모아 둔 돈도 없다. 인생을 놓아 버리고 싶은 충동이 시시각각 그녀를 죄어쳤다.

다행히 상담과 약물 치료, 여러 수업과 프로그램을 통해 상태는 조금씩 차도를 보였다. 출소를 1년 정도 앞둔 시점엔 거의 완전하게 괜찮아졌다. 『숨그네』는 그 끝자락에서 읽은 책이었다.

「"수용소는 실용적인 세계다. 수치심과 두려움은 사치다. 흔들림 없이, 어설픈 만족감으로 시체를 처리한다. 남의 불행을 기뻐

하는 감정과는 다르다. 죽은 사람 앞에서 부끄러움이 줄어들수록 삶에 더 악착같이 매달리게 되는 듯하다."〕[1]

죽은 이의 시체에서 빵을 훔치는 행위에 대해 독백하는 장면이었다. 그녀는 이 문단을 읽으면서 조금 울었다. 시체를 처리할 일도, 시체에서 빵을 훔칠 일도 없는데 왜 눈물이 나는지는 몰랐다. 그냥 계속 눈물이 나기에 닦지도 않고 내버려 두었다. 그리고 생각했다.

나는 부끄러운 일에 부끄러워하며 살아야지.

부끄러워하면서도 삶에 더 악착같이 매달려야지.

비록 남들에 비해 한참 뒤처진 인생이라고 해도, 부끄러움을 알 수는 있지 않은가. 그래서 여원은 삶에 매달리기로 했다. 부끄러운 사랑을 하지 않기로 했다. 그녀가 사랑했던 남자가 어떤 사람인지를 인정하기로 했다.

그 생각은 지금도 변함이 없었다. 이석이 속한 삼진이 양지로 올라와 그럴듯한 기업가 행세를 하는 건 맞지만, 그 근원이 무엇인지 그리고 그 뒤에서 무슨 일이 자행되는지 그녀도 모르지 않았다.

사람을 팔아넘기는 건 둘째 치고서라도, 어디 부둣가 컨테이너에서 사람 하나 담금질해다가 내다 버리는 건 그들에게 일도 아니었다.

이석이 저렇게까지 하는 이유를, 여원은 알았다. 믿고 싶지 않은 것과 별개로 대충 예상이 갔다. 그러나 그의 감정이 4년 전 여원이 가졌던 감정과 같은 형태라고는 생각하지 않았다.

---

[1] 헤르타 뮐러, 『숨그네』, 박경희 (문학동네, 2010), p.162~163.

'그 싸이코 새끼 유우명하지. 사람 좋은 척은 다 하믄서 피도 눈물도 없지요?'

언젠가 들었던 말이 떠올랐다. 그 말대로, 그는 그런 감정을 가질 사람이 아니었다. 몇 년을 봐 왔는데 모를까.

이석은 뭔가 착각하고 있는 거였다. 발에 채는 돌멩이만큼이나 하찮게 여겼던 여자가 뒤통수를 때리니 충격깨나 받았을 테고, 더는 당신을 사랑하지 않는다는 말에 전에 없이 자존심이 상했겠지. 그래서 오기가 생긴 거였다.

이석의 삶에 가지지 못한 것이 몇 개나 있겠는가. 그게 그녀처럼 볼품없는 여자라면 더욱 말도 안 되는 일이겠지. 저렇게 저자세로 구는 것을 보면, 딴에 그걸 대단한 감정이라고 착각하고 있는 모양이고…….

사실 이조차도 크게 납득되는 이유는 아니었다. 그러나 이런 게 아니면 달리 설명할 방법이 없었다.

이석은 평범하고 상식적인 말들로는 설명하기 어려운 남자였다. 그러니 거기에 애정이니 사랑이니 하는 단어들을 붙일 수도 없었다. 정말이지, 그와는 거리가 먼 단어였으니까.

문득 여원은 자신이 그를 사랑하게 되었던 순간을 떠올렸다. 스물넷의 가을이었다. 머나먼 과거의 순간이었지만 그때의 기억은 그녀의 영혼에 깊은 흔적을 남겼다.

어쩌면 여원은 그 전부터 그를 사랑했을 수도 있었고, 그때를 기점으로 사랑하게 된 것일 수도 있었다.

하지만 그게 언제였든, 사랑을 깨닫는 것은 한순간이었다.

언젠가 스트레스성 위염과 심한 몸살이 한꺼번에 겹쳐 왔던 때가 있었다. 정말 죽을 것처럼 정신이 아득했지만, 끝까지

119는 부르지 않았다. 야간 응급실 비용이 만만치 않기 때문이었다.

결국 버티다 못한 여원은 한밤중에 정신을 잃었다. 눈을 떴을 때는 응급실에서 수액을 맞고 있었다. 새벽녘 귀가한 이석이 쓰러진 그녀를 뒤늦게 발견하여 병원으로 옮겼다고 했다.

'그렇게 아프면 병원을 가든지 날 부르든지 하지.'

가물가물한 와중, 근처에서 무뚝뚝한 목소리가 들렸다.

'미련하게 그걸 왜 참고 있어.'

아, 당신을 불러도 되는 거였을까. 하지만 고작 이런 일로 바쁜 사람을 부른다며 날 성가셔할까 봐. 죽을병도 아닌데 엄살을 부린다고 생각할까 봐. 당신에겐 늘 내가 별것도 아니니까. 우리 관계는 별것도 아니니까.

늘 인지하고 있던 사실임에도 괜히 서러웠다.

이마에 서늘한 손이 와 닿았다. 여원은 그의 말에 무어라 대답을 하고 싶었지만, 손가락 까닥할 힘도 남아 있지 않았다. 그녀는 기분 좋은 손길을 느끼며 기절하듯 잠들었다.

다시 깼을 때는 아침이었다. 그때도 이석은 그녀의 곁을 지키고 있었다. 어울리지도 않게, 간이 의자에 앉은 채 벽에 기대어 선잠이 든 꼴로. 정말 어울리지도 않게.

절대 그럴 것 같지 않은 남자가 그녀의 옆에서 '그러고' 있었다. 여원은 괜히 자신이 특별한 여자가 된 것 같은 기분을 느꼈다.

아플 때 곁에 누군가 있어 준 것은 굉장히 오랜만에 있는 일이었다. 정확히는 엄마 이후로 처음이었다. 어쩐지 벅차서 눈가가 조금 달아올랐다. 여원은 자신이 오래도록 외로웠다는 사실을 깨달았다.

그녀는 무어라 설명할 수 없는 기분에 사로잡혀, 잠든 그의 얼굴을 한참이고 바라보았다. 작은 새를 가두어 놓은 새장이 된 것처럼 가슴이 요동을 쳤다.

커튼 사이로 새벽과 아침 사이 희끄무레한 빛이 비쳤다. 병실 안은 고요했고, 반쯤 어둑했고, 더없이 따뜻했다. 그녀는 공기 중에 돌아다니는 냄새와 온기를 손안에 잡아챌 수 있을 듯한 기묘한 고양감을 느꼈다.

그의 규칙적인 숨소리가 그녀의 귀를 간질였다. 편안하고 안온한 순간이었다. 여원은 이 순간을 아주 오랫동안 잊지 못하리라는 예감이 들었다. 그리고, 그리고…….

나, 이 사람을 사랑해.

이 사람을.

이 남자를.

'이런' 남자를…….

그건 발밑이 무너지는 듯한 깨달음이었다. 전혀 아름답지도 않았고, 전혀 감격스럽지도 않았다. 그를 향한 감정에 침식되어 갈 자신의 모습이 눈에 선했다. 그러나 이미 알아 버린 것을 무를 수는 없었다.

깨달음은 언제나 그런 것이었다.


머나먼 과거의 상념이 희뿌연 안개처럼 문드러졌다. 찜질방에서 나온 여원은 터미널에서 인천으로 가는 버스표를 끊었다. 남동공단으로 갈 생각이었다.

버스 시간을 기다리는 시간 동안 근처 PC방에서 공장에 이력서를 몇 군데 넣었다. 세 개까지 넣고 창을 끄려는데 구인 사이트에 올라온 여러 회사들이 눈에 밟혔다.

여원은 하나하나 클릭해서 지원 자격을 살펴보았다. 대졸, 초대졸, 고졸 이상, 경력자 우대, 엑셀 고급능력자 우대, TOEIC 700 이상 우대……. 특히 '해외여행에 결격 사유가 없을 것.'이라는 조항이 붙어 있지 않은 모집들에 괜히 미련이 남았다.

마음이 울렁거렸다. 그녀는 애써 낙관을 끌어모아 그럴싸한 미래를 그렸다.

먼저 열심히 돈을 벌어서 자리를 잡자. 공백 기간도 어떻게든 채우고, 자격증 갱신도 하고, 취업 연계든 뭐든 할 수 있는 건 다 도전해서 다시 하고 싶은 일을 하자. 번 돈으로 맛있는 것도 먹고, 사고 싶은 옷도 사자.

한때 여원은 사소한 일도 기쁘게 받아들였고 작은 희망도 놓지 않으며 살았다. 그러나 그건 그녀가 날 때부터 그런 사람이라서가 아니라, 어디까지나 노력의 산물이었다. 삶은 매 순간 노력의 연속이고 투쟁의 집합체다. 긍정적인 결과를 얻기 위해서는 더욱 그렇다.

교도소 안에서 몇 년을 놓아 버리긴 했지만, 그것이 노력하지 않았기 때문은 아니었다. 그때에도 여전히 그녀는 스스로에 대한 투쟁을 거듭하고 있었다.

어떤 이에게는 숨 쉬고 살아가는 것 자체가 긴 싸움이 된다. 또 어떤 이에게는 자신을 지키는 것이 지난하고, 어떤 이에게는 내일을 마주하는 것이 고단하다. 각자에겐 각자의 짐과 언덕이 있는 거니까.

그렇게 모든 이들은 제각기 나름의 방식으로 무언가를 견뎌 내며 살아간다. 삶의 선택지마다 놓인 수많은 갈림길에서, 자의로든 타의로든 길을 선택해 나가며.

그럼에도 불구하고 부끄러운 사람이 되지 않는 것은 누구에게나 어려운 일이다. 또 그럼에도 불구하고 여원은 부끄럽지 않은 사람이 되고 싶었다.

그건 언제나와 마찬가지로, 노력과 의지를 요하는 일이었다.

## 03. 스물일곱의 여자

"여원 씨는 오늘도 도시락?"

"아, 네! 점심 맛있게 드세요!"

김 차장이 웃으며 고개를 까닥거렸다. 꼭 그녀를 비웃는 것처럼 느껴져서 여원은 저도 모르게 어깨를 움츠렸다. 그런 것은 아닐 텐데도.

사람들이 우르르 빠져나가자 사무실이 텅 비었다. 여원은 몇 분 더 모니터에 시선을 박아 넣고 있다가, 이내 의자에 등을 기대며 고개를 젖혔다. 감은 눈꺼풀 안으로 흰 조명 빛이 어른거렸다.

처음에는 다이어트니, 바깥 음식은 입맛에 안 맞는다느니 이런저런 핑계를 댔지만 이제는 아무도 믿지 않았다. '믿는 게 이상하지.' 그녀는 자조적으로 생각했다.

번번이 점심을 거르거나 탕비실에 비치된 것들로 끼니를 때우는 여자. 종류도 별로 없고, 낡기까지 한 옷을 입고 다니는 여자. 거의 매일같이 야근을 자처하는 여자. 정말이지, 믿는 게 이상했다.

여원은 대체로 둥글둥글한 성격이었기에 회사 사람들과 큰 트러블은 없었다. 대놓고 그녀를 비웃거나 무시하는 사람도 없었다. 하지만 때때로 보이는 동정 혹은 의아한 시선이나, 튀어나오는 말 같은 것은 어쩔 수가 없었다.

길게 한숨을 내쉰 여원이 이석에게 연락을 넣었다.

[오늘 온다고 했죠? 몇 시에 들어와요?]

최근 이석은 일 때문에 바빴다. 원래도 바쁘긴 했지만, 요 며칠은 아예 오피스텔에 들어오지도 못할 정도였다. 여원은 내심 섭섭했으나 그럴 주제가 못 된다는 것을 알아 티 내지는 않았다.

전송한 지 오래지 않아 답신이 돌아왔다.

[이석 : 몇 시에 들어갈까]
[ㅋㅋㅋ내가 몇 시에 들어오라고 하면 그때 들어올 거예요?]
[이석 : 생각해보고]
[7시!!]
[이석 : 그 전에 들어갈게]
[ㅎㅎ]

큰 의미도 없는 연락들에 실실 웃음이 흘러나왔다. 먼저 자라는 이석의 메시지를 끝으로 여원이 몸을 일으켰다.

탕비실에서 커피와 다과를 가져다 놓고 한글 창을 켰다. 교정교열 알바였다. 회사 일뿐 아니라 교정교열이나 번역 원고 등의 외주를 맡아 하고 있었다.

한 학년만 다니고 자퇴하긴 했으나 서울 소재의 대학에서 국어국문학과를 전공했었고, 한국어 능력 시험 1급과 만점에 가까운 토익 점수도 있다. 어차피 아마추어 판에서 명확한 인증을 요구하는 사람들은 많지 않으니 진실과 거짓을 섞어 그럴듯하게 소개만 써 놓으면 일은 들어왔다.

회사 일과 병행하는 게 힘들긴 했지만, 몇 년간 지속하다 보니 그것도 무뎌졌다. 힘들지 않다는 게 아니라 그냥 삶의 일부분처럼 느껴지는 것이다. 당연히 해야 할 일로 인식하게 되면 불평이나 억울함 같은 감정은 없어지게 된다. 밥을 먹고 잠을 자는 등의 당연한 행위처럼.

여원은 모니터에 눈을 박고 손을 움직였다. 빨간색 글씨로 맞춤법을 고치고, 띄어쓰기를 하고, 메모를 달고, 앞뒤를 비교해 가며 맥락을 고쳤다. 발주자가 신경 써 달라고 부탁한 부분이 여간 까다로운 게 아니었다.

스무 페이지를 끝낸 후 목을 몇 번 돌렸다. 꾸준히 스트레칭을 해 주는데도, 하루 일과가 이렇다 보니 목과 어깨가 찌뿌드드했다. 이러다 덜컥 디스크라도 와서 병원비가 나갈까 봐 걱정이었다.

그나마 다행인 선, 신천적인 건지 후천적인 건지는 모르겠지만 시력이 좋다는 점이었다. 아니면 또 안경 맞추랴 렌즈 맞추랴 돈이 깨졌겠지. 아침부터 새벽까지 모니터를 들여다보고 있는 게 일상인데…….

"아."

문득 의미 없는 소리가 새어 나왔다. 그것은 웃음을 참는 소리 같기도 했고 고통을 참는 소리 같기도 했다. 여원은 저도 모르게 손등으로 입을 막았다가, 멍하니 떼어 냈다. 불식간에 찬물을 뒤집어쓴 것처럼 사고가 뚝 멎어 버렸다.

누군가 강제로 내리누른 것처럼 바닥으로 꺼져 버린 생각들 가운데서, 한 가지 결론만이 부유했다.

사실 이런 노력 따위 쓸모없을지도 모른다.

아니, 쓸모없었다. 앞으로 남은 두 달 동안 몸이 부셔져라 일을 해도, 일억이 넘는 돈을 벌어들일 수는 없을 테니까. 그 돈이 나올 구석도 빌릴 구석도 없으니까. 지금이라도 당장 일을 다 때려치우고 하고 싶은 거나 해 보는 게 나을 수도 있겠지.

그러나 그러지 못하는 것은 그녀가 너무 어리석기 때문일 것이다. 너무 미련하고 너무 멍청해서. 아니면 현실을 부정하고 싶은 것일지도 몰랐다. 지난 3년간 노력하면 될 것이라는 착각에 빠져 살아왔듯이.

하지만 언제나, 할 수 있는 건 다 해 왔으니까.

그냥 그게 다였다.

*  *  *

금요일 저녁이라 그런지 거리와 식당에 손님이 바글바글했다. 개중에서도 회사 옆 건물 1층에 위치한 가게는 사람들이 대기번호까지 뽑아다가 기다리고 있었다. 최근에 오픈한 초밥 뷔페였다.

여원은 슬쩍 가서 가격을 확인했다. 금요일 디너, 주말 삼만 이천구백 원. 숨이 턱 막히는 금액이었다.

여원은 대기 인파를 다시 둘러보았다. 저 뷔페를 먹을 수 있는 사람들이 이렇게나 많은데, 그녀는 그 안에 끼지 못했다. 이 도시에서 저와 같은 처지의 사람이 얼마나 될까. 입 안이 썼다. 한참 후에야 그녀는 걸음을 옮겼다.

어둑한 저녁. 여원의 걸음이 골목으로 접어들었다. 상사와의 전화를 끊고 휴대폰을 가방에 집어넣는데, 문득 이상한 불길함이 들었다. 그녀는 주변 정경을 대충 감상하는 척 옆을 슬며시 돌아보았다.

뒤에서부터 봉고차 한 대가 천천히 따라오고 있었다. 언제부터였는지는 몰랐다. 그녀를 지나치지도, 그렇다고 아예 뒤처지거나 멈추지도 않는 아주 느린 속도였다.

기묘한 소름이 등줄기를 타고 흘러내렸다. 여원은 가방에서 휴대폰을 다시 꺼냈다. 신고? 신고를 해야 하나? 하지만 아직 아무 일도 일어나지 않았는데? 별일이 아니면 어쩌려고?

손가락을 긴급 전화 버튼 위에 두고, 아주 잠시 망설인 순간, 여원은 자신을 뒤따르던 봉고차가 바로 옆까지 당도했음을 깨달았다.

어떻게 손써 보기도 전에 어깨가 쥐어 잡혔다. 그녀는 낮게 소리를 실렸지만 채 끝맺지도 못하고 입이 틀어 막혔다. 열린 차 문 안으로 빨려 들어가듯 몸이 끌려갔다. 허공에 뻗은 제 손이 시야 속에서 껌뻑거리며 흐려졌다.

누구지? 사채업자? 아직 상환 기한은 남았는데? 일이 뭔가 틀어졌나? 내가 모르는 빚이 또 있는 건가? 온갖 가정이 떠올랐다가 가물가물 가라앉고, 눈꺼풀은 의지와 상관없이 닫혔다.

여원은 이석을 생각했다. 그가 급하고 초조한 얼굴로 달려와 주는 모습을 상상했다. 그녀를 구하러 올 사람 같은 건 없는데도.

아득한 정신 속에서 오래된 꿈을 꾸었다.
'파산 신청 안 먹히겠죠.'
'먹혔으면 그 많은 인간들이 빚 못 갚아서 사라지진 않았겠지.'
차라리 빚이 오억, 십억, 그랬으면 눈 딱 감고 죽어 버렸을지도 모른다. 그런데 이억 천만 원은 뭔가 될 것 같았다. 평생 가져 보지 못한 금액인데도 될 것 같다는 그런 생각이 들었다.
실제로 시간이 더 많았으면 가능했을 것이다. 빚을 다 갚고 나면 그녀에게 남은 것은 아무것도 없겠지만.
사람 인생이 이억이라는 금액에 망가지는 건 너무 말도 안 된다고 생각했다. 그건 너무 쉽지 않은가. 인생이 그렇게, 쉽게 망가질 수 있는 거였나. 내 인생이 그렇게 쉬웠나.
'사람 인생은 너무 쉬운 거 같아요. 죽으면 끝이잖아.'
'갑자기 웬 허무주의야.'
'이석 씬 사람 죽여 봤어요?'
'그건 왜.'
'그냥 그래 봤을 거 같아서.'
'하하, 왜 그렇게 생각해.'
여원은 이석이 무슨 일을 하는지 몰랐다. 정확히 말해 '어떤 깡패 일'을 하는지 몰랐다.
그녀가 알고 있는 건 여러 계열을 장악하다시피 한 거대 기업 삼진이 실상 조폭을 근간으로 둔 회사이고, 그는 삼진에서 건설 사업을 맡고 있으며, 그의 형이 사채 사업을 맡고 있다는 것이 다였다.

한마디로 여원은 인터넷 조금만 뒤져 보면 나오는 사실 그 이상을 알지 못했다.

'당신이 잔인하대요.'

'누가.'

'그냥 사람들이요.'

'그 말을 믿어?'

'믿고말고요.'

이석이 소리 내어 웃었다. 여원은 따라 웃었다. 믿고말고요. 당신이 내게 이렇게 잔인한데 어떻게 그 말을 믿지 않을 수 있겠어요. 당신은 날 죽여야 하는 상황이 온대도 망설임 없이 죽일 사람인데.

그의 얼굴이 조각조각 부서져 내렸다. 여원은 텅 빈 공간에 홀로 남았다. 영원할 것만 같은 공간이었다. 사랑이 영원하게 느껴지는 이유는 주어진 시간이 유한하기 때문이듯이.

날 거두지 않을 거라면 왜 다정했나. 가느다란 희망을 왜 끝내 놓지 못하게 만들었나. 사랑을 모르는 당신에게 왜 나는 사랑을 배웠나. 입 밖으로 내본 적 없는 원망의 말들이 무더기로 쏟아졌다.

돌려받을 수 없는 것에 매달리고, 지나치는 등 뒤에서 하릴없이 서성대고.

나는 이제 이 목줄을 끊어 낼 때가 되지 않았나…….

* * *

 점멸하는 의식이 느릿하게 기어올랐다. 눈앞이 깜박거리며 산란한 어지러움이 일어났다. 여원은 울렁거리는 속을 다잡으며 신음을 흘렸다. 토할 것 같았다.
 숙인 머리 위로 걸걸한 목소리가 내려앉았다.
 "어지러울 거야. 야가 약을 좀 많이 썼소. 곱게 다루래도 이 새끼가 말을 안 들어서."
 이어 뒤통수 맞는 소리와 함께 죄송함다, 하고 우렁찬 사과가 돌아왔다. 여원은 멍하니 고개를 들었다. 눈 옆에 상처가 길게 난 중년의 남자가 그녀를 보며 웃고 있었다. 제법 다정한 미소였지만 험악한 얼굴 때문인지 하나도 어울리지 않았다.
 묶인 팔이 덜덜 떨려 왔다.
 그녀는 얼굴에 두려움을 내비치지 않기 위해 안간힘을 썼다. 무너지려는 입매에 힘을 주며 눈알을 굴려 주변을 살폈다. 컨테이너로 보이는 공간 안은 페인트 냄새로 가득했다.
 여원은 인상을 찡그렸다가 펴길 반복하며 정신을 차리려고 노력했다. 퇴근길에 낯선 이에게 입이 틀어 막혔고, 눈 뜨기 전의 기억은 그걸로 끝이었다. 어떻게 봐도 납치였다.
 조금씩 올라오는 신물을 삼키길 몇 번, 간신히 말할 여유가 생겼다. 여원은 다 갈라진 목소리로 더듬더듬 물었다.
 "……누구, 신지."
 "엘디오 상무 이사 최지엽이라 하요. 여기 명함. 팔 묶여서 못 받지요? 그냥 보기만 하소. 아가씨 이름이 신여원이 맞는가?"
 "……네?"

여원은 왜 엘디오의 상무 이사가 그녀를 데려왔는지 몰라서 어리둥절했다.

"아가씨 신원 확인이 먼저 돼야지 않갔어요. 우리도 위험 감수한 거니끼니 신중해야 해서. 신여원 맞는가?"

"네……? 아닌데요. 누구신데요?"

"기수야."

최지엽의 턱짓에, 옆에 기립해 있던 남자가 그녀의 가방을 열더니 거꾸로 뒤집었다. 안에서 휴대폰, 지갑, 화장품, 생리대 같은 것들이 와르르 쏟아져 나왔다. 남자는 지갑에서 신분증을 꺼내 확인했다. 여원은 낭패라는 얼굴로 고개를 돌렸다.

"장이석이 요즘 뭐 하고 있소? 잘 사는가?"

"……잘 살아요."

최지엽이 재미있다는 듯 킬킬 웃었다.

"장이석이 이 새끼 취향 독특허네잉. 우리 옌예인 언니야들이 들이대두 눈 하나 깜빡 안 허디만 이런 취향이어서 그랬고만?"

"……"

"여튼 간에 이석이 여자믄 내가 한번 봐야지요. 아니 기야는 여자가 생겼으면 재깍재깍 자랑도 좀 하구 그라야지, 뭘 또 꽁꽁 숨겨 놓고 있다야. 3년씩이나 됐음서."

"저, 왜 네려오셨이요?"

"긴데 또 빚은 안 갚아 준다던디. 아가씬 3년 동안 뭐 했소, 그 새끼 안 꼬시구."

여원이 말이 없자 최지엽은 쓰읍, 하는 소리를 길게 냈다. 그러고선 짐짓 그녀가 불쌍하다는 듯 눈썹 끝을 내려뜨렸다.

"허참 각박해. 3년씩이나 붙어먹은 여잘 어째 기레 버려뿐다

우. 하긴 그 싸이코 새끼 유우명하지. 사람 좋은 척은 다 하믄서 피도 눈물도 없지요?"

"……."

"두 달도 안 남었던디 아가씨 어쩔라구 태평하요."

"……안 태평한데요."

최지엽은 눈을 크게 뜨더니, 제 옆에 선 남자에게 고개를 돌리며 웃음을 터뜨렸다.

"으, 으핫하! 이 아가씨 재밌네이. 안 태평하믄 왜 계속 이석이랑 붙어 있소, 도망이라도 안 치구."

"왜 데려오셨어요, 저?"

"아가씨가 안 태평하구 뭐 따루 방법도 없으믄, 이야기가 수월하갔네. 나 아가씨 상황 다 알아요. 곧 팔려 가게 생겼담서. 장이석이는 도와주지도 않구 말여."

최지엽이 담배를 빼어 물고 불을 붙였다. 담배 연기를 싫어하는 여원의 얼굴이 절로 일그러졌다. 그는 별 상관하지 않고 훅 연기를 내뱉으며 느긋하게 말했다.

"이석이 오피스텔서 출퇴근한다매."

"잠만, 자고 가는걸요."

"거기서 업무두 처리하구 그런담서, 뭘. 장부 몇 갠 거따가 갖다 놨다는디. 빚은 안 갚아 줘두 아가씰 꽤 믿나벼?"

"……."

"아가씨 지금 있는 요기가요, 사람 하나 죽어 나가도 모르는 곳여요. 좀 멀리 왔걸랑. 이석이 그 쌍놈 새끼가 뭔 일하는 새낀지 알지요? 나나 그놈이나 도긴개긴이니께네 너무 상심 말고. 팔아 버리는 게 낫다 싶을지, 신사적으루 델따 줄지는 아가씨 선택에 따라 달렸제."

"……."

"남은 빚 일억 얼마람서. 이 일 받아들이면 오천 주갔소."

"……됐어요."

"일 하나 성공하면 남은 빚 싹 갚아 주고."

"……."

"다 마무리되면 일억 더. 해외 도피까지 풀코스로 모시지."

무슨 일을 맡기려는 걸까. 장이석에게 그녀는 그리 대단한 존재가 아니라서, 뭐 대단한 일도 하지 못할 텐데. 보통 이런 제안은 애인이나 측근에게 하지 않던가. 여원은 그 축에 끼지 못했다.

이런저런 생각들이 떠올랐다. 이 제안을 받아들이면 정말 자유가 될까. 내 인생을 다 잡아먹은 그 빌어먹을 빚에서 벗어날 수 있을까. 만약 일이 잘못되면 어떻게 되는 거지. 그는 결코 용서하지 않을 텐데.

아니면 받아들이는 척하고 역으로 이석에게 고해바치는 건 어떨까. 그가 잘했다고 칭찬이라도 해 줄까. 빚이라도 갚아 줄까. 최대한 긍정적으로 생각해 보려고 노력했지만 너무 불확실했다. 전자는…… 빚을 갚을 수 있다는 면에서 차라리 더 확실하기라도 하지.

최지엽은 그녀가 이 제안을 거절하리라고는 생각지도 않는 눈치였다. 하긴 누가 생각해도 그럴 터였다.

이석에게 동거인 그 비슷한 파트너가 있다는 사실은 이 바닥 웬만한 이들은 다 알고 있었지만, 그 여자가 곧 팔려 나갈 처지라는 건 이석의 가까운 이들밖에 몰랐다.

'형님이 좀, 냉혈한 기질이 있슴다. 나쁜 분은 아닌데, 아니 나쁜 분은 맞네.'

여원은 엄준섭이 했던 말을 떠올려 냈다. 똑같은 개새끼였대도 엄준섭은 그녀를 동정하기라도 했지, 이석은 그조차 하지 않았다. 아마 그는 그녀가 식사를 제대로 챙겨 먹고 다니는지, 빚을 갚기 위해 무슨 일을 하는지도 모를 것이다.

원망이 낫다 싶을 만큼의 무관심이었다.

여원은 작게 숨을 들이켰다.

그러니까, 지금부터 하는 모든 선택과 행동들에 관해 그에게 미안한 감정을 가지지 않을 것이다. 그가 나빠서가 아니다. 나쁜 건 저였다. 여원은 그렇게 생각하려고 애썼다. 지금껏 스스로를 동정하는 일은 지겹도록 많이 해 왔으니까.

이석에게 제 것도 아닌 빚을 갚아 줄 의무는 없지. 그런 거였다. 처음부터 그랬다. 그가 책임지지 않을 일이라면 그녀가 책임져야 했다. 그게 어떤 방식이든 간에.

머릿속이 명료해졌다.

"아가씨 안 잡히게 우리가 최선을 다할 거여. 잡히믄 우리도 손해라니께? 우리가 사주한 건디 아니 그릏소? 아가씨두 이 방법밖엔 없단 거 알 거여, 이석이 기 새끼는 뭐 동정심 그런 게 없는……."

"오천, 더요."

"뭐?"

"오천 더 달라구요. 이, 이거 목숨값 포함인데. 그리고 제가 해야 할 일이 뭔지는 마, 마, 말씀해 주셔야죠."

목소리가 볼품없이 떨려 나오긴 했지만, 여원은 꽤나 의연하고 뻔뻔한 얼굴로 제안하는 것에 성공했다.

최지엽이 멍청하게 눈을 끔벅였다. 잠깐의 얼떨떨한 침묵 끝에 그가 이내 폭소를 터트렸다. 푸핫, 으흐하하하, 으하, 으하핫! 한참 웃어대던 지엽은 눈물을 닦는 시늉을 하며 다가와 그녀의 어깨를 두드렸다.

"암요. 목숨값 포함이니께 더 잘 쳐줘야지요. 근데 우리가 협박해서 하는 거 아니지요? 그래두 기왕이면 자발적인 게 낫디."

"……아뇨. 아니에요."

협박이 아니어도, 어차피 선택권 같은 것은 애초에 없었으니까. 이 지옥에서 빠져나가기 위해서는 무엇이든 잡아야 했다. 비록 그것이 썩은 동아줄이라고 해도.

가쁘던 호흡이 천천히 가라앉았다. 기이하게도 차분해졌다. 여원은 파르르 눈을 감았다.

* * *

자정에 가까운 시간, 그들은 여원을 '신사적으로' 데려다주었다. 동 현관 비밀번호를 누르려는데 어쩐지 망설여졌다. 모든 것이 다시는 이전과 같지 않을 거란 예감 때문이기도 했고, 이 상태로 그를 평소같이 대할 자신이 없기 때문이기도 했다.

이런 기분으로 집에 들어가고 싶지 않았다. 그와의 기억이 온통 덧칠된 곳에 있으면 종전의 선택을 후회할 것만 같았다. 자신이 그렇게 마음이 약한 사람이라는 것을 증명당하기 싫었다.

막막한 마음으로 건물 앞에 서 있는데, 문득 가방 안에서 알림이 울렸다. 여원은 멍한 얼굴로 더듬더듬 가방을 뒤져 휴대폰을 꺼냈다. 이석에게서 온 메시지였다.

[이석 : 일이 생겨서 자정 넘겨 들어갈 것 같다. 먼저 자]

여원은 한참이고, 정말 한참이고 휴대폰 화면을 바라보다가, 오늘 자신도 당직이라는 답신을 보냈다. 그리고 다시 버스를 타고 회사로 향했다.
덜컹거리는 버스 안에서 그녀는 앞날을 생각했다. 불투명하기는 매한가지였으나 이전보다 좀 더 나아진 형태였다. 버스 유리창 위에 얼비치는 자신의 얼굴이 조금 더 살아 있는 것처럼 느껴졌다.
여원은 숙직실에 전화해서 하루 있겠다고 말해 둔 후 간단하게 씻었다. 담요를 깔고 누웠는데도 바닥에서 찬기가 올라왔다. 그녀는 보일러를 틀고 벽에 기대앉았다.
아무 생각이나 하려고 했는데 아무 생각도 나지 않았다. 다음 날이 토요일이라 다행이었다. 가물가물 잠이 왔다.

오전 11시, 오픈 시간에 맞추어 회사 옆 초밥 뷔페로 갔다. 여원은 구석에 자리를 잡고 샐러드 바로 향했다. 뷔페에 와 본 게 워낙 오랜만이라 접시를 찾는 것도 조금 헤맸다. 그녀는 신중히 음식을 담았다. 조금씩 여러 종류로, 최대한 예쁘게.
자리에 돌아와선 휴대폰으로 음식 사진을 찍었다. SNS를 하지 않기에 딱히 올릴 곳은 없지만 그냥 찍어 보고 싶었다. 심혈을 기울여 몇 장 찍은 후에야 초밥 하나를 입에 넣었다.
맛있다. 여원은 감탄하며 빠른 속도로 초밥을 먹었다. 느리게 먹으면 금방 배가 부를 테니까. 기껏 비싼 돈 주고 왔는데 조금밖에 못 먹으면 억울할 것 같아서 정신없이 입에 밀어 넣었다. 그러나 위가 작은 탓인지 두 접시를 먹고 나자 금세 배가 찼다.

평소 식비를 아끼느라 하루 한 끼 혹은 많아야 두 끼를 먹었고, 그마저도 인스턴트나 편의점 음식 등으로 때우기 일쑤였다. 더 나은 음식을 해 먹기에는 너무 바빴으며 돈이 없었다. 어차피 건강 같은 건 그녀에게 사치였다.

여원은 한 접시를 더 담아 왔다. 꾸역꾸역 먹다가 반 정도를 비우고 그만두었다.

그날 저녁, 그녀는 결국 먹은 것을 다 토해 냈다. 이석이 등을 두드려 주며 많이 먹지도 못하면서 갑자기 웬 뷔페냐고 말했다. 여원은 대답 없이 숨을 몰아쉬다가 손가락을 입 안에 집어넣었다. 신물이 메슥메슥 올라왔다. 괴로워서 눈물이 났다.

그녀가 소리 내어 울기 시작하자 그는 많이 힘드냐고, 소화제를 사다 줄까 물었다. 여원은 그냥 계속 울었다. 온갖 감정이 혼재된 흐느낌이 하염없이 새어 나왔다.

힘들었다. 정확히 무엇이 힘든 건지는 그녀도 잘 몰랐다. 그러나 확실한 것은, 힘드냐고 묻는 그 또한 이유에 포함되어 있다는 것이었다. 그는 언제나 그녀의 마음을 힘들게 했다. 언제나.

\* \* \*

"앉아 있으라니까. 누우면 더 얹힌다."

이석이 집 안으로 들어오며 약국 봉투를 들어 보였다. 침대 위에 누워서 휴대폰을 들여다보고 있던 여원이 반색하며 일어났다.

"와아."

그녀는 아무렇지 않은 척 웃었다. 생각보다 웃음은 자연스럽게 나왔다. 자신이 그를 배신했다는 사실에 아직 현실감을 느끼지 못해서일까. 오히려 더 가볍고 산뜻한 태도를 보이게 되었다.

"소화제랑 네가 말한 거."

"고마워요."

"이게 뭔데 사 달래."

"이거 약국에서만 팔잖아요. 안 먹어 봤어요? 진짜 맛있는데, 이거."

여원이 텐텐을 꺼내서 하나를 까다가 그의 입에 넣어 주었다. 딸기 향이 나는 다홍색의 네모난 캔디였다. 그가 몇 번 씹더니 애매한 얼굴로 중얼거렸다.

"그냥 일반 사탕이 더 맛있는 거 같은데."

"어렸을 때 약국 가면 꼭 엄마한테 사 달라고 졸랐는데 늘 안 사 줬거든요. 어린 시절의 상처가 지금까지 남아서 어른 돼서도 종종 사 먹었어요."

"어린 시절의 상처야?"

이석이 웃으며 여원의 뺨을 툭 건드렸다. 여원은 그 손을 확 잡아채어 쥐며 물었다.

"당신은요?"

"나?"

"이석 씨는 뭐 그런 기억 없어요? 당신 어릴 때 이야기가 궁금해요."

그에 대한 모든 것을 알아 두고 싶었다. 할 수 있는 한 마음껏 그를 사랑하고 싶었다. 그리고, 그런 후에 끝을 보고 싶었다. 그 끝의 형태가 어떠하든지 간에. 그래야 후회가 남지 않을 것 같았다.

이석은 읽어 낼 수 없는 표정으로 그녀를 가만히 응시하다가, 느긋하게 입을 뗐다.

"딱히."

"시시하게 그러지 말고. 어릴 땐 주로 뭘 하고 지냈어요?"

"공부랑 운동…… 정도였던 것 같은데."

"……뭐, 그랬을 거 같네요. 공부 잘했죠?"

"못하는 게 뭔지 몰라."

그가 어깨를 으쓱였다. 여원은 웃음을 터뜨리며 맞잡고 있던 그의 손을 집어던졌다.

"와, 재수 없어."

"그래서, 싫어?"

"그래도 당신이 좋아요."

여원은 장난스레 그의 뺨에 입을 맞추었다. 어떻게 그를 사랑하지 않을 수 있을까. 지금의 그녀로서는 상상조차 할 수 없는 일이었다.

"너야말로 말해 봐."

"뭘요?"

"어릴 땐 주로 뭘 하고 지냈지?"

"음…… 초등학생 땐 공기놀이 많이 했던 것 같은데."

"공기놀이?"

"친구들이랑 쉬는 시간마다 했어요. 좀 커서는 엄마랑도 많이 했고. 공기할 줄 알아요?"

"전혀. 하는 걸 보긴 했어."

하긴…… 공기놀이를 하는 장이석이라니. 하나도 안 어울렸다. 이석이 계속 말해 보라는 듯 또, 하고 읊조렸다. 여원은 눈알을 굴리며 천천히 말을 이었다.

"그리고 중학교 땐 뭐, 공부했죠. 놀기도 많이 놀고. 방과 후엔 친구들이랑 노래방 가고, 길거리 쇼핑 다니고, 가끔 영화도 보러 가고…… 아, 나중에 시간 괜찮으면…… 같이 영화 보러 갈래요?"

여원은 슬쩍 눈치를 보며 말을 끝맺었다. 그의 한쪽 눈썹이 조금 올라갔다.

그녀가 이런 제안을 하는 것은 처음이었다. 그들 사이에는 언제나 보이지 않는 선이 있었다. 이석은 말로든 행동으로든, 그녀에게 선을 넘지 말 것을 명령했다. 그리고 여원은 잘 훈련된 개처럼 그 명령을 착실히 지켜 왔다.

그러나 이젠 아무럼 어떤가 싶었다. 어차피 상황이 지금보다 더 최악일 수는 없었다. 물론 그의 거절에 상처는 받겠지만, 그런 상처 따위야 흔한 것이니까.

하지만, 그래도, 그가 좋다고 말해 주었으면 했다. 선을 넘는 것을 조금만 허가해 주었으면 했다. 여원은 매달리듯 그를 바라보았다. 그도 그녀를 바라보았다. 여전히, 알 수 없는 눈이었다.

대답은 한참의 간격 후에 나왔다.

"……그래."

여원은 잠시 숨을 멈추었다가, 조그맣게 속삭이듯 되물었다.

"정말요?"

"그래, 나중에."

과연 '나중'이랄 게 있을지 의문이었지만 당장은 대답을 들은 것으로도 족했다. 어쩐지 마음이 흔들려서, 여원은 괜히 고개를 돌리며 캔디를 집어 들었다. 하나를 더 까먹은 그녀가 슬며시 그를 껴안았다.

"아, 너무 맛있다."

"그 정도야? 소박하긴."

"진짜 맛있다."

"얼른 소화제 먹어."

"내일도 사 줘요. 매일매일 사다 줘요."

"이런……. 지갑 거덜 나겠네."

"엄살은."

여원은 껴안은 팔에 힘을 주며 몸무게를 실어 그를 뒤로 넘어뜨렸다. 누운 채 이석이 마주 안아 왔다. 그가 웃음 섞인 목소리로 물었다.

"그거 매일 사 주면 뭐 해 줄래."

"뭐든 할게요."

"뭘 할 수 있는데?"

"내가 할 수 있는 건 다?"

여원은 대충 대답했다. 반쯤은 진심이기도 했다. 그가 매일 이걸 시 준다는 건, 매일 서로가 함께 있다는 가정을 기반하는 것이었으므로. 물론 불가능한 가정이었다.

이석은 농담으로 넘겨들으며 약을 건넸다.

"일단 소화제나 먹어. 체한 건 다 내려간 건가?"

"그럭저럭…… 괜찮은 거 같기도 하고 아닌 거 같기도 하고. 아무튼 아까보단 훨씬 나아요."

"아까 많이 아팠어? 너 그렇게 우는 거 처음 본다."
 "귀여웠죠."
 "그런 소리 못 하게 사진 찍어 놨어야 했는데."
 여원은 밉지 않게 눈을 흘기며 몸을 일으켰다. 소화제를 따다가 한 모금씩 넘기는데, 이석이 봉투에서 부스럭부스럭 약을 꺼냈다.
 "약도 사 왔어."
 "소화제랑 같이 먹으면 안 되나? 물이랑 먹어야 되나?"
 "물 떠다 줄까."
 "그래 주면 고맙죠. 근데요, 이석 씨."
 부엌으로 향하려던 그가 여원을 돌아보았다. 그녀는 조금 엉거주춤하게 침대를 짚은 채, 아무렇지 않은 기색으로 물었다.
 "이석 씨, 내 빚 안 갚아 줄 거죠."
 마치 일상 이야기를 하는 양 가벼운 어조였다. 물론 그 질문이 던져진 이후의 분위기는 그렇지 못했다. 끌로 깎아 낸 듯 껄끄러운 침묵. 뜻 모를 시선으로 그녀를 내려다보던 이석이 바람 빠지듯 웃었다.
 "뭐야, 뜬금없이."
 "그럴 거죠? 돈도 안 빌려줄 거죠? 상환 기간도 안 늘려 주고요."
 "처음부터 우리 계약은 그랬지."
 "그렇죠. 그랬죠. ……근데 당신은 왜 나랑 그런 계약을 했어요?"
 "네가 마음에 들었다니까."
 "내가 바보예요, 그걸 믿게."

다시 정적이 내려앉았다. 이석의 깜깜한 눈동자가 여원을 담았다. 너무 어둡고 짙어서 오싹하기까지 한 눈동자였다. 그녀의 속내쯤은 쉬이 간파해 낼 것처럼.

그럴 리가 없는데도, 여원은 그가 그녀의 배신을 다 알고 있다고 느꼈다. 어쩌면 이 또한 그를 너무 사랑해서일지도 몰랐다. 너무 사랑해서, 차라리 그가 다 알고 있었으면 좋겠다고 생각하는 것일지도 몰랐다.

그럼에도 불구하고, 그에게 미안하지 않으니 참 우스운 일이지…….

"예전부터 너를 알고 있었어."

"……저를요?"

"넌 나를 몰랐지만."

여원이 미간을 좁혔다. 그럴 리가 없었다. 그가 그녀를 '알았다'고 말한 것을 보면 한두 번 만난 사이가 아닐 것이다. 하지만 저런 외모를 가진 남자를 잊어버릴 리가 없는데.

"저는, 그날 당신을 처음 봤어요. 채권 양도 날이요."

"그랬겠지. 그냥 내가 일방적으로 너를 본 것일 뿐이니까."

"언제 어디서…… 봤는데요?"

"한경 빌딩 1층 카페."

"손님으로요?"

"아니, 밖에서 봤어."

여원은 큰 건물 1층에 있는 카페에서 알바를 한 적이 있었다. 건물 로비 쪽이 유리창이라 카페 안이 들여다보였는데, 아무래도 그걸 말하는 모양이었다.

"그럼…… 지나다가 본 거예요?"

"처음에 보게 된 건, 소란 때문에."

"아."

맥이 풀리는 기분이었다. 그가 말하는 '소란'이 무엇인지 여원은 어렵지 않게 기억해 낼 수 있었다.

"……저희 엄마 찾아왔을 때요?"

고등학교 2학년 말, 여원의 모친은 노름에 발을 들였다. 섰다로 가볍게 시작한 노름은 끝을 몰랐고, 그녀가 성인이 되었을 즈음에는 기어코 집이 넘겨질 지경까지 처했다. 그때 바로 연을 끊었어야 했다. 그러나 하나뿐인 가족이라는 이유로 어리석게도 그러지를 못했다.

대학교에 재학 중이던 가을, 모친은 딸이 일하는 카페까지 찾아왔다. 그때의 상황은 생각도 하고 싶지 않았다. 너무 황당하고, 수치스럽고, 부끄럽고……. 그 카페는 학교를 자퇴하면서 함께 그만두었다.

"그때 저 스무 살인가 스물한 살이었는데. 몇 년 동안 제 얼굴을 기억하고 계셨다니 기억력도 좋네요."

"그러게. 신기하지."

"그때 한 번 본 거예요?"

"그 뒤로도…… 오며 가며 가끔."

미약한 희망과 함께 물음들이 꾸역꾸역 차올랐다. 왜 계속 내게 눈길을 줬어요. 왜 계속 나를 기억하고 있었어요. 왜 나한테 그런 제안을 했어요. 왜 내 곁에 있는 거예요. 왜 내게 웃어 줘요. 왜 나를 안아 줘요. 왜 희망을 갖게 해요.

"계속 절 봤어요?"

"그랬지."

"……왜요?"

희망을 갖는 건 내 잘못인데도, 왜 당신을 원망하게 만들어요.

"궁금했어, 그냥."

"뭐가요."

"열심히 사는 거 같아서. 안 죽고 빚 다 갚을지 궁금했어."

여원이 작게 웃음을 터트렸다.

"다 못 갚을 거 뻔히 아시면서요."

"너도, 뻔히 알면서 왜 자꾸 그런 걸 물을까."

"무릎이라도 꿇으면 돈 빌려주시려나요?"

그가 대답이 없자 여원은 곧장 무릎을 꿇었다. 이석이 당황한 표정으로 무어라 입을 열려고 했지만 그녀가 한발 빨랐다.

"마지막으로 다시 부탁할게요. 정말 마지막으로요. 제가 당신 사랑하는 거 아시잖아요. 거짓말 아니에요. 진짜 사랑해요. 너무너무 사랑해요. 3년간 사랑했어요. 제가 안 불쌍하세요? 당신한테 절 사랑해 달라고 하는 것도 아닌데. 그냥, 그냥…… 그간의 정을 봐서라도."

"여원아."

"저 정말 마지막으로 부탁하는 거예요. 이제 말 안 꺼낼게요. 당신 돈도 많잖아요. 그냥 불쌍한 여자 살리는 셈 치고 알았다고 하면 안 돼요? 저, 저 바닥에 내려가서 꿇을까요? 그럼, 그러면, 들어주실래요?"

마지막 말은 거의 비명에 가까웠다. 바닥으로 내려가려는 여원의 팔을 그가 낚아채듯 붙들었다. 잠시 정적이 흘렀다. 그녀에게는 그 정적이 천년처럼 느껴졌다.

제발, 알았다고 말해요. 내가 당신에게 일말의 희망이라도 품

게 해 줘. 그러면 나, 당신에게 다 솔직히 털어놓아 버릴지도 몰라. 당신을 배신하지 않을지도 몰라. 왜냐하면, 나는, 난…….

"네 이런 모습은…… 보고 싶지 않아."

당신을 사랑하니까…….

"이런 건, 궁금하지 않으신 거죠."

여원은 자조적으로 말했다. 한숨과 비슷한 웃음이 잇새로 새어 나왔다. 그는 침묵했다. 그게 대답이었다. 그녀는 이제 정말 아무것도 돌이킬 수 없음을 깨달았다.

## 04. 서른하나의 여자

"저 먼저 갈게요! 언니 들어가세요."

"아, 잘 가. 내일 봐!"

여원은 고개를 까닥여 보이며 대답했다. 다영이 밝게 손을 흔들며 사라졌다. 남자 친구를 만나러 간다더니 얼굴이 활짝 피었다.

상업 고등학교를 나와 곧장 이곳에 취직한 다영은 개인 빵집을 여는 것이 꿈이라고 했다. 기술을 배우려면 공장보단 다른 곳이 좋을 것 같다고 생각했지만, 여원도 크게 아는 것이 없어서 입 밖으로 꺼내지는 않았다.

제빵 공장에 출근한 시 꼭 삼 주가 되었다. 한 달여 전, 이력서를 넣은 네 곳 중 세 곳에서 전화가 왔다. 공장은 인력이 부족해서 그런지 생각보다 합격이 쉬웠다. 한 곳은 메모리 테스트 업체, 한 곳은 제빵 공장, 나머지 한 곳은 반도체 공장이었다.

셋 다 업무 강도는 매한가지였지만, 제빵 공장이 시급이 좀 더 높고 발탁된 분야도 다른 곳보다는 전문적이었다. 또 월급이 좀 적더라도 지옥일 게 분명한 2조 2교대보다는 3조 2교대를 하고 싶었다.

일은 힘들었지만 못 견딜 만큼은 아니었다. 함께 일하는 사람들도 대부분 친절했다.

산 사람은 어떻게든 살아진다. 여원은 가진 상여금으로 고시원 방과 생필품을 구했고, 동사무소에서 출소인을 대상으로 하는 긴급 생계비를 지원받았다. 비록 3개월간 생계지원식료품비, 의복비, 의료 서비스 1회 등을 지원받는 정도였지만 그것만으로도 숨통이 조금 트였다.

그래. 산 사람은 어떻게든 살아졌다.

여원은 작업복을 마저 벗은 후 옷을 갈아입었다. 종아리가 욱신욱신 저려서 주먹으로 몇 번 두드렸다. 교도소서부터 공장 일을 했으니 한두 해 겪어 본 것도 아닌데, 힘든 것은 좀체 적응되지 않았다.

건물을 나오자 텁텁한 더위가 훅 밀려왔다. 손부채질을 하며 걸어가는데 옆쪽에서 "어, 여원 씨!" 하는 목소리가 들렸다.

여원은 고개를 들어 소리가 난 곳을 살폈다. 한구석에 옹기종기 모여 담배를 피우던 사람들 중 하나가 그녀에게 손을 들어 보이고 있었다.

여원의 표정이 살짝 애매해졌다. 남자는 고갯짓으로 주변인들에게 대충 인사를 건네고선, 빠르게 이쪽으로 걸어왔다.

"퇴근해요?"

한성태였다. 그는 여원이 근무하는 곳의 감독관으로 서른아홉 살의 미혼 남자였는데, 키는 꽤 컸지만 비쩍 마른 데다가 눈이 작아서 다 떠도 반쯤 감은 것처럼 보였다. 어딘지 야비하고 얍

삽해 보이는 인상이었다.

물론 어디까지나 상당한 사감을 섞은 평가였다. 한성태는 그녀가 들어왔을 때부터 유독 살갑게 굴더니 이젠 아주 친한 척이었다. 함께 일하는 이들은 왜 지금껏 결혼도 못 했는지 알 것 같다며, 그녀가 아깝다고 욕을 했다. 솔직히 여원도 동감하는 바였다.

"아, 네에."

"집으로 바로 가나?"

"넵. 그럼, 들어가세요……."

여원은 슬쩍 고개를 숙이며 종종걸음으로 도망치듯 했다. 그러나 한성태는 달려오다시피 걸어와선 금세 그녀를 따라잡았다. 여원이 소리 없이 한숨을 내쉬었다.

한성태는 큼큼 헛기침하더니 활짝 웃으며 그녀와 걸음을 같이 했다.

"오늘 잔업도 없고 좋으네."

"음…… 담배 다 피우신 거예요?"

"끄고 왔지요, 여원 씨 데려다줄라고. 태워 줄까요? 저 차 있는데."

"아니에요, 저 사는 데 가까워요. 걸어서 15분이에요."

"그럼 걷죠, 뭐."

여원은 어색하게 고개를 끄덕여 보였다. 불편하기만 한 상대였지만 한성태가 그녀에게 가진 호감은 실로 표면적이었고, 그에게 밉보여서 좋을 것이 없었다.

"여원 씬 어디 살아요?"

"저 고시텔이요. 저기기 타운 하우스 옆에."

"고시텔?"

그 나이 먹고 웬 고시텔이냐는 눈치였다. 여원은 저도 모르게 어물어물 변명했다.

"곧…… 원룸으로 옮기려구요. 당장은 보증금이 좀. 보증금이 낮으면 월세가 워낙에 비싸잖아요."

거짓말은 아니었다. 한 달 치 월급에 남은 작업 상여금을 보태면 낮은 월셋집의 보증금을 마련할 수 있었고, 그때 생각해 볼 요량이었다.

물론 최소 서너 달은 고시텔에서 더 살아야 했다. 당장 생필품으로 나갈 돈도 있고, 월셋집 보증금만 마련한다고 다가 아니었다. 이사 비용에다가 필요한 물건과 가구까지 구입해야 하니 생각보다 돈이 더 나갈 터였다.

고시텔 생활이 아주 나쁜 것은 아니었다. 자유가 있다는 점에서 당연히 교도소보다야 나았다. 하지만 어쨌든 제대로 된 생활을 하고 싶었고 그래야 했다. 그런 이유로 이사는 현재 그녀의 1순위 목표였다.

흐음, 하며 턱을 문지르던 한성태가 그녀의 팔을 툭 치며 말했다.

"어디서 돈이라도 날리셨나 봐? 하하!"

"……."

농담인가? 농담으로 받아쳐야 하나? 여원은 눈동자만 데룩데룩 굴렸다. 정말 돈을 날린 거면 어쩌려고 저런 말을 하는 거지. 하지만 교도소에서 복역하다 온 것보다는 돈을 날린 상황이 더 좋아 보였다.

그녀가 말이 없자 한성태는 민망했는지 말을 돌렸다.

"흠, 산다는 고시텔, 남녀 층 분리는 되어 있고?"
"아, 네."
고시텔은 1, 2층은 여성 전용 층, 3, 4층은 남성 전용 층으로 이루어져 있었다. 다른 성별이 잠깐 오가거나 들르는 정도는 괜찮지만 오래 머무르면 눈총을 받았다. 여원은 여성 전용 고시텔을 찾고 싶었으나 몇 개 없을뿐더러 세도 훨씬 비쌌다.
한성태가 짐짓 놀라는 체하며 호들갑을 떨었다.
"아이고, 그래도 위험한데. 역시 사람이 집에서 살아야죠. 보증금 마련하면 나 사는 데 근처로 오지? 연수역에서 5분 거린데, 거기 원룸 괜찮아. 집주인 나랑 아는 사이니까 내가 잘 말해 둘게요."
"아 정말요. 나중에 알아볼 때 말씀드릴게요."
"보증금이 문제면 내가 좀 빌려줄까요? 이자 싸게 쳐서."
"네? 아뇨, 아뇨. 괜찮아요. 몇 달 월급 모으면 충분해요. 말씀만으로도 감사해요."
여원은 몹시 당황해서 손사래까지 쳤다. 안 지 얼마나 된 사이라고 돈을 빌려준다는 소릴 하는 걸까. 저게 빈말이건 아니건, 빚은 이제 질색이었다. 앞으로 대출받을 일이 있다 해도 무조건 은행에서 받을 생각이었고.
여원의 필사적인 거절에 한성태가 비실비실 웃으며 고개를 끄덕였다.
"여원 씬 참 싹싹하고 참한 거 같애. 얼굴도 이쁘고요."
"아…… 아하하, 감사합니다."
취향 따라 갈릴 수는 있겠지만, 여원은 제 얼굴이 결코 예쁜 편은 아니라고 생각했다. 타고나는 건 둘째 치고 그 흔한 관리조차 해 본 적 없었다. 화장품을 살 형편도, 화장하고 다닐 상황도 못 되어서 늘 로션만 간신히 바르고 나오는 처지였다.

여원은 딱히 외모에 대해 큰 신경을 쓰는 편이 아니었다. 교도소 안에 있으면서 더욱 그렇게 되었다.

예쁘다는 말도, 못났다는 말도 다 딴 세상 이야기처럼 멀게만 느껴졌다. 예쁜 게 좋다고도 생각하지 않았다. 채권 양도 때 사장은 그녀가 예뻤다면 더 좋은 곳에 넘길 수 있었을 거라며 안타까워했었으니까.

"왜 사연 있어 보이는 얼굴, 그런 거 있잖아요. 여원 씨가 딱 그렇다니까."

"사연……요?"

정말 그렇게 보이나? 여원은 당황해서 제 뺨을 매만졌다. 퍽 좋은 소리로는 들리지 않았다. 그리고 조금, 무례하다고 느껴졌다. 왜 남 얼굴더러 사연 있어 보인다느니 마느니…….

"뭐, 사연 없는 사람이 있나요."

"에이 그래도. 여원 씬 여기 오기 전까지 뭐 했나?"

"음…… 회사 다니다 오래 쉬었어요."

"회사? 무슨 회사."

"그냥 무역 쪽 회사요."

"무우역? 근데 왜 이리로 빠졌어요? 뭐 하느라 그리 오래 쉬었어."

"사연이 있어서요."

여원은 조금 단호하게 대답했다. 한성태는 무언가 더 묻고 싶은 듯 입을 달싹거렸지만, 그녀가 먼저 말을 꺼냈다.

"저 그런데, 여긴 연차 쌓여도 발령이나 그런 건 없는 거죠?"

"뭐, 공장서 하는 일이 거기서 거기지. 이 일 오래 하게요?"

"아뇨. 그냥, 제 생각보다 전문적인 일을 하는 게…… 아닌 거 같아서요."

여원은 케이크를 만드는 작업을 했는데, 커다란 쇠판 위에 종이 틀로 모양을 잡고 반죽을 부어 넣는 일이 거의 대부분이었다. 어차피 그녀는 이쪽 길로 갈 게 아니니 상관없었지만 다영의 경우에는 불만이 많았다.

여원이 생각하기엔 여기서 돈을 벌어서 다른 실무 교육을 받는 게 낫지 않을까 싶었다. 아니면 전문 대학에 입학하는 건 어떨까. 다영은 나이도 어리니 기회도 많을 테고…….

생각에 빠진 여원의 얼굴을 한성태가 흘긋흘긋 훔쳐보았다. 볼수록 괜찮게 생겼다. 흔히 말하는 미인형의 이목구비는 아니었지만 은근히 사람을 잡아끄는 매력이 있었다.

가느다란 뼈대나 조금 처진 눈, 잔잔한 갈색 눈동자 같은 것이 참 묘했다. 머리카락이 무슨 사내애처럼 짧긴 했지만, 머리카락이야 뭐, 다시 기르면 되는 거니까.

보아하니 제대로 된 집도, 모아 둔 돈도 없는 듯했다. 한성태는 여원의 처지에 자기만 한 남자도 없다고 생각했다. 서른이 넘었으면 저도 시집갈 때가 됐겠다, 가진 것도 없겠다. 그에 비해 자신은 집고 있고 차도 있고, 키도 제법 큰 데다 이만하면 외모도 나쁘지 않고.

지금 집이 스물세 평이니 애 둘 키우는 데까진 충분할 것 같았다. 애들이 중학교, 고등학교 가면 더 넓은 집이 필요하려나. 요새는 학원도 엄청나게 보낸다던데 걱정이었다. 제가 공부를 안 해서 그렇지, 머리 하난 좋았으니까 애들도 공부만 하면 크게 성공할 터였다.

"헉."

갑자기 여원이 숨을 들이켜는 소리가 들렸다. 한성태는 뭔가 싶어서 그녀의 시선을 따라가 보았다.

고시텔 건물 옆에 웬 포르쉐 한 대가 서 있었다. 그는 멍하니 입을 벌리며 차를 살폈다. 저거 이억은 할 텐데.

다음 순간, 마치 영화의 한 장면처럼, 운전석 문이 열리며 장신의 남자가 나왔다. 아니, 장신이라고 하기에도 부족했다. 어림잡아 190센티미터는 족히 넘어 보여서 사람이라기보단 무슨 문짝이나 벽 같았다. 음영이 드리운 서늘한 얼굴은 날카롭게 잘 빚어진 조각 같아 현실감이 없었다.

둘은 각기 다른 이유로 그 장면을 잠시 넋 놓고 바라보았다.

한성태는 괜히 배알이 꼴렸다. 기껏 서른 정도나 되어 보이는 새끼가 포르쉐라니, 하여튼 한국인들은 허례허식이 심했다. 다 분수에도 맞지 않는 빚을 내서 산 게 틀림없었다. 요즘은 그, 카푸어라는 단어도 있고.

속으로 이러쿵저러쿵 욕을 하는데, 돌연 여원이 한성태에게 다급히 인사했다.

"저 여기예요. 다 왔어요. 데려다주셔서 감사해요!"

"어, 잠깐, 여원 씨 내일 뭐……."

말이 채 끝나기도 전에 여원은 매몰차게 돌아섰다. 멀어지는 걸음이 급했다. 뒤늦게 정신을 차린 한성태가 급히 붙잡으려 했지만, 이미 여원은 쌩하니 건물 안으로 들어가 버리고 없었다.

내일 퇴근하고 영화나 한 편 보자고 하려 했더니. 한성태는 쩝 입맛을 다시며 아쉬운 걸음을 옮겼다. 몇 걸음 가다 말고 힐끔 뒤를 돌아보자, 장신의 남자는 그 자리에 못 박힌 듯 서서 여원이 들어간 건물 안을 바라보고 있었다.

  문득 남자가 고개를 돌렸다. 무기질적인 눈과 시선이 마주치자, 한성태는 괜히 찔끔해서 가던 길을 갔다. 왜 저딴 눈깔로 꼬나보는 거야, 어린 새끼가.

* * *

  여원은 2층에 있는 그녀의 방까지 한달음에 올라갔다. 방문을 닫고 그 뒤로 휘청휘청 기대어 섰다. 당혹스러움에 심장이 쿵쿵 뛰었다. 고시텔 건물에 어울리지도 않는 차를 볼 때부터 불안하다 싶더니, 설마, 설마 했던 예감이 들어맞았다.

  우린 남이라고 못 박은 후, 삼 주간 보이지 않기에 포기했나 싶었다. 애초에 저 남자 자존심에 그 정도만 해도 용한 거였다. 그런데 왜 여기까지……?

  혹시 사랑이니 죄책감이니 미련이 남느니 그런 건 다 거짓말이고, 그냥 그녀가 괘씸해서 복수하려는 건 아닐까.

  들어온 지 얼마 되지 않은 여자 하나 공장에서 잘라 내는 것은 그에게 일도 아닐 것이다. 이석이 마음만 먹는다면 여원은 정말 어디에도 발붙일 수 없었다. 하지만 그건 그것대로 당혹스러운 일이었다.

  그냥 죽여 버리는 것도 아니고. 그런 수고로운 일까지 감수할 정도로 제게 원망의 마음을 가지고 있는 건가. 그 장이석이.

  이석이 아직도 건물 앞에 있는지 궁금했지만 그녀의 방에서는 보이지 않는 위치였다. 여원은 문고리를 잡고 한참 망설였다. 만나 봐야 하나.

그녀를 만나러 온 것인지, 아니면 그저 어디 사나 확인만 하러 온 것인지 알 수가 없었다. 어차피 고시텔은 외부인 출입 금지이니 일단 안까지 들어오진 못할 터였다. 또 여원으로선 구태여 만날 이유도 없었고.

신경 쓰지 말자. 여원은 애써 스스로를 세뇌하며 문에서 떨어졌다. 한층 침착해진 마음으로 겉옷을 벗어 걸어 놓고 옷과 샤워 용품을 챙겼다. 화장실과 샤워실은 공용이라 밖으로 나가야 했다. 그녀는 걸려 있던 수건을 목에 두르고 문을 열었다.

그리고 곧장, 문 앞에서 몸을 반쯤 틀고 서 있던 이석과 눈이 마주쳤다. 여원은 너무 놀라 그대로 주저앉았다. 목욕 바구니 안에 들어 있던 것들이 와르르 바닥으로 쏟아졌다. 아주 잠깐 정적이 흘렀다.

"······엄마야."

탄성이 뒤늦게 나왔다. 이석이 당황한 얼굴로 무릎을 구부려 손을 내밀었다. 여원은 그 손을 잡을 생각도 하지 못한 채 망연하게 중얼거렸다.

"왜, 왜 여기······."

"미안. 놀랐나?"

이석이 정말 미안한 얼굴로, 직접 그녀의 손을 잡고 힘 있게 일으켰다. 여원은 얼떨떨하게 일어나며 정신없는 눈으로 그를 살폈다. 어떻게 들어온 거지? 다른 사람이 들어올 때 같이 들어온 건가?

그녀가 일어난 후에도 이석은 손을 놓을 생각이 없어 보였다.

정신을 차린 여원이 잡힌 손을 비틀어 빼냈다. 그는 알 수 없는 표정으로 텅 빈 제 손을 잠시 바라보았다.

이내 이석이 떨어진 용품들을 목욕 바구니에 주워 담아 그녀에게 건네주었다. 여원은 미심쩍은 표정으로 그를 바라보며 주춤주춤 받았다.

이어 그는 커다란 캐리어 하나를 방 안으로 굴려 넣더니, 손수 문을 닫아 주기까지 했다. 닫힌 문을 등 뒤로 두고 꼼짝없이 그와 마주 보게 된 셈이었다.

"머리…… 잘랐네."

"……."

"잘 어울려."

여원이 뭐냐는 얼굴을 했다. 이석은 잠시 그녀를 살피다가 말했다.

"돌려주려고. 네 옷."

"……."

"네 옷이랑 물건들…… 다 그대로 뒀었고 관리도 잘 해 놓았는데, 아무래도 오래된 거라. 그냥 새 걸로 샀어."

"……그러실 필요 없는데요. 가져가세요."

"내가 이걸 가져가서 뭐 해. 그냥 받아. 비싼 옷도 아니니까."

"그럼 1층에서 주시면 될 걸, 어떻게 올라오신 거예요."

"위층 살아, 나."

"네?"

"오늘부터."

이석이 대꾸하며 복도 계단 쪽을 눈짓했다. 그녀는 얼빠진 얼굴로 옆을 돌아보았다. 엄준섭이 옷과 노트북 같은 것들을 옮기고 있었다. 4년 전에도 늘 그를 따라다니던 부하 직원이었다. 시커먼 얼굴은 그대로였지만, 바짝 깎여 있던 머리는 이제 번듯한 회사원처럼 잘 정돈되어 있었다.

엄준섭이 머쓱한 얼굴로 인사했다.

"안녕하십까."

"아, 네, 네……."

여원은 무의식적으로 엄준섭 외에 다른 이들이 있는지 확인했다. 그의 부하 직원들이 그녀를 곱게 볼 리 없었다. 4년 전 외국으로 도망치려다 그의 부하 중 하나한테 걸려서 몇 대 맞기도 했었고. 원래 주먹질하던 인간들이니 그보다 더한 일을 안 당한 게 다행이긴 했다.

여원은 와중에도 소리가 다른 방에까지 다 들리지는 않았을지 염려했다. 워낙 방음이 안 되는 건물이었다. 초조하게 입술을 잘근잘근 깨물던 그녀가 휙 이석을 돌아보았다. 그는 뭐가 잘못됐는지 모르기라도 하는 양 태연한 낯이었다.

여원은 한껏 목소리를 낮춘 채 한 자 한 자 씹어뱉듯 말했다.

"왜 이러시는 거예요."

"뭐가."

"알아들으신 거 아니었어요?"

"뭘."

"우린 이제 남이라고……."

"아, 알아들었어. 우리 남 맞아. 같은 건물 사는 남."

여상한 대꾸였다. 여원은 잠시 그 말을 이해하지 못했다. 남인데, 뭐? 같은 건물 사는 남? 무슨 헛소리를 하는 건가, 진짜.

황당함은 둘째 치고서라도, 장이석과 고시텔이라니. 하늘과

땅만큼이나 멀어 보이는 말이었다. 그는 날 때부터 가난이라고는 모르고 자란 사람이었다.

삼진 그룹의 순혈. 명문 외국어 고등학교를 나와 국내 최고 대학 경영학과를 수석으로 조기 졸업 하고, 중국 북경 대학에서 유학했던 수재.

여타의 깡패들과 같은 뒷세계의 뿌리라도 그는 살아온 삶 자체가 달랐다. 고시텔 근처도 지나 보지 못했을 것 같은 사람이 여기에 직접 들어와 살겠다니, 말도 안 되는 소리였다.

정말 여기서 살겠다는 걸까, 아니면 가끔 들어오기만 하겠다는 걸까. 뭐가 됐든 대체 왜 이렇게까지 하는 걸까. 회사는 또 어쩌고 온 거고. 온갖 의문이 차올랐지만 꾹 억눌렀다. 정말 여기서 살겠다는 거라면, 어차피 일주일도 못 버틸 게 뻔했다.

여원은 이석과 준섭을 번갈아 보고선 조금 쌀쌀맞게 말했다.

"조용히 움직이세요. 여기 방음 별로니까."

"그러지."

그가 부드럽게 웃었다. 어느 괜찮았던 때를 떠올리게 하는 웃음이었다. 별다른 감흥은 주지 못했지만.

여원은 가라앉은 기분으로 돌아섰다.

\* \* \*

샤워실은 해바라기 샤워기가 설치되어 있어 머리 위에서 물이 나오는 구조였다. 가까운 부스로 들어간 여원은 온수 쪽으로 레버를 돌린 채 샤워기를 틀었다. 그녀는 추위를 많이 타는 탓에 한여름에도 온수로 씻는 것을 선호했다.

그러나 처음엔 온수가 나오는가 싶더니, 갑자기 찬물이 쏟아져 나오는 통에 여원은 낮은 비명을 질렀다. 살갗 위로 소름이 돋아났다. 한참 틀어 놓아도 물은 좀체 따뜻해지지 않았다.

옆 부스로 옮기자 그제야 온수가 나왔다. 월세가 최대한 싼 곳으로 들어왔더니 시설이 영 열악했다. 라면이나 차를 끓여 먹을 뜨거운 물조차 제한적으로 주는 교도소보다야 나았지만…….

그녀 자신조차 불편한 곳이었다. 그런데 장이석이 이런 곳에서 살겠다고. 정말이지 웃기지도 않았다.

애써 생각을 끊어 내고자, 고개를 들어 쏟아지는 물줄기를 맞았다. 그에도 자극이 모자란다는 듯 여원은 두 손으로 얼굴을 조금 거칠게 비볐다. 그러나 좀체 상념은 떨쳐지지 않았다.

대체, 왜.

도대체 왜?

그 사람만 놓으면 끊어질 인연이었다. 좋은 것은 하나 없고 지스러기만 남은 관계였다. 얼마나 사랑했고 얼마나 미워했든, 그가 이렇게 연연할 만큼 대단한 시간들이 아니었다. 당시엔 대단한 사랑이라도 하는 양 착각하고 살았지만 돌이켜 보건대 그랬다.

여원은 샤워기를 껐다. 머리카락 끝에서 물이 뚝뚝 떨어져 내렸다. 그녀는 머리카락을 한 움큼 잡은 채 손아귀에 힘을 주었다. 쥐어짜 낸 물줄기가 후두둑 낙하했다.

이렇게 흥건히 젖은 채라도, 시간이 지나면 언젠가는 마르게 된다. 자의든 타의든 간에…… 계속해서 물을 쏟아붓지 않는 한은.

4년 동안 그라는 사람의 부재를 끌어안고 살았다. 처음에는 부재가 낯설었고, 나중에 가서는 익숙해졌다. 죽을 것 같던 그리움과 슬픔은 차차 수그러들게 되었다. 4년은 감정이 마르기에 충분한 시간이었다.

다만 그에 관한 기억은 종종 떠오르곤 했다. 행복한 기억도 있었고, 슬픈 기억도 있었고, 원망스러운 기억도 있었다. 그러나 그중 가장 빈번하게 떠올랐던 것은 그와의 마지막 기억이었다.

수감되기 전, 마지막으로 본 그의 얼굴을 기억한다.

일을 마친 후 해외로 도주하려던 여원은 공항에서 잡혀 그와 그녀가 살던 오피스텔로 끌려왔었다. 어디 부둣가 창고에서 조우할 줄 알았던 예상보단 훨씬 나은 장소였다.

잡혀 오는 길에 몇 대 맞는 바람에 뺨이 욱신욱신 아팠던 기억도 난다. 그녀에게 쏟아지던 저급한 욕설도, 공포에 떨던 감정도 생생했다. 지금까지도 이따금 꿈에 나올 정도로 두려운 순간이었다.

그러나 그런 기억들조차 그 후의 것에 비하면 실상 아무것도 아니었다.

여원을 그 무엇보다 슬프게 만든 것은, 오피스텔에서 목도한 그의 얼굴이었다.

분노, 황당함, 배신감, 아연함, 원망 같은 것들이 들이찬 얼굴은 몹시 낯선 것이었다. 그녀의 생각보다 훨씬 격렬해서 내심 놀라기도 했었다. 조금 분노했을지언정 예의 그 냉정한 낯으로, 그녀를 죽이라 명령할 줄로만 알았는데.

그러나 그중 슬픔은 없었다고 여원은 확신할 수 있었다. 그녀는 그저 한없이 슬펐는데도. 당시 가질 만한 모든 감정 중에서 슬픔이 가장 컸는데도. 아픈 것보다, 두려운 것보다, 그저 너무 슬퍼서 견딜 수가 없었는데도.

그를 사랑했기에 슬펐다. 아픔보다 그를 사랑했고 두려움보다 그를 사랑했기에, 이렇게 엉망진창이 된 관계가 너무나 서러웠다. 차라리 아예 도망쳐 버렸다면 몰라도 이렇게 그를 마주하니 정말 관계에 종말을 고하는 기분이 들었다. 막연히 상상하던 것과 실제는 달랐다.

하지만 이석에게는 슬픔이 없었다.

그러니 그는 결국 딱 거기까지, 그 이상도 이하도 아닌 것이다.

당시 이석의 얼굴을 보면 슬픔이 주체할 수 없이 터져 나올 것만 같았다. 그래서 여원은 처음을 제외하곤 줄곧 고개를 숙이고 있었다. 그 앞에서 무너지는 모습을 보여 주고 싶지 않았다. 그리고 출소할 때까지 그의 얼굴을 보지 못했다.

그때 그는 어떤 표정을 하고 있었을까.

살면서 종종 여원은 그때가 궁금했다. 그는 어떤 표정을 한 채 자신을 바라보고 있었을까. 수없이 생각하고 상상해도 얻을 수 없는 대답이었다. 그러나 언젠가부터 여원은 그 대답에 대해 질문하기를 관두었다.

세상에는 빈 괄호로 남겨 두는 것이 좋은 대답들이 있다.

그를 떠올려도 아프지 않게 되기까지는 시간이 꽤나 걸렸다. 늘 엇비슷한 하루하루에 과거는 천천히 압사해 갔고, 세월이 지나니 세세하게는 기억도 나지 않게 되었다. 실제로 출소 날 그를 만났을 때 꽤나 덤덤하게 굴 수 있었고.

그러나 이석과 빈번하게 마주칠 때마다, 그와 이야기를 할 때마다, 묻어 두었다고 생각했던 많은 것들이 어수선하게 일어났다. 물론 그것이 옛날에 가졌던 사랑과 비슷한 형태라는 말은 아니다.

그저 그가 그녀의 인생에서 너무 큰 부분을 차지했기 때문에. 그 부분을 통째로 도려내지 않는 한은 잊을 수 없는 기억이기 때문에.

그러니 이석이 그녀에게서 옛날 같은 사랑을 다시 이끌어 내려는 것이라면 헛수고였다. 오히려 '잊을 수 없는 기억'이기에 더 불가능한 것이었다. 여원은 과거 겪었던 그와 다시 함께할 자신도, 다시 사랑할 마음도 없었다.

이 관계는 망가질 대로 망가졌다. 그리고 망가진 채로 너무 오래 놔두었다. 정말 그가 이 관계를 다시 시작하고 싶어 한다 해도, 그건 오래전 부서지고 깨진 조각들을 쓸어 모으는 헛된 일일 뿐이었다.

'우린 과거에 붙잡혀 서로를 원망하고 의심하게 되겠지.'

그가 말했던 것처럼.

아무것도 예전과 같지 않다. 다시는 예전으로 돌아갈 수 없다. 우리는 서로를 볼 때마다 그저 상처만 받게 될 뿐이겠지…….

* * *

오전 8시 반. 여원은 여느 때처럼 출근을 위해 고시텔 건물을 나섰다. 공장에 다다르자 이제야 퇴근하는 야간 조 사람들의 지친 발걸음이 여기저기 보였다.

그녀가 일하는 공장은 주야 3조 2교대로 주간 조와 야간 조가 나뉘어 12시간씩 일을 하며, 나머지 한 조는 비번이었다.

무, 유급 휴게 시간을 제외하면 실질적으로 일하는 시간은 하루 10시간가량이었다.

　순서대로 돌아가며 주간 조와 야간 조를 맡았으므로 여원도 다음 주부터는 저들처럼 저녁 8시에 출근을 하고 다음 날 아침 8시에 퇴근을 해야 했다. 밤낮이 바뀔 생활이 벌써부터 걱정이었다.

　휴대폰으로 시간을 확인하는데, 근처에서 짙은 담배 냄새가 훅 풍겨 왔다. 여원은 울컥 올라오는 짜증을 삼켰다. 왜 흡연 구역을 사람들 나다니는 곳으로 해 두는 것인지 모르겠다.

　이석도 흡연자였다. 그러나 여원은 긴 동거 기간 동안 밖에서 이석을 볼 일이 거의 없었기에, 그가 담배를 피우는 모습 또한 한 번도 보지 못했다. 그의 옷에 묻은 담배 냄새를 통해 흡연자라는 사실을 알았을 뿐이었다.

　"……좋은 아침."

　그러니까 담배를 피우는 이석의 모습은, 그녀로선 처음 보는 것이었다.

　"일찍 출근하네."

　"……."

　"어제 준 옷이 아닌데, 마음에 안 들었어?"

　이석이 타다 만 담배를 휴대용 재떨이에 밀어 넣으며 아쉬운 듯 말했다. 여원은 별 해괴한 것을 보듯 그를 위아래로 훑었다. 이른 아침에도 불구하고 그는 완벽히 세팅된 상태였다. 정말 여기서 하룻밤 묵은 걸까, 아니면 출근길에 들른 걸까.

　여원은 못마땅한 속내를 그대로 내보이다 고개를 돌렸다. 그가 긴 다리로 성큼성큼 따라붙었다.

"난방이 영 별로던데, 밤새 춥진 않았나?"

"……."

"혹시 겨울까지 있을 작정은 아니지? 곤란한데."

"……좀 떨어지세요. 담배 냄새 나요."

"담배 냄새, 싫어해?"

"네."

"……처음 알았군."

이석이 조금 가라앉은 목소리로 중얼거렸다.

당연히 처음 알았을 것이다. 여원은 그에게 담배 냄새를 싫어한다고 말한 적이 없었다. 그는 선을 넘는 것을 좋아하지 않았고, 그녀는 그 선을 지키기 위해 최선을 다했으니까.

사실 어디까지가 선인지도 명확히 알지 못했다. 그저 조심하고 또 조심할 뿐이었다. 이석의 행동에 제약을 걸지 않는 것도 그 노력 중 하나였고. 그래서 담배에 관한 이야기를 꺼내지 않았다.

"금연하지."

그가 가볍게 덧붙였다. 정말 궁금하지 않은 결심이었다. 여원은 고개까지 저으며 말했다.

"……그러실 거 없는데요."

"싫다며."

"아, 네……. 전 출근해야 하니까 이만 가 보세요."

"데려다줄게."

잠시 여원의 눈치를 살피던 그가 빠르게 덧붙였다.

"이웃인데."

"무슨 개소릴……."

여원은 저도 모르게 불쑥 내뱉었다가 흠칫했다. 그러나 이석은 별로 개의치 않는 얼굴이었다. 그녀가 조금 진정된 목소리로 덧붙였다.

"요새는 이웃끼리 말 안 하고 살아요."

"정 없어서 별로야."

오피스텔 옆집 사는 사람이랑 인사도 안 하던 인간이 무슨 소리야.

여원은 불편한 티를 있는 대로 내며 걸음을 더 빨리했지만, 그녀의 두 걸음이 그의 한 걸음이었다. 이석은 여유롭게 웃으며 계속해서 말을 걸어왔다.

"직장이 멀진 않지?"

"……"

"잔업이 많나? 보통 몇 시에 끝나지?"

"……"

"저번에 웬 멸치 새끼랑 같이 오던데, 무슨 사이야?"

"저한테 미련 남으셨어요?"

직구로 물어올 줄은 몰랐는지, 이석이 당황스러운 듯 눈을 껌벅였다. 진하고 날카로운 인상의 얼굴이 저런 표정을 지으니 꼭 잘못 끼워 맞춘 퍼즐 같았다. 여원은 길가에 멈춰 서서 쏘아붙였다.

"옛날 생각해서 이러시는 거라면 관두세요. 저한텐 좋은 기억도 아니고, 이젠 마음 하나도 없으니까요."

"옛날이 싫다고 해서 새롭게 시작하는 거야."

"네?"

"새롭게 들이대는 거라고. 내가."

"새롭……? 무슨 말도 안 되는 소리예요."

"출근 늦겠다. 어서 가야지."

"……."

4년 동안 장이석이 미친 게 틀림없었다.

원래도 뻔뻔한 작자긴 했지만 저런 식으로는 아니었다. 아닌 척 제 자존심도 절대 굽히지 않는 사람이었고. 여원은 기가 찬 얼굴로 입술을 달싹이다가 간신히 감정을 추슬렀다.

"싫다는 사람한테, 이러시는 분인 줄은 몰랐는데요."

이석은 늘 '거절해도 좋다'는 여지를 남겨 두곤 했다. 상대가 그 여지를 선택할 수 없다는 사실을 알기에 비롯되는 여유로움이었다. 상황은 언제나 그에게 유리했고, 그녀에게는 언제나 불리했다.

사실 지금도 크게 다르지는 않았다. 이석의 구질구질함이 의외였을 뿐.

"나도 싫다는 사람한테 이러기는 처음이군."

"……아시긴 아시는군요."

"하지만 별다른 방법이 없어서."

그가 빙그레 미소 지으며 덧붙였다.

"포기는 못 하겠고."

"제게서 모든 선택지를 배제할 수 있으시잖아요. 늘 그러셨고요. 왜 이렇게…… 수고하시는지 모르겠네요."

여원은 진심으로 이해할 수 없다는 듯 미간을 좁히며 말했다. 딱히 질책이나 비난 같은 것은 섞이지 않은, 순수한 궁금증에서 비롯된 어조였다.

실제로 이석에게는 충분히 그럴 힘이 있었다. 그녀의 집이며 일자리며 모두 차단해 버릴 수 있었고, 오피스텔에 강제로 가둬 놓는 것도 어렵지 않게 가능할 것이다. 여원은 갓 출소한 연고 없는 여자였으니까. 공장이야 중간에 튀는 경우가 허다하니 크게 신경 쓰지 않을 테고.

물론 그렇게 한다 해도 그녀가 그를 사랑하지는 못할 것이다. 하지만 그에게 진심 같은 것이 언제는 중요했던가. 옆에 두고 싶으면 두는 거지. 여원은 진심으로 그리 생각했다.

"……그걸 원해?"

"뭐라구요?"

"그걸 원하느냐고. 네게서 모든 선택지를 배제하고, 널 강제하고, 내 권역에— 우리의 오피스텔에, 널 처박아 두는 거."

이석이 덤덤한 어조로 말했다. 여원이 잠시 귀를 의심하다가 파르르 턱을 떨었다. 약간의 두려움을 담은, 원망스러운 시선이 그를 향했다. 그는 정말로 그럴 수 있는 남자였으니까.

바로 다음 순간, 이석의 낯이 뒤집듯 바뀌었다. 마치 굴복하는 이의 그것으로.

"……여원아."

"그 오피스텔이 왜 '우리'예요?"

"그러지 않을 거야. 내가 실언했어."

"제가 정말 그러길 바라서 물어본 것 같아요?"

화가 났다. 그가 아무렇지도 않게 그런 말을 할 수 있고, 또 실제로 그걸 이행할 수 있다는 것이. 그가 그녀의 아래인 양 굴어도 결국 판도를 뒤집을 힘은 그에게 있다는 것이.

그런데 왜 당신이 그런 표정을 해.

왜 당신이 그렇게, 아프고 상처받은 듯한…….

"······그러지는 않을 거야."

그의 목소리는 오래 담아 둔 것을 꺼낸 것처럼 버석버석했다. 그러나 여원에게는 별반 와닿지 않았다. 그녀는 끝까지 듣지 않고 그를 지나쳐 앞서갔다.

"그런 일은 없을 거야."

뒤에서 그가 단언했다.

## 05. 스물일곱의 여자

'물론 당신을 찾는 것은 완벽히 내 관할이야. 어차피 일이 바빠 찾아봐야 일주일에 한두 번 정도고…….'

'…….'

'무슨 말이라도 좀 하지? 나쁘지 않은 제안일 텐데.'

여원은 당시의 말을 곱씹으며 그의 얼굴을 물끄러미 바라보았다. 그는 언제나 그녀에게 선택권을 주었다. 여원이 거절한다면 미련 없이 손을 거두어들일 것처럼, 마치 그녀에게 주도권이 있는 양.

그러나 언제나 상황은 이석에게 유리하게 흘러갔다. 여원은 대부분의 선택지를 배제당하였으므로, 결국 그녀에게 선택권은 없다는 소리나 마찬가지였다.

"뭘 그렇게 봐."

물론 이석에게 그녀의 상황 같은 건 염두에도 없겠지만.

"잘생겨서요."

여원이 영혼 없이 대꾸했다. 이석은 피식 웃으며 모로 누워 그녀와 시선을 마주했다. 여원은 자연스레 말을 넘겼다.

"요새 바쁘죠. 기사 봤어요. 괜찮은 거예요?"

"기사대로지, 뭐."

"남 일 말하듯 하지 말구요. 당신 관할이잖아요. 두바이 직접 안 나가 봐도 돼요?"

"화상으로 진행할 거야. 국내 못 떠, 당분간은."

"아…… 왜요? 국내에 무슨 일 있어요?"

"뭐가 그리 궁금하실까."

침대 위에서 이석이 그녀의 머리카락을 매만지며 나른하게 물었다. 숨이 얽힐 듯 가까운 거리에서 마주친 그의 눈에 묘한 빛이 스쳤다.

기실 그것은 즐거움이나 열망이나 다른 무엇과 닮아 있었지만, 여원에겐 내재된 불안감의 한 부분으로 다가올 뿐이었다. 순간 당황한 그녀가 웅얼웅얼 얼버무렸다.

"그냥 걱정돼서……. 바빠지면 자주 못 볼까 봐."

"얼마나 자주 봤으면 좋겠는데."

"흠, 매일 저녁 6시부터?"

"몸이 작살나겠군."

"당신 눈가가 더 어두워진 것 같아요. 안 그래도 퀭한 눈이."

"퀭한 눈?"

이석이 헛웃음을 지으며 그녀의 아랫입술을 약하게 깨물었다가 놓았다. 여원은 까르륵 웃으며 맞닿은 입술에 가볍게 입 맞춤했다. 장난처럼 시작한 입맞춤은 점차 붙는 시간이 길어졌다. 이석은 그녀의 몸을 뒤집어 제 아래에 깐 뒤 고개를 기울였다.

"내 눈을 그렇게 생각했단 말이지."

"당신 가만히 있으면 엄청 무섭게 생긴 거 알죠. 서양인처럼 여기가 움푹 들어가선…… 음!"

그가 입술을 한 번 빨아들이더니, 윗입술과 아랫입술을 번갈아 핥았다. 입가가 척척하게 젖어 갔다. 겨우 입술만 건드렸을 뿐인데 묘한 쾌감이 찰박거렸다. 여원이 애타게 혀를 내밀자, 기다렸다는 듯 그가 부드럽게 얽혀들었다.

입천장, 볼 안쪽, 잇몸, 치열……. 이석은 입 안의 모든 곳을 탐색이라도 하는 것처럼 건드렸다. 혀가 점막을 쓸고 지나갈 때마다 그녀의 몸이 부르르 떨렸다. 여원이 희미하게 떨리는 손으로 그의 목을 끌어안자, 그는 잠시 움찔하는가 싶더니 잡아먹을 듯 키스해 왔다.

얽어 오는 혀가 농밀했다. 호흡을 고르기 위해 잠깐잠깐 떨어질 때마다 츕츕 젖은 소리가 났다. 달뜬 호흡과 신음이 입에서 입으로 오갔다.

그 모든 행위는 언제나와 같이— 서글플 만큼 행복했다. 장막이 드리운 오늘과 약속되지 않은 미래가 도처에 깔려 있을지라도, 그것들이 이 순간을 매도할 수는 없었다. 너무나 당연한 듯 상투적으로 다가오는 그의 손길 하나조차 그녀에겐 벅찬 감격이었으므로.

이석은 한 손으로 몸을 지탱하고, 다른 한 손으로는 그녀의 뺨을 부드럽게 쥐었다. 그 온기에 어쩐지 눈물이 날 것 같았다. 여원은 비굴하게 매달리듯 간절히 입을 맞추었다. 언뜻 욕망이 어려 열정적인 몸짓이었지만, 그것과는 분명히 달랐다.

그런 그녀의 태도에 놀란 것인지 혹은 재미있는 것인지, 그의 나직한 웃음이 뜨거운 숨결 사이사이로 섞여 들었다. 여원은 그를 따라 미소 지었지만 그건 흐느낌을 삼키기 위한 수단에 가까웠다.

뺨 위에 머물러 있던 그의 손이 슬금슬금 아래로 내려갔다. 아래에서부터 밀어 올리듯 가슴을 움켜쥐는 손길에, 그녀는 저도 모르게 몸을 약간 일으켰다.

맞붙어 있던 입술이 떨어졌다. 이석을 밀어낸 여원은 원래대로 그와 나란히 누웠다. 그가 불만스러운 얼굴로 "왜." 하고 중얼거렸다.

"당신 바쁘잖아요. 내일 일찍 일어나야 하고. 피곤해 보여요."
"상관없어."
"내가 상관있어요."
"진짜 상관없다니까."
"나도 오늘 야근해서 피곤하단 말이에요."
"완전 매정해졌군."
"자, 어서 자요."

여원이 그의 눈 위를 손바닥으로 덮었다. 한순간 조용해지며 평온한 침묵이 맴돌았다. 색색거리는 숨소리가 부드러이 귓가를 적셨다. 가만히 누워 있던 이석이 입매를 약간 늘여 웃으며 말했다.

"어릴 때 내가 안 자면, 어머니가 이렇게 해 주시곤 했지."

처음 듣는 그의 어린 시절 이야기였다. 흥미가 생긴 여원이 물었다.

"어머니랑 사이가 좋았나요?"
"어릴 땐 그랬던 것 같기도 해. 내가 너무 정이 없다고 이런

저런 애완동물을 사다 주셨었지. 근데 정작 정 주는 건 어머니였고."

"이석 씬 신경도 안 썼을 것 같아요."

"사실…… 그랬지."

"정말 정 없다니까."

여원은 어쩐지 가슴이 따뜻해져서 그를 살짝 끌어안고 속삭였다.

"그래도 당신한테 좋은 기억으로 남았나 봐요."

"글쎄……."

이석이 입매를 끌어 올렸다. 그러나 입매 끝에 달린 것은 비웃음이나 냉소에 가까워서 여원은 조금 의아해졌다.

"잘 모르겠네. 뭐, 아버지보단 어머니와 가까웠던 건 사실이지. 고등학생 때 돌아가셨지만. 자살 처리 됐는데 아마 자살은 아닐 거야."

"……저도 어릴 땐 엄마랑 사이가 좋았어요. 가족이라곤 서로가 다였기도 하고. 한 고등학교 1학년 때까지도 괜찮았던 것 같은데…… 엄마가 노름에 손을 대는 바람에. 그거 빼곤 좋은 분이셨어요. 날 많이 사랑해 주셨죠."

"제일 중요한 걸 빼면 어떡하나."

"아하하, 그건 그래요. 하지만 정말 그것만 빼면 좋았는걸요. 틈만 나면 제 어릴 때 이야기를 하면서 즐거워하셨죠."

"무슨 얘기?"

"음……. 별로 재미없는데."

"감안하고 들을게."

여원은 풋 웃음을 터트렸다. 가끔은 그가 농담을 하는 건지

진담을 하는 건지 헷갈렸다.

 "……제가 다섯 살 땐가 여섯 살 땐가, 지나가다가 엄마한테 엄마, 저 산 이름이 뭐야? 하고 물어봤는데 엄마도 모르겠다고 했대요. 그랬더니 제가 중국산인가? 중얼거렸다는 거예요. 전 그다지 안 웃겼는데 엄마는 이 얘길 할 때마다 엄청 웃어 댔어요."

 "중국산?"

 이석이 나직하게 웃더니, 그를 끌어안은 그녀의 손을 잡아 올려 손바닥에 입 맞추었다. 손바닥에 따뜻한 숨이 와 닿았다. 그 다정한 행위에 괜히 또 눈가가 달아올랐지만 여원은 내색하지 않았다.

 "어릴 때 사진 있나?"

 "다 없어졌어요. 이래저래 이사를 많이 다니는 바람에……."

 "아쉽네."

 이석이 중얼거리며 한 팔로 그녀를 끌어안았다. 훅 밀려오는 그의 향기가 좋았다. 지나치게 좋아서, 가슴이 먹먹하게 죄어들었다. 머리 위로 그의 가라앉은 목소리가 내려앉았다.

 "다른 이야기 없어?"

 "졸려서 기억 안 나요."

 "그럼 자자. 그럼……."

 여원이 그의 품으로 파고들며 작게 속삭였다.

 "이석 씨."

 "……음."

 "사랑해요."

 "알아."

 그가 당연하다는 듯 대답해 왔다. 그리고 그건 당연한 일이 맞았다. 지난 3년간, 언제나.

"내 꿈 꿔요."

"뭐 꿀까."

"아까 못한 것 마저 하는 꿈?"

"아. 내일 일찍 못 일어나겠네."

여원은 그의 가슴에 코를 박고 키득키득 웃었다. 이석이 얼른 자자, 중얼거리며 안은 팔에 힘을 더했다.

* * *

새벽 3시쯤 여원은 눈을 떴다. 눈에는 잠기운이 거의 묻어 있지 않았다. 그녀는 부스스 몸을 일으켜 앉아 옆에 누운 이석을 확인했다. 깊이 잠든 듯 숨소리가 길고 규칙적이었다.

여원은 휴대폰을 들고 소리 죽여 방을 나섰다. 휴대폰 불빛으로 어둠을 더듬어 가며 2층으로 향했다. 그녀는 이석의 서재 방문 앞에 서서 잠시 호흡을 가다듬다가, 조금 떨리는 손으로 문고리를 잡아 돌렸다.

문은 소리 없이 매끄럽게 열렸다.

서재는 잠겨 있지 않지만, 이석은 출근할 때 중요한 장부와 서류 등을 챙겨서 나갔기 때문에 지금이 아니면 거의 불가능했다. 그가 잠들어 있을 때가 아니면.

여원은 침착하게 책장을 뒤졌다. 검은색 비비안웨스트우드 다이어리, 녹색 장부, 연갈색 서류철……. 최지엽이 설명해 준 것들을 떠올리며 찾아 헤맸으나 워낙 넓은 서재라 발견하기가 지난했다.

다이어리를 먼저 찾아낸 여원은 그것을 책상 위에 두고 펼쳤다. 조금 갈겨쓴 글씨체로 이런저런 일정이 적혀 있었다. 종종 메모도 보였지만 짤막짤막한 키워드의 나열이라 이해가 힘들었다.

어차피 이해와 사용은 그녀의 몫이 아니었다. 여원은 무음 카메라로 8월, 9월, 10월, 11월, 12월의 일정과 메모들을 찍었다. 이어 발견한 장부와 서류철도 빠르게 찍은 후 제자리에 넣어 두었다.

슥 훑어보고 돌아서려는데, 문득 책장 가장 안쪽에 놓여 있는 흰색 통 두 개가 눈에 들어왔다. 가까이 가서 보니 약통 같았다. 오랫동안 손이 닿지 않았는지 뚜껑 위에 먼지가 쌓여 있었다. 여원은 최대한 손자국이 남지 않도록 조심하며 약통을 앞쪽으로 돌려보았다.

[아리피프라졸정 10mg]

이게 뭐지. 여원은 고개를 갸웃하며 다른 약통을 살펴보았다. 영어로 쓰여 있었는데 전문 용어라 잘 알아들을 수가 없었다. 그녀는 휴대폰을 켜서 약의 이름을 검색해 보았다.

[선택적세로토닌재흡수억제제(SSRI). 세로토닌의 재흡수를 선택적으로 억제하여 작용을 증강시키는 약제. 우울증, 불안 장애, 강박 장애 또 몇 가지 인격 장애를 치료하는 데 쓰이는 항우울제의 일종…….]

'정신병 약?'

그가 정신과에 다니고 있다는 말은 들어 보지도 못했다. 약통 위에 쌓인 먼지의 상태로 보아, 약물을 복용하지 않은 지도 꽤나 오래되어 보였다.

이것까지 최지엽에게 보고해야 하는 건지 긴가민가했다. 하지만 최근의 일도 아닐뿐더러, 이건…… 지나치게 사적인 부분 같았다.

어쩐지 그의 내밀한 부분을 엿본 것만 같은 불편한 기분이 들었다. 그를 배신하고 정보를 넘기고 있는 주제에 들 만한 생각은 아니었지만.

여원은 잠시 고민하다가, 이내 돌아섰다. 최지엽이 요청한 정보도 아닌 데다 별로 중요한 정보도 아닐 듯싶었다.

마지막으로 이석의 노트북. 며칠 전 그에게 1층에서 커피나 마시며 함께 업무를 보자고 졸랐었다. 그리고 그때 그가 암호를 치는 손의 움직임을 눈여겨봐 두었다. 가려져서 정확한 숫자는 보지 못했지만 그때 본 것을 토대로 대강이나마 추측해 둔 상태였다.

여원은 핸드폰 메모장에 적어둔 암호 목록들을 하나하나 쳐보았다.

7837.

《PIN이 올바르지 않습니다. 다시 시도하십시오.》

7836.

《PIN이 올바르지 않습니다. 다시 시도하십시오.》

7838.

《PIN이 올바르지 않습니다. 다시 시도하십시오.》

……

《잘못된 PIN을 여러 번 입력했습니다. 다시 시도하려면 아래에 A1B2C3을(를) 입력하십시오.》

그녀는 손톱을 깨물며 제시된 문자를 입력한 후 노트북을 덮었다. 여기서 몇 번 더 틀리면 장치를 다시 시작해야 한다. 안에 켜진 창 같은 게 있다면 낭패였다. 다음에 다시 이석에게 함께 업무를 보자고 이야기를 꺼내야 할 것 같았다.

17일 비행기니까, 아직 한 달 정도가 남았다. 그 정도면 할 수 있었다. 다만 걱정이라면 최근 이석이 바빠져서 자주 들어오지 못한다는 것이었다. 그래도 이제, 이제…… 노트북 하나만 남은 거니까.

여원은 혹시 흐트러진 것이 있는지 꼼꼼히 확인한 후 서재를 나섰다. 다리가 후들후들 떨렸다. 휴대폰이 이상하게 미끄럽기에 확인해 보니 손에 땀이 배어 있었다. 그녀는 옷에 손바닥을 문질러 닦은 후 계단을 내려왔다.

이석은 고른 숨소리를 내며 잠들어 있었다. 여원은 한참 침대 위를 응시하다가 조용히 누웠다. 그에게서 최대한 멀리 떨어져서, 등 돌린 채로.

이불 끄트머리를 조심스럽게 끌어다 덮은 후 몸을 바짝 웅크렸다. 입을 가린 손등 위로 떨리는 숨이 흩어졌다.

새벽이 깊어 갔다.


그날, 꿈에는 엄마가 나왔다. 비틀비틀 인라인을 타고 있는 자신 옆에서 엄마는 휘휘 잘도 나아가고 있었다. 엄마는 인라인을 아주 잘 타는 사람이었다.

양팔을 벌린 채, 간신히 중심만 잡고 있던 여원이 빽 소리를 질렀다.

'아, 나 잡아 줘!'

'혼자 타세요—'

'그럼 좀 타는 법 좀 알려 주든가!'

불퉁한 투덜거림 뒤로 엄마의 깔깔거리는 웃음소리가 따라붙었다. 산뜻한 바람에 머리칼이 흩날렸다.
'이건 감으로 타는 거거든?'
'으왁! 와아악!'
'여원, 조심조심! 하여튼 저 운동 신경은 누굴 닮았는지.'
'엄마, 진짜 나 잡아 주면 안 돼? 무서워.'
해는 높고, 날은 화창하고, 녹음은 푸르렀다. 모든 것이 선연한 여름날이었다. 그런데 웃는 엄마의 얼굴만은 김 서린 거울처럼 반쯤 뿌옇게 보였다.
'여원아, 앞을 봐. 그렇게······.'
그렇게?
말하는 엄마의 입이 웅얼웅얼 흩어졌다. 그 얼굴은 점점 흐려져 이목구비조차 보이지 않게 되었다.
'······수는 없······. 혼자······.'
엄마, 뭐라고?
여원은 손을 뻗었다.
그 순간, 손안에서 구겨지는 종이처럼 사위가 우그러들었다. 엄마의 얼굴도 무참히 검은 공간으로 빨려 들어갔다. 순식간에 고요해졌다. 텅 비어 버린 공간에 그녀만 남았다.
여원은 천천히 앞으로 나아갔다. 바닥을 보고, 비틀비틀, 간신히 중심을 잡으며.

* * *

일이 잘못됐다고 느낀 건 최지엽과의 마지막 통화에서였다.

―너 이 씨발년 어디야.

순간 심장이 덜컹 내려앉았다. 여원은 황급히 통화 볼륨을 줄이고 택시 기사의 눈치를 보며 이어폰을 연결했다. 그 짧은 사이에 최지엽은 무어라 욕설 섞인 말 몇 마디를 늘어놓고 있었다. 그녀가 급히 말을 끊고 소리 죽여 물었다.

"태, 택시 안요. 왜요."

―너, 너, 이거 통장 뭐야. 차명 계좌로 하랬잖어, 미친년아!

"전 말씀대로 했어요."

―근디 왜 경찰서 내한테 전화가 와. 너 제대로 한 거 맞어? 내한테 들어온 돈 뭔데 이거! 무기명 코인은 또 뭐고 씨발!

"무, 무슨 소린지 하나도 이해가."

―니미 좆같은……. 장이석이 이 개씨부럴 새끼!

"뭐 잘못됐어요? 남은 돈은 주신 거 맞아요? 저 곧 비행기…….."

―이런 씨!

휴대폰 너머에서 요란한 소리가 났다. 무언가 부서지고 깨졌고, 누군가 악장쳤다. 지엽이 험한 욕설을 지껄임과 동시에 통화는 끊어졌다. 종료음이 섬뜩하게 이어졌다.

온몸의 신경이 곤두서고 핏줄이 마르는 것 같았다. 여원은 휴대폰을 멍하니 붙들고 있다가, 곧 정신을 차리고 다급히 물었다.

"저, 혹시 얼마나 더 걸리나요?"

"다 왔어요. 아가씨가 뭔 일 있어?"

"아뇨 그냥……. 장학금 관련해서 뭐가, 안 들어왔나 봐요. 제가 지금 교환학생을 가서."

"아 장학금―공부 잘했나 보네."

"아, 하하, 네……."

되는대로 지껄였지만 택시 기사는 믿는 눈치였다. 여원은 최대한 빨리 가 달라고 말한 후 덜덜 떨리는 손으로 휴대폰을 껐다. 머릿속이 뒤죽박죽이었다.

저게 다 무슨 소리지. 경찰에서 전화가 왔다고? 무기명 코인? 그녀는 분명 지엽이 말한 그대로 했었다. 뭔가를 실수한 걸까. 일이 잘못된 걸까.

최지엽은 어째서 장이석에게 욕설을 퍼부은 걸까.

서슬 같은 불안감이 등 뒤를 타고 흘러내렸다. 오한이 온 것처럼 온몸이 떨려 왔다. 힘을 주고 참아 보려고 했지만 뜻대로 되지 않았다. 여원은 이를 악문 채 창밖을 내다보았다. 괜찮을 거다. 괜찮을 거야. 다 잘될 거야…….

이석의 얼굴이 눈앞에 그려졌다. 지금쯤이면 다 알고 있을 테지. 어떤 얼굴을 하고 있을지 궁금했다. 어떤 감정을 느끼고 있을지도.

지난 일주일간, 그에게는 출장이라고 거짓말을 해 놓았었다. 일이 마무리되기도 전 그에게 들킬 걸 대비해서였다. 그때 그냥 해외로 떴어야 했다. 최지엽이 지금 떠 버리면 남은 돈을 주지 않겠다고 협박하지만 않았어도 그랬을 것이다.

'돈이고 뭐고 그냥 떠났어야 했어.' 여원은 과거의 자신을 질책했다. 어디서부터 잘못된 건지 김조차 잡을 수 없었다.

불안이 지나쳐서 눈가가 달아올랐다. 채권 추심 당시에도 이렇게까지 지독한 긴장감은 느껴 본 적이 없었다. 여원은 힘겹게 흐느낌을 삼키며 눈을 감았다.

잡힌 것은 체크인 데스크로 이동하기도 전이었다.

남자 하나는 연인인 양 그녀의 외투 안 허리에 팔을 감은 채 칼날을 디밀었다. 강제로 끌고 갔다면 주변 사람들에게 도움을 청할 수라도 있었을 텐데, 옆구리에 와 닿는 조용하고 서늘한 날붙이에 입도 벙긋하지 못했다. 뒤에서는 남자 둘이 더 따라오고 있었다.

여원은 이를 덜덜 맞부딪치며 주변을 돌아보았다. 하지만 공포로 시야가 너무 흔들려서 앞이 제대로 보이지도 않았다. 머릿속이 엉망진창이었다.

그냥 소리 질러 버릴까. 아무라도 붙잡고 이 사람들이 날 강제로 끌고 가려고 한다며 도움을 청할까. 이까짓 거에 좀 베이면 어때서. 죽음보다 더한 일이 기다리고 있을지도 모르는데.

그런 여원의 속내를 눈치챘는지, 그녀를 감싸 안은 남자가 칼날을 꾹 눌렀다. 차갑고 따끔한 감각이 허리춤에 스며들었다.

"허튼 생각하지 마, 쌍년아. 당장 여기서 도망친다 한들 앞으로도 계속, 평생이고 도망칠 수 있을 것 같아?"

"……."

여원은 입매를 가늘게 떨며 고개를 수그렸다. 맞는 말이었다. 자신이 한국 땅 안에 발붙이는 한, 그의 눈에서 영영 벗어날 수는 없을 것이다. 어쩌면 이 땅 밖으로 도망친다고 해도…….

애당초 뒤를 봐 주겠노라 했던 최지엽과의 줄이 끊긴 이상, 해외로 간다 한들 거기서 정상적인 삶을 살 수 있을까? 아니, 가기나 할 수 있을까?

하지만 이대로 잡혀가면? 영영 끝이 아닌가? 일말의 살 수 있는 가능성을, 지금 내가 놓치고 있는 거라면?

목 안이 타들어 갔다. 가물가물하던 시야가 한순간 또렷해졌다. 여원은 바짝 당겨져 있던 제정신의 어느 한 부분이 끊어지는 것을 느꼈다.

내내 기회를 엿보던 여원은 차량에 태워지기 직전 도망을 시도했다. 남자가 문을 열려는 순간을 노려 그의 팔을 힘껏 깨문 후 도망쳤다.

그러나 몇 걸음 채 가지도 못하고 뒤따라오던 남자 하나에게 머리채가 잡혀 따귀를 맞았다. 살갗이 터지는 듯한 통증과 함께 눈앞이 번쩍였다.

"악!"

"쌍년이 어디 도망을 쳐, 치기를."

바닥에 쓰러진 여원은 뺨에 손등을 대고 벌벌 떨었다. 사내의 두툼한 손은 타격력이 대단했고, 고작 한 대에 몸이 날아가다시피 했다. 그녀는 몸을 웅크린 채 흐윽 흐윽 신음을 토했다. 너무 아파서 머리가 빙빙 돌았다.

남자는 여원의 머리채를 잡아당겨 일어나게 한 뒤 던지듯 차에 밀어 넣었다. 여원은 이리저리 부딪히다 아무렇게나 좌석에 쓰러졌다. 곧장 올라탄 남자가 쓰러진 몸을 거칠게 일으켜 세우고, 그녀의 양옆으로 남자 둘이 벽을 세우듯 앉았다. 곧 차가 출발했다. 액셀 밟는 소리가 끔찍했다.

맞은 볼 안쪽이 잔뜩 부어오르는 게 느껴졌다. 그러나 공포가 너무 커서 고통은 제대로 신경 쓰이지도 않았다. 턱이 덜그럭덜그럭 떨려 왔다. 여원이 기절할 듯 겁에 질려 있든 말든 남자들은 신경도 쓰지 않고 떠들어 댔다.

"얼굴 그냥 그런데."

"아, 너 처음 보나?"

"어, 처음. 3년이나 끼고 살았다기에 존나 째끈할 줄."
"명기인갑지. 원래 저렇게 생긴 년들이 더 잘해."
"야. 너 잘하냐? 잘해?"

남자가 여원의 머리를 손가락으로 툭툭 밀었다. 그러나 모멸감을 느낄 정신도 없었다. 안 죽고 어디로 팔려 가면 찾아 주겠다는 말이 뒤따랐다. 그녀는 눈을 감고 미친 듯이 떨리는 손을 꽉 마주 잡았다. 토할 것 같았다.

"안 그래도 재수 없었는데, 이년. 빚더미 진 창녀 주제에 형님 옆에 꼈다고 도도한 척은 씨발. 그동안 그딴 눈깔로 나 야린 거 모를 줄 아냐? 모를 줄 알어? 회사 다니면 주먹질하는 새끼는 하찮다 이거야?"

미는 강도는 점점 심해져서, 여원은 머리를 좌석 헤드에 쿵쿵 박다시피 했다.

남자는 오피스텔 건물 앞이나 현관 앞에서 종종 봤던 이였다. 누가 봐도 범상한 일을 하는 이로는 보이지 않아서 무섭고 꺼려진 것은 사실이다. 그러나 저건 너무 비약적인 해석이었다. 이젠 아무래도 상관없지만…….

운전하던 이가 어깨를 들썩거리며 웃어 댔다.

"으핫, 으하하! 저 새끼 피해 의식 보소. 괜히 피해망상 있어서 저래, 저 새낀."

"아가리 닥쳐."

"와 근데 괘씸하네. 이자 줄여 줘, 상환 기간 미뤄 줘, 집 빌려줘, 널린 미인 냅두고 박아 줘, 감지덕지해도 모자랄 판에 통수를 때려?"

"예쁘면 봐줄랬더니, 씨발년."

낄낄 웃은 남자가 손바닥으로 뒤통수를 거세게 쳤다. 고개가 앞으로 확 숙여졌다. 차라리 고개를 숙이고 있는 게 나을 것 같아서 여원은 그대로 조용히 앉아 있었다.

"본부장님은 이년 어쩌신다냐. 우리 한 번 안 주려나?"

"성격에 그냥 죽여 버릴 거 같은데. 여자 처리하시는 건 못 봐서 모르겠다. 그리고 이거 회사 문제라 대충 처리했다간 말 나와."

"근데 왜 오피스텔로 데려오래? 아, 아쉬운데."

"씨발, 내가 본부장이냐. 왜 나한테 물어. 그래도 너처럼 감정적으로 처리하진 않으신다, 미친 새꺄."

어디 부둣가 근처 창고로 안 간다니 의외였다. 집에서 죽이면 시체 처리도 힘들 텐데. 여원은 그렇게 생각하며 픽픽 웃었다. 정말 웃겨서인지 공포 때문인지 소리가 간헐적으로 떨려 나왔다.

옆의 남자가 어이없다는 듯 허, 하고 숨을 토했다.

"야, 이년 미쳤나 봐, 처웃네."

\* \* \*

오피스텔에 도착해서 엘리베이터를 타고 올라가는 내내 여원은 눈을 감고 있었다. 그리고 이대로 눈뜨지 말았으면, 하고 생각했다. 남자들의 거친 이끌림에 몸이 휘청거리고 시야가 획획 바뀌길 몇 번, 그녀는 금세 현관 앞에 도착했다.

그의 집이었다. 그녀 또한 이곳에서 몇 년을 살았지만 결코 제집처럼 느낄 수는 없었던, 그의 집. 그의 소유. 도어 록 소리와 함께 현관문이 열리는 것이 비현실적으로 느껴졌다.

여원은 그가 침착하리라 생각했다. 언제나처럼 얼굴 위에 침착함을 한 꺼풀 덧씌우고, 감정을 수면 아래 가라앉히고. 우스운 듯 여유로운 듯 그렇게 우위에 서선 남을 내려다보고.

그녀의 모든 말과 행동을 애완동물의 재롱이나 되는 것처럼 여기던 남자가 아니었다. 과거 여원은 이석이 그녀와 이야기할 때 즐거이 웃는 것에 의미를 부여하기도 했었다. 그러나 이게 얼마나 멍청한 생각이었는지 지금은 안다.

이석에겐 퍽 즐겁기도 했을 것이다. 그녀가 그를 즐겁게 하기 위해 애쓰는 모습이, 살기 위해 발버둥 치는 모습이, 비굴하게 조아리는 모습이.

종종 삶이 무료하다고 말하던 사람이었으니까. 많은 사람을 거느리고 있으면서도 고독해 보이던 사람이었으니까. 그럼에도 그게 자연스럽고, 아무렇지 않은 사람이었으니까.

그런 이석의 얼룩진 얼굴은 전에 없이 생소했다.

집 안에 들어선 여원은 얼어붙은 채 그를 바라보았다. 남모르는 땅에 홀로 뚝 떨어진 것처럼 낯선 기분이 되었다. 이석의 눈동자는 서늘하게 가라앉아 있었고, 입매는 옅게 떨리고 있었으며, 종이 몇 장을 쥔 손에는 힘이 들어가 있었다.

그녀는 핏줄 선 그의 목덜미를 응시했다. 그는 조용했지만, 분노하고 있었다. 그다운 분노였다.

여원은 조용히 그의 앞에 섰다. 속으로 무릎 꿇려지지 않아서 다행이라고 생각했다. 이미 다 박살 난 지 오래인 자존심이지만, 마지막이라고 생각하니 어쩐지 지키고 싶어졌다. 울지 않은 것은 그래서였다. 아무런 변명을 하지 않은 것도.

이석의 시선이 부어오른 왼뺨 위로 와 닿았다. 거울을 보지 못해서 그녀 자신도 뺨의 상태가 정확히 어떤지는 몰랐다. 그러나 그의 미간이 미세하게 꿈틀거리는 것으로 보아 좋은 상태는 아닌 모양이었다. 혹은 너무 멀쩡해서 짜증이 난 것일지도 모르지만.

마침내 이석이 입을 열었다.

"너."

말이 끊겼다. 여원은 이어질 말을 기다렸으나 한참이나 지체되었다. 고요한 가운데 다소 불규칙한 숨소리만 났다. 얕은 얼음장처럼 금방이라도 깨질 듯 위태로운 공기가 흘렀다.

한참 후에야, 그는 오래 호흡을 참은 사람처럼 말을 토해냈다.

"……왜 그랬어."

여원은 조금 당혹스러워서 그를 보았다. 그답지 않게 너무 무력한 질문이었다. 왜 그랬냐고 묻는 이석의 얼굴 위로 짙은 배신감이 일렁거렸다. 저렇게 여유 없이, 감정이 역력한 모습이라니 그와 어울리지 않았다.

'이 사람, 화가 났구나.'

당연한 말인데도 새삼스러웠다. 이석은 화가 나 있었다. 배신감을 느끼고 있었다. 원망하고 있었다.

어쩐지 숨이 막혔다.

여원은 언젠가 그의 이런 얼굴을 마주하면 통쾌하리라고 생각했었다. 사랑이 아니어도 좋으니 그에 비례하는 원망의 감정이라도 볼 수 있길 바랐다. 그러면 적어도, 그에게 어떤 식으로든 의미가 되었노라 한 줌 위안이라도 얻을 수 있을 것 같아서.

그러나 아니었다. 하나도 위안이 되지 않았다. 질 나쁜 감정들로 얼룩진 얼굴 앞에서, 그녀는 그저 슬퍼졌다.

　화도 나지 않았고 공포도 수그러들었다. 그저 한없이 슬퍼졌다. 너무 슬프고 괴로워서 눈물이 나올 것 같았다. 마음이 서걱서걱 아파 오고 손발이 저려 왔다.

　여원은 차마 그를 계속 보지 못하고 고개를 떨어뜨렸다. 스스로가 너무 미련해서 헛웃음이 나올 것만 같았다. 이런 상황에서도, 끝내 여기까지 와 놓고서도, 가진 마음이 고작 슬픔뿐이라니.

　"왜, 왜, 왜."

　이석의 숨소리가 파르르 떨리는 것이 선명하게 들렸다.

　날아든 무언가가 발치에 떨어졌다. 통장 사본이었다. 여원은 고개를 들지 않고 물끄러미 그것을 바라보았다.

　"왜 그랬어."

　"……."

　"왜 그랬냐고, 묻잖아."

　정말로 궁금해서 묻는 걸까. 순수한 의문이 들었다. 그녀는 비스듬히 눈을 내리깐 채 묵묵히 있었다. 그 침묵에 화가 더 끓어올랐는지, 이석의 목소리가 한층 음산해졌다.

　"지방 출장? 표까지 다 끊어 놓고 뻔뻔하게 거짓말도 잘. 언제부터 속여 온 거야. 언제부터 이따위 짓을 한 거냐고."

　"……."

　"왜 그랬는지 말해."

　왜 그랬느냐고…….

　여원은 지친다고 생각했다. 살아온 삶도, 살아갈 삶도, 다가올 죽음도. 모든 공포와 두려움과 불안함, 그리고 그를 사랑하는 마음조차도. 그냥 모든 것이 힘에 겨웠다. 이 상황이 너무 슬펐지만 그 슬픔을 표현할 기운조차 나지 않았다.

어쩌다가 이렇게 되어 버렸지. 나는 무슨 잘못을 저지른 거지. 뭘 잘못했기에 인생이 이렇게나 위태하게 밀려나 버린 거지.

이유를 따져 묻는 이석도 도무지 이해가 되지 않았다. 정말 모르나. 정말로 몰라서 묻나. 나는 수없이 말했는데, 나 좀 여기서 꺼내 달라고 빌고 또 빌었는데. 다 못 들은 척 넘겨듣는 척— 아무 일도 아닌 양 웃으며 무시해 오더니 왜 이제 와서 그걸 묻는 걸까.

나는 3년간 필사적으로 그 이유를 말해 왔는데.

그 지긋지긋한 빚.

그것 때문이라고.

"……빚은 다, 갚은 거죠?"

그러니 이 순간 가장 궁금한 사실은 이게 다였다. 여원은 나직한 어조로 그리 묻고는 꽉 쥐고 있던 주먹에서 힘을 풀었다. 목소리가 잔뜩 갈라져 나올 줄 알았는데 생각보다 멀쩡했다. 너무 멀쩡해서 덤덤하게까지 들릴 지경이었다.

어차피 다 들켜서 잡혀 온 이상 그럴싸한 미래 같은 건 기대할 수 없었다. 죽거나, 잘하면 팔려 가거나. 둘 중 하나였다. 그렇다면 차라리 빚이라도 다 갚아 보는 게 나았다.

그게 그녀의 청춘과 미래 같은 것들을 다 삼켜 버렸으니까. 여느 평범한 이들이 가질 만한 그럴싸한 것들을 다 박살 내 버렸으니까. 여원은 그걸 위해 살아왔고, 그걸 위해 이 모든 일을 벌였고, 그걸 위해 위험도 각오했다.

그걸 위해, 영원할 것 같던 사랑마저 버렸다.

너무 지긋지긋하게 함께해 온 탓에 마치 삶의 종착지처럼 여겨 왔던 존재였다. 그래서인지 마음만은 차라리 편했다. 오랜 세월 발목을 죄어 뼈까지 박혀 든 덫에서 벗어난 기분이었다. 그녀는 실없는 웃음이 튀어나오려는 것을 가까스로 삼켜 냈다.

드디어 다 갚았다. 지긋지긋한 빚에서 벗어났다. 청춘을 바치고 몸을 바치고 사랑을 바쳐서. 있는 것 없는 것 다 끄집어내다가 바쳐서 비로소, 이제야, 벗어났다.

그러니까 후회는 없었다.

"……다, 나가 있어."

"하지만."

"나가."

이석이 사납게 내뱉자, 남자들은 아주 잠깐 망설이는가 싶더니 곧 우르르 빠져나갔다. 이석의 옆에 숨을 죽이고 서 있던 엄준섭도 함께였다. 네 명분의 발걸음 뒤로 문이 닫히고 도어 록 잠기는 소리가 났다.

한참 호흡을 가다듬던 그가 잔뜩 가라앉은 목소리로 말했다.

"거짓말, 언제부터 해 왔어."

"……."

"최지엽 그 새끼가 너한테 접선한 게 언제야."

"……."

"장부는 언제 빼돌렸고, 노트북 암호는 어떻게 푼 건데. 내가 있을 때야? 내가 있을 때 언제?"

"……."

"제발 뭐라고 말 좀 해, 여원아……."

왜 저렇게, 호소하듯 말하는 걸까.

정말 호소라도 하는 걸까. 아니면 분노가 너무 커서 머리가 어떻게 되어 버린 걸까. 여원은 멍하니 생각했다. 너무 큰일이 닥쳐와서 아무것도 현실 같지가 않았다. 그가 저런 얼굴을 하는 것도, 저런 목소리를 내는 것도, 그냥 다 변변찮은 환상 같았다.

여원은 중얼거리듯 말했다.

"변명할 마음 없어요. 나 용서할 것도 없어요."

"……뭐?"

"용서할 거 없다고요. 나 당신한테 하나도 안 미안하거든."

숨 막힐 듯 무거운 정적이 흘렀다.

꽉 주먹 쥔 이석의 손이 미세하게 떨리는 게 보였다. 여원은 그가 저를 때리려나 하고 생각했다.

아까 끌려오는 길에 남자들이 그랬던 것처럼, 분풀이라도 하듯 그렇게 뺨을 때리고 머리를 후려치려나. 본성이 냉정하고 자비 없는 인간이니, 봐주는 것 없이 발로 걷어차 버릴지도 모르지.

진심으로 그런 예상들을 했다. 여원은 사랑하는 남자에 대해 아무런 기대가 없었다. 이석이 그녀에게 손을 대던 남자는 아니었지만, 일이 이렇게 된 마당에 기대할 것도 없었다.

그러나 그는 선 자리에서 움직이지 않았다. 그저 조금 흔들리는 어조로 물어올 뿐이었다.

"날 사랑한다는 거,"

"……"

"그것도, 다 거짓이고."

흔들리는 어조로, 이상한 것을 물었다.

"사랑해요. 지금도요. 지금도 이석 씨를 사랑하고 있어요."

여원은 한 치의 망설임 없이 그렇게 대답했다. 이것만큼은 정말 완벽한 진심이었다. 거리낄 것도 없었다.

"그럼 대체 왜……!"

"사랑이 전부가 못 됐어요, 저한테."

"……."

"난 그냥, 언제나, 할 수 있는 건 다 해 왔으니까……."

그래. 할 수 있는 건 다 했다. 마지막 사랑도 했고 마지막 구원도 붙잡아 봤고 마지막 발악도 해 봤다. 스스로가 할 수 있는 일들을 모두 했을 뿐이다. 그러니 미련은 없었다.

"……내가 널…… 네 부탁을 들어주지 않아서? 내가, 널 구해 주지 않아서?"

여원은 의구심이 들었다. 그의 말은 분명 틀리지 않았지만, 정말 그것만으로 이 상황과 감정들을 다 표현할 수 있을까.

내 삶이 문제라서, 당신의 삶이 문제라서, 내가 당신에게 조건엔 없는 도움을 청해서, 당신이 내게 조건엔 없는 도움을 주지 않아서, 내가 당신은 이해하지 못해서, 당신이 나를 이해하지 못해서, 내가 당신을 사랑해서, 당신이 나를 사랑하지 않아서…….

우리의 관계는 시작부터 결말까지 모두 잘못되었다. 이제 우리는 서로를 사랑하지 않아야 행복한 사람들이다.

쇠약한 꿈과 환상은 완전히 끝이었다. 가슴이 먹먹하게 조여들었다. 실수로라도 그를 보면 눈물이 터져 나올 것만 같아서, 여원은 숙인 고개를 옆으로 돌려 버렸다.

"이미 다 끝난 일이지만, 그럼에도 내게 기회가 있다면, 이제는 정말로…… 당신에겐 절대로…… 도움을 청하지도, 받지도 않을 거예요."

"……."

"다시 살아 볼 수 있다면, 나는, 내가 할 수 있는 일들만 하고 싶어요. 그래도 되는 삶을 살고 싶어. 하지만 내 삶은 그러지 못했죠. 그래서 처음부터 안 됐던 거예요. 어, 어차피 안 될 거였으니까…… 나는 아무 후회도 없어요. 그냥…… 죽여도 돼요. 아니, 그렇게 하세요…… 그냥."

"……."

"나는 너무 지쳤어……."

목소리가 가늘게 떨려 나왔다.

진심으로 그냥 죽고 싶다는 생각이 들었다. 별로 허무하지도 않았다. 그에게서 최대한으로 바랄 수 있는 자비가 그것뿐이라는 생각이 들었다. 떠올릴 수 있는 온갖 최악의 가정 중에서 죽음이 가장 나았다.

이석은 알겠다는 말도, 편히 죽이지는 않겠다는 말도, 아니면 그 외의 다른 어떤 말도 하지 않았다. 그저 조용히 침묵을 지킬 뿐이었다.

그에게선 아무런 대답이 없었고 여원 또한 더 이상 할 말은 없었다. 그걸로 대화는 끝이었다. 그게 다였다.

지난한 침묵 속에서— 3년간 쌓아온 시간들이 하나둘 사위어 샀다. 애정도, 신뢰도, 친숙함도, 그리고 위선과 종속도. 무너진 마음 한편의 조각들이 속을 아프게 찔러 왔다.

모든 것은 현기증처럼 사라졌다.

한참 자리에 못 박힌 듯 서 있던 이석은 오피스텔을 나가 버렸다. 그의 걸음 소리에서 짙은 감정들이 묻어났다. 여원은 끝까지 그를 바라보지 않았다. 문이 쾅 거칠게 닫혔다.

그게 다였다.

* * *

검찰은 여원에 대한 구속 영장을 법원에 청구했다. 이에 법원은 혐의 사실이 소명되었고, 비행기 표까지 끊어 두었던 만큼 도주의 우려가 충분하다는 이유로 영장을 발부했다.

검찰 쪽 사람이 여원의 손목에 수갑을 채우며 이러저러한 죄목을 말해 주었으나, 제대로 알아듣지 못했다. 다 그녀가 모르는 일들뿐이었다. 물론 알았다고 해도 달라질 것은 없었겠지만.

구치소 안에서는 이런저런 소란들이 있었지만 여원에겐 다 먼일처럼 느껴졌다. 들어온 사람들의 대부분은 서로에게 큰 관심이 없었고 교도관과 아웅다웅하느라 바빴다.

멀거니 하루를 보냈다. 다음 날 몇몇이 나가고 새로운 사람이 들어왔다. 오십 대로 보이는 여자는 여원에게 관심을 보였다.

"얌전하게 생긴 년이 여긴 무슨 일로 왔어?"

"……몰라요."

"몰라?"

여자는 심드렁한 얼굴이었다. 하긴 이곳의 수많은 사람들은 다 자기가 뭘 잘못했는지 모르겠다고, 자신은 죄가 없다고 했다. 그게 사실인지 아닌지는 모르겠지만 지금으로선 여원도 같은 소리를 할 수밖에 없었다.

"모르겠어요, 정말로……."

여자가 다른 옆의 다른 이를 붙잡고 '쟤 넋이 나갔나 봐.' 하며 혀를 차는 소리가 들렸다. 여원은 정말로 자기가 넋이 나간 걸지도 모르겠다고 생각했다. 이곳에 온 내내 머리가 온통 멍했다. 두서없는 의문만이 차오를 뿐이었다.

이석은 왜 자신을 죽이지 않는 걸까. 적당한 시기를 노리는 걸까? 하지만 그때보다 적당한 시기가 어디 있었다고? 아니면 그냥, 이게 배신의 대가인가? 정확히 무슨 죄를 지었는지도 모르는 채로 구속되고 교도소에 처박히는 것?

묻고 싶은 게 많았지만 연락은 불가능했다. 그는 따로 면회를 오지도 않았다. 그녀의 면회를 오는 사람이라곤 처음 보는 변호사 한 명뿐이었다.

소개를 들어 보니 변호사는 국선이 아니었다. 여원은 변호사에게 누가 보낸 거냐고 물었지만 제대로 된 대답은 듣지 못했다. 어렴풋이 짐작은 갔다. 높은 확률로 장이석이 보낸 사람일 것이다.

물론 그가 자신을 위해서 변호사를 붙여 주었다고는 생각하지 않았다. 현재 상황에 대해 가장 잘 알고, 그의 입맛에 맞게 대처할 수 있는 이로 고른 거겠지. 그런 쪽으론 언제나 완벽한 남자니까.

"특정경제범죄가중처벌법상 횡령과 배임 등의 혐의가 적용될 거고요. 과거 채무 이력도 있고 도주 전력도 있는 터라 많이 불리할 수가 있어요. 일단 우리는 통장에서 빠져나가 투자된 돈이 직통으로……."

"과거요?"

"예?"

"방금 과거 채무 이력이라고."

"그게 왜요?"

변호사는 안경을 고쳐 쓰며 고개를 갸웃거렸다. 여원은 멍하니 그를 바라보다가, 책상 위의 어지러운 서류로 시선을 떨어뜨렸다.

"과거라면…… 지금은…… 채무가 없나요?"

"아, 예. 다 기록상으로는 다 청산됐고 신용 회복도 됐습니다. 말소는 아니지만."

간단히 대꾸해 준 변호사가 마저 말을 이어 나갔다. 하지만 하나도 귀에 들어오지 않았다. 방금 전 들은 말이 계속해서 머릿속에 맴돌 뿐이었다.

채무 청산.

신용 회복.

왜? 어떻게? 일은 결국 실패로 끝났으니 빚도 아직 남아 있을 텐데? 최지엽에게 받은 돈이라곤 선입금된 오천이 전부였다. 그마저도 이젠 증거 자료로 넘어가서 없게 됐지만.

하지만 곧 이유는 중요하지 않다는 생각이 들었다. 손끝이 희미하게 떨렸다. 다, 갚았다. 드디어. 여원은 울컥 나오려는 눈물을 안간힘으로 참아 냈다. 후련함과 안도, 허탈함과 절망이 한꺼번에 밀려와 마음에 가득히 들어찼다.

정말로 다 끝난 기분이었다.

채무도, 자신의 인생도.

"……저는 어느 정도의 형을 받게 되나요?"

"일단 우리 사건에 가중 처벌 되는 부분이 있어서, 3년 6개월 이상의 유기 징역은 무조건 나올 거예요."

여원은 감옥에서 보내게 될 시간을 가만히 헤아려 보았다. 어두워지는 그녀의 낯빛을 보았는지, 변호사가 달래듯 말을 이었다.

"그래도 금액이 오십억을 넘지는 않아서 그나마 다행입니다. 법원이 선고할 수 있는 형량에 어느 정도 상한선이 있어요. 단언하기는 어렵지만 대략 4년 6개월에서 5년 사이이지 않을까 싶은데…… 우선 우리 목표는 4년 2개월을 넘기지 않는 겁니다."

4년 6개월……. 얼마만큼의 기간인지 잘 가늠이 되지 않았다. 여원은 스물셋부터 지금까지의 시간을 되짚어 보았다. 워낙 허덕이며 살아왔던 터라 지독히도 길게 느껴졌다. 그런데 그것보다도 더 긴 시간이라니. 마냥 아득해서 현실감이 없었다.

"최대한 잘해 봅시다. 저도 최선을 다할 테니, 여원 씨도 힘내서, 어?"

변호사가 의욕 있게 말했지만 여원은 믿지 않았다. 어차피 이석의 사람일 테니까. 이제 그에겐 일말의 기대도 없었다.

\* \* \*

재판장이 긴 판결문을 읽었다. 엘디오와 결탁하여 임무위배행위를 통해 재산상의 이익을 얻은 점, 기록을 위작한 점, 그 금액이 사십일억 팔천삼백삼십만 원에 이르는 거액인 점, 삼진의 소액 주주들을 비롯한 다수의 피해자를 양산한 점, 이후 국외 도피를 계획적으로 감행한 점…….

여원은 덤덤한 얼굴로 기나긴 판결문을 들었다. 자신은 삼진건설 소속도 아닌데 어째서 임무위배행위까지 포함된 것인지 모를 일이었다. 물론 그에게 서류 조작은 일도 아니겠지만.

어쨌거나 있는 죄 없는 죄까지 뒤집어쓴 셈이었다. 어쩌면 이

번 일을 빌미로 죄를 덮어씌울 제물이 필요했는지도 모르겠다. 아니, 그런 게 확실했다.

최종적으로 여원에게 내려진 형은 4년의 유기 징역이었다. 판결이 끝난 후 재판장은 그녀를 내려다보며 물었다.

"마지막으로 급하게 연락할 사람이 있습니까?"

그 질문을 듣는 순간, 순간적으로 떠오른 것은 한 사람이었다. 여원은 제대로 생각해 보지도 않고 무심코 대답했다.

"있어요."

"연락할 사람과 어떤 관계입니까?"

말문이 막혔다. 어떤, 관계냐고. 그와 그녀를 규정지을 만한 마땅한 단어가 생각나지 않았다. 그는 누구보다 가까웠지만 언제나 누구보다 먼 사람이었다. 잠시 침묵하던 여원은 조용히 입을 열었다.

"⋯⋯아닙니다. 연락하지 않아도 돼요."

그와는 어떤 관계도 아니었다.

여원은 고개를 숙여 제 손목의 수갑과 포승을 바라보았다. 이제는 정말 익숙해져야 할 것들이었다. 지난한 시간들의 결론은 이렇게 났다.

그는 그녀를 죽이지 않았고 그녀는 죽지 않았다. 어딘가로 팔려 가지도 않았다. 빚은 모두 청산되었으며, 신용도 회복되었다. 다만 특가법 위반으로 횡령 및 배임죄의 재판을 받고 교도소에 수감되었을 뿐이었다.

그와는 그게 다였다.

그녀는 끝까지 그의 얼굴을 보지 못했다.

06. 서른하나의 여자

## 06. 서른하나의 여자

"—허억!"

짓눌려 난자당한 듯 잠에서 깨어났다. 단번에 트인 시야가 제대로 잡히지 않고 가물거렸다. 싸늘한 공기에도 불구하고 이마와 등 뒤는 식은땀으로 축축했다. 깨어 있음에도 깬 것인지 알 수가 없었다. 그저 가마득했다.

여원은 간신히 손끝부터 까닥거린 후에야 눅진한 팔다리를 움직일 수 있었다. 상체를 일으키며 손바닥으로 어질한 머리를 짚었다. 또 그 꿈이었다. 그날. 공항에서 잡혀 와 그의 앞에 서던 날의 꿈. 택시를 타고, 붙잡히고, 도망을 시도하고, 얻어맞고, 모욕을 듣고, 끌려가기…… 그리고 장이석.

그녀는 지금껏 그만한 공포를 겪어 본 적이 없었다. 어쩌면 앞으로도 그럴지 모른다. 인생에서 겪었던 가장 큰 공포는 무의식중에 자리 잡아 이따금 그녀를 괴롭히곤 했다.

한동안 찾아오지 않던 꿈인데……. 여원은 고개를 돌려 머리맡의 작은 창을 바라보았다. 아침이 완전히 도래하지 않은 밖은 아직 어둑어둑했다.

 수감되고 2년가량, 그녀는 매일같이 이 꿈에 시달렸다. 흔히 말하는 번아웃(burnout)처럼 그녀는 지친 심신을 끌어안고 허덕이며 지독한 무기력에 빠져 살았다. 당시엔 정말이지 모든 인생이 끝난 기분이었으니까.

 지금은, 지금은 어떻지? 여원은 피로한 눈가를 문질렀다. 모든 것이 앞으로 더 괜찮아질 거라고 생각하고 있지만, 이따금 사무치는 현실은 너무나 쉽게 그녀를 짓누르곤 했다.

 무슨 짓을 한들 예전의 삶을 돌려받을 수는 없겠지.

 '여원! 공기할 줄 알아?'

 '헐, 엄마 뭐야? 공기 어디서 났어?'

 '문구점 들렀다가 보이기에 하나 사 왔어. 지면 가서 아이스크림 사 오기.'

 '콜. 나 초딩 때 우리 반 공기왕이었어. 아, 근데 오랜만에 해서 감 다 잃었을 것 같아.'

 무슨 짓을 한들 그때의 나로 돌아갈 수는 없겠지.

 '이거 지역마다 룰 다 다르던데. 너 4 찍기에서 바닥 찍기 허용해, 안 해.'

 '바닥 찍기가 뭔데?'

 '공기 네 개 내려놓을 때 손대고 내려놓는 거.'

 '에엥? 당연히 안 되는 거 아냐?'

 '나 땐 됐거든? 그럼 난 바닥 찍기 할 테니까 너는 안 되는 걸로.'

 '아, 엄마 뭔 소리야! 그냥 다 허용하는 걸로 해.'

 공기 다섯 개가 차르륵, 소리를 내며 장판 위에 흩뿌려진다.

환호성. 작게 내뱉는 신음. 터져 나오는 웃음소리. 고비가 있느냐 없느냐로 투닥대던 시답잖은 말싸움. 골목에서 깜빡이던 낡은 가로등. 입 안으로 녹아들던 초콜릿 아이스크림의 달콤함. 앓는 허리에 파스를 붙여 주던 저녁. 웃는 엄마의 얼굴.

  돌이켜 보면 꿈이었나 싶은 순간들…….

  여원은 커튼을 완전히 젖히기 위해 침대 위에서 무릎으로 섰다. 커튼 자락을 붙잡은 채 무심코 창밖을 보는데, 건물 앞에 검은 세단 한 대가 시동이 걸린 채 서 있었다. 그녀는 지레 놀라 커튼 뒤로 숨었다.

  누군가 운전석에 앉아 있었다. 선팅 때문에 얼굴은 보이지 않았지만, 그일 게 분명했다. 여원은 괜히 숨을 죽인 채 커튼 자락을 꽉 붙잡았다. 어두운 앞창만 보이는데도 그와 눈을 마주하고 있다는 착각이 들었다.

  차는 한참이고 그 자리에 서 있다가, 정말 한참을 서 있다가, 이윽고 미끄러지듯 천천히 출발했다. 땅에서부터 올라온 듯한 새벽 어스름이 도로 위를 기어 다녔다. 여원은 멀어지는 세단을 잠시 바라보다 커튼을 닫아 버렸다.

* * *

  아크릴판 너머로 소희가 반가운 얼굴을 했다. 여원은 마주 웃으며 손을 흔들어 보였다. 분명 여원도 그녀가 반가웠지만, 동시에 조금 묘한 기분이 들었다. 수의를 입고 수감된 언니를 이렇게 접견으로 보는 게 낯설기 때문이리라.

  소희는 의자에 앉으며 장난스럽게 미소 지었다.

"나가더니 얼굴 폈다? 쫓아다닌다는 전 남친이 잘해 줘?"
"아, 전 남친 아니라니까."
"그 정도 같이 살았으면 사실혼이었지, 뭘. 편지를 보아하니 공장에서 일한다며? 어째 나가도 공장 신세냐. 출소자 취업 연계 같은 거 안 해 줘?"
"해 줘 봤자 공장이나 거기나지. 남자들은 기술직이나 운전기사 자격증 있으면 그래도 나름 재취업 다 한다더라."
"재수 없어, 시발."
"그래도 다음 달 중엔 고시원 탈출할 거야."
"이야— 벌써 내 집 마련이야?"
"그럴 리가 있어……. 월세 신세지, 당연히. 언니도 빨리 나와서 사회의 비정함을 느껴 봐."

소희가 깔깔 웃음을 터트렸다. 잦아드는 웃음의 끝자락엔 어딘지 쓸쓸함이 녹아나 있었다. 그녀는 길게 한숨을 내쉬고선 중얼거렸다.

"아, 나도 진짜 얼마 안 남았네. 이딴 곳에서 6년이나 썩었다니."

여원은 분위기를 풀기 위해 산뜻한 어조로 말했다.

"나오면 나랑 놀자."
"서른하나 먹어 놓고 놀자 같은 소리 하네. 그러고 보니, 요즘 밖에선 뭐 하고 놀아?"
"옛날이랑 뭐, 다를 것도 없더라. 나야 토익 공부하느라 바빠서 못 놀고. 좀 후회돼. 거기 있을 때 토익 공부라도 좀 할 걸, 그치."
"네가 토익 공부 할 정신이 어디 있었냐. 그리고 야, 다리 부서지게 서서 일하고 이런저런 재미없는 수업 듣고 그러면 드러눕기 바쁘거든? 힘들어서 공부 못 해."

"그래도 하는 사람들은 다……."

"됐어. 지나간 일에 마음 쓰지 마. 우울증은 마음의 감기라잖냐. 너무 조급해 말고 네 상태나 신경 써 가면서 해."

시원시원한 말투였지만 거기엔 분명한 걱정이 묻어 있었다. 소희는 여전히 달라진 것이 없었다. 여원은 그게 괜히 기뻐서 웃었다. 살다 보면 영영 변치 않았으면 하는 사람들을 만나게 된다. 여원에겐 그게 소희였다.

"그나저나 신여원, 진짜 접견 와 줬네? 이제 자유인이라고 나 잊어버린 줄 알았더니."

"나밖에 없지?"

"그으래. 너밖에 없다. 접견하는 것도 오랜만이네."

"요즘 가족들은 안 와? 곧 출소라서 그런가?"

"……음, 뭐."

애매한 대답에 여원은 더 이상 묻지 않았다. 2, 3년 전까지만 해도 소희에게 가족이나 친구들이 간간이 접견 신청을 해 왔었다. 그러나 6년은 긴 시간이었다. 해가 갈수록 접견 신청 횟수는 점점 줄어들었고, 나중에 가선 아예 없게 되었다.

소희는 그 사실에 대해 딱히 이렇다 할 감정을 드러내지 않았다. 그녀는 언제나 그런 사람이었다. 흘러가는 대로 살고, 털털하고, 잘 웃고, 별로 눈물도 없고. 그래서 그녀를 좋아했다.

하지만 여원은 소희가 지나치게 제 속내를 말하지 않는다고 생각했다. 그게 때로는 조금 서운하기도 했다. 물론 그렇다고 해서 자신에게 다 털어놓으라고 강요할 수는 없는 노릇이었다.

누구에게나 숨기고 싶은 것들이 한두 개쯤 있는 거니까.
"나오면 내가 밥 살게."
"비싼 걸로 얻어먹어야지."
"벼룩의 간을 빼먹어라."
 소희가 킥킥거렸다. 여원은 짐짓 새침한 얼굴로 핀잔을 주면서도, 함께 그럴싸한 뷔페에 가 보는 것도 괜찮다고 생각했다. 언니나 자신이나 그런 곳에 너무 오랫동안 가 보지 않았으니까.
 문득 초밥 뷔페를 갔던 때가 떠올랐다. 최지엽의 제안을 받아들인 후, 큰맘 먹고 지출을 감행했었다. 결국 얹히고 말았지만.
 그날 그가 소화제와 텐텐을 사다 주었었다. 그도 캔디 하나를 까서 입에 넣고, 그 캔디와 관련된 어릴 적의 이야기를 하고, 웃고, 껴안고, 그리고…… 빌었었지. 자존심이라곤 하나도 없이.
 그와의 기억은 언제나 기쁨과 슬픔과 따스함과 차가움과 행복과 아픔이 혼재되어 있다. 여느 모든 삶들이 그러하듯이.
"……뭐, 비싼 거 사 줄게. 그러니까 얼른 나와."
"얼른 나오는 게 내 맘대로 되냐."
"출소할 때 오고 싶은데 그날 아침부터 근무라."
"야, 됐어. 알아서 연락할게."
 소희가 시원스럽게 손을 내저었다. 여원이 자기 번호는 알고 있는 거냐고 전전긍긍하자, 소희는 이제 아주 외웠다며 줄줄 읊어 보였다. 그제야 마음이 조금 놓였다.

* * *

"아, 오늘 진짜 개노맛. 얼큰한 국 먹고 싶은데."

함께 줄 선 다영이 질색이라는 얼굴로 투덜거렸다. 여원은 고개를 빼고 배식대 위를 둘러보았다. 고등어구이, 뭇국, 어묵볶음, 아이스 홍시……. 여원의 입장에서는 크게 나쁘지 않은 메뉴였지만, 그냥 웃으며 동조해 주었다.

"그러게. 어디는 배달 음식 시켜 준다는데."

"그게 낫죠. 고등학교 때랑 뭐가 달라 이게. 어른이 돼서도 배식이나 받고 있을 줄은 몰랐어요."

4년간 교도소에서 삼시 세끼를 배식받으며 보낸 여원은 다영보다도 이런 것에 익숙했다. 괜히 뜨끔해진 여원이 말을 돌렸다.

"어제 남자 친구랑 술 마신 거야? 아침부터 아주 숙취에 쩔어 있더니."

"아뇨, 친구랑. 저 주량 한 병 반인데 두 병이나 마셨어요……. 제가 전날 술 마시면 아침에 목말라서 일찍 깨는 타입이라, 오늘도 5시에 일어났거든요. 피곤해 죽겠음."

"뭘 그렇게 많이 마신 거야."

"아니, 남친이랑 헤어졌어요. 그래서 친구 불러다가 마셨죠."

"뭐? 왜?"

"어…… 그러게요? 뭐 땜에 싸웠더라? 하여튼 별거 아니었는데 말다툼하다 보니까 좀 커져서."

"혹시 또 남지 친구가 너한테 욕했어?"

"아 안 그래도 진짜! 그거 때문에 감정 상해서 더 싸웠어요. 걔는 욕이 일상이에요 진짜. 만날 뭔 년 뭔 년, 왜 지 여친한테 쌍욕을 한담?"

"하여튼 참. 너도 자꾸 용서해 주지 마. 너넨 헤어졌다 사귀었다 헤어졌다 사귀었다……. 나 너랑 안 지 삼 주 좀 넘었는데, 지금 삼 주 만에 두 번 헤어졌다, 야."
 "아, 이젠 진짜 안 받아 줄 거예요. 완전히 끝임."
 여원은 못 믿겠다는 듯 고개를 절레절레 흔들었다.
 이야기로 듣기에 다영의 남자 친구는 꽤나 욱하는 성질인 것 같았다. 지지난번 다영이 메신저로 이별을 통보했을 때는 '너 가만 안 둔다, 조심해라' 따위의 말을 지껄였다고 했다. 기함할 노릇이었다.
 마음 같아선 당장 헤어지게 하고 싶었지만, 다영이 딱히 들을 것 같지가 않았다. 또 여원의 성격상 남의 일에 이래라저래라 하는 편이 못 됐다. 또 남의 일에는 끼지 않는 것이 어떤 이유로든 나았다.
 배식 차례가 다가와 둘의 대화는 거기서 끊겼다. 다영은 제 또래가 모인 곳으로 가 앉았고, 여원의 발걸음은 조금 나이 있는 여자들이 모인 곳으로 향했다.
 그네들의 테이블에서 왁자지껄한 웃음소리가 터져 나왔다. 깔깔 웃으며 옆자리까지 팔꿈치를 기댄 정숙이 여원을 보더니 어, 어, 하며 팔을 치워 주었다.
 "여원이 얼른 와 앉어."
 "무슨 이야기가 그렇게 재밌어요?"
 "아니 미정이 아들이, 여자 친구랑 뽀뽀하고 있는 거 지 엄마한테 들켰댄다."
 "어머, 아들 중학생 아니에요?"
 "요즘 애들 빠르다니깐. 초등학생도 많이들 연애하고 그래."
 "초등학생이요……?"
 여원이 얼떨떨하게 중얼거리며 수저를 들었다. 초등학생이라니. 자신이 초등학생 때 또래 중 연애하는 애들이 있었던가? 소위 일진으로 불리던 아이들 몇몇만이 어렴풋이 기억날 뿐이었다.

어린 시절을 되짚어 나가던 여원은 다른 생각에 빠졌다. 초등학생 시절의 그녀는 공부나 연애 같은 것엔 관심이 없었다. 저학년 때까지만 해도 그녀의 장래 희망은 포크레인이 되는 거였다. 엄마는 딸의 꿈을 응원했고, 공사장을 지나칠 때마다 몇 분씩 멈춰 서는 어린 발걸음을 기다려주었다.

'너 커서 포크레인 되면, 엄마 저기다가 한번 태워 줘야 해. 흙 퍼내는 저거…… 이름이 뭐냐.'

'포크.'

'그래. 거기.'

'무거워서 될까?'

'그때까지 살 좀 빼 볼게.'

나이를 먹을수록 여원의 장래 희망은 포크레인에서 대통령으로, 대통령에서 의사로, 의사에서 작가로, 작가에서 건물주로, 건물주에서 회사원으로…… 하여튼 여러 번 바뀌었다. 엄마가 도박에 빠지기 시작한 즈음부턴 장래 희망이 뭐였는지 기억도 잘 나지 않았다.

고등학생 때는, 그냥 대학교에 가고 싶었다. 대학에만 가면 뭐든 다 해결될 것처럼 보였다. 어른이 되면 엄마에게서 독립하리라 굳게 마음도 먹었다. 학비는 국가 장학금으로 대고, 생활비는 일해서 벌고. 그렇게 정말 열심히 살아서 좋은 곳에 취직할 것이라고.

그러다 사랑하는 사람을 만나게 되면, 연애라는 걸 해 보는 것도 좋을 것 같다고.

"우리 딸내미는 연애 안 하나? 초등학생도 한다는데."

미정의 웃음 섞인 목소리에 여원은 정신을 차렸다. 여자들의 시선이 그녀에게 꽂혀 있었다. 나, 나? 여원은 눈알을 굴리며 대답할 말을 찾았다.

"어…… 음. 괜찮은 사람이 생기면 하겠죠?"

"여원이가 서른하나라고 했나? 빨리빨리 해야 돼. 그래야 애를 잘 낳아."

"아이고, 알아서 하겠지. 요즘은 애 안 낳고 사는 부부들도 많다대."

"그래도 애는 하나 있어야지. 요즘 젊은 사람들 애 안 낳아서 큰일이야."

"참하니까 시집은 잘 갈 거야."

이것저것 보태는 말들에 여원은 잔잔히 웃음만 흘렸다. 정숙이 호기심 어린 눈으로 물어 왔다.

"어제 보니까 한성태랑 같이 가던데, 널 데려다준 거여?"

"아, 네. 전 괜찮다고 했는데…… 자꾸 데려다주겠다고 하셔서."

"아이고, 그 인간은 진짜 아니야. 여원이가 아까워."

정숙은 거의 진저리를 치다시피 했다. 묵묵히 생선 가시를 발라내던 지선이 인상을 되는대로 찌푸리며 중얼거렸다.

"내년이면 마흔인 남자가 그 나이 되도록 장가 못 간 건 어디 문제가 있는 거야."

"맞어. 안 간 게 아니라 못 간 거잖여. 멀쩡한 남자 같으면 여자들이 벌써 채 갔지. 걔는 못 팔고 남은 상한 생선이야, 생선."

"성격도 좀 이상하잖아요. 여원이 이전엔 수경이한테 그러지 않았어요? 걔 그 감독관 때문에 관둔 거 아닌지 몰라."
"처음부터 여원 씨한테 눈독 들이던데, 처신 잘해야 돼."
묵묵히 충고한 지선이 신중한 눈으로 생선 살을 살폈다. 그녀는 살에 가시가 없는 것을 꼼꼼히 확인하고서야 입 안에 넣었다. 눈을 가늘게 뜬 미정이 은근슬쩍 말했다.
"이참에 내가 남자 하나 소개시켜 줘?"
"네? 어유, 됐어요. 연애할 시간 없어요."
"시간이 있어서 연애를 하나. 없는 시간 만들어서 하는 거지. 그러지 말고 한번 만나나 봐."
"저 요새 밤마다 자격증 공부하잖아요. 진짜로 시간 없어서 그래요."
"자격증? 무슨 자격증?"
"그냥 이것저것이요. 다른 데 취직 준비 해야죠."
"아, 전에 무역 회사 다녔다고 했나? 얼른 자리 잡아서 남자도 만나 보고 그래. 시간 후딱 간다?"
"맞아. 늙는 거 정말 금방이라니까."
그들은 무역 회사까지 다녔다는 젊은 여자가 왜 이런 공장에서 일하고 있는지 궁금한 눈치였지만, 자세히 물으려고 들지는 않았다. 여원은 그것이 고마웠다.
자연스레 대화의 주제가 다른 것으로 넘어갔다. 평소처럼 시답잖고 우스운 이야기들이 이어졌다.

\* \* \*

일이 끝나자마자 탈의실로 달려간 여원은 빠르게 작업복을 벗었다. 마음이 급했다. 늑장을 부렸다가는 어제처럼 한성태에게 붙잡힐 게 뻔했다.
 그때 다영이 핸드폰 자판을 톡톡 두드려 무언가를 적어 넣으며 설렁설렁 걸어 들어왔다. 다영은 어느새 상의까지 입은 여원을 보고선 의아하게 물었다.
 "언니 뭘 그렇게 서둘러요?"
 "얼른 집 가려고."
 "배달 음식 시켜 놨어요? 오늘 밥 별로긴 했지."
 "어제 한 감독관님이 나 집 데려다줬거든. 어색해서 싫어."
 "네에? 미친놈 아냐? 진짜 개 양심 없는 아저씨네. 언니도 싫다고 그러지."
 "어떻게 그래. 감독관인데."
 "어휴, 그냥 천천히 입어요. 걔 이미 담배 빨러 나갔어요. 뒷정리 맡겨 두고 막 급하게 가기에 어지간히 담배 땡기는갑다 했는데, 언니 마중 나간 거였네."
 허탈해진 여원이 옷을 든 팔을 늘어뜨렸다. 다영은 안타깝다는 듯 쯧쯧 혀를 차며 사물함을 열었다.
 "그냥 나랑 같이 나가요. 나랑 선약 있다고 해."
 "진짜?"
 "뭐 어렵나요."
 "너 시내 쪽으로 가지? 어차피 나도 시내 갈 일 있으니까, 같이 가자."
 "오, 좋아요. 근데 언니 어디 가시게요?"
 "서점 좀 가려고."
 "흠. 나도 오랜만에 책 냄새나 맡아 볼까. 대신 그럼 저랑 화장품 가게도 좀 같이 가요."

"알았어. 넌 뭐 사게?"

"뷰러요. 속눈썹 찝다가 손잡이 부분이 똑 떨어졌어요. 그렇게 힘주지도 않은 거 같은데, 나 참 어이가 없어서. 구천 원짜리인데."

투덜대는 말에 여원이 낮게 웃음을 터트렸다. 이 주 전에도 저 이야기 하지 않았나? 이쯤 되면 다영의 손힘이 지나치게 강하거나, 다영이 고집하는 그 플라스틱 뷰러가 지나치게 약하거나 둘 중 하나였다.

둘은 옷을 다 갈아입은 후 건물을 나섰다. 핸드폰으로 통장 잔고를 확인한 다영이 낮게 욕설을 중얼거렸다.

"아씨, 이 주 만에 뷰러 부서뜨리고 새로 사는 인간은 나밖에 없을 거야."

"너 뭐 악력 대회 이런 거 나가 봐야 하는 거 아니야?"

"그니까요. 저 진짜 별로 힘 안 줬는데 부서졌다니까요? 아, 한성태 저기 있다."

다영은 자기보다 열여덟 살은 많은 남자의 이름을 막 부르며 턱짓했다. 그러지 않아도 잔뜩 신경 쓰고 있던 여원이 긴장한 눈으로 입구를 살폈다. 한성태를 포함한 몇몇이서 옹기종기 모여 담배를 피우고 있다.

그런데 그들의 힐끔거리는 시선이 하나같이 한 방향이었다. 여원은 고개를 갸웃하며 그 시선을 따라가 보았다. 그 끝에는 검은 포르쉐 한 대가 서 있었다. 잠시 상황 파악을 하지 못하고 눈만 껌벅이던 여원의 얼굴이 이내 경악으로 물들었다.

누가 봐도 그의 차였다.

머릿속이 혼란스러워졌다. 대체 여기까지는 왜? 일대일로 만나는 것에는 어느 정도 대처할 수 있다 쳐도, 지인들의 앞에서는 무리였다. 만에 하나 자신이 전과범이라는 사실이 알려지기라도 한다면…….

최악이었다. 여원은 애써 못 본 척 고개를 돌리며 마저 걸음을 옮겼다. 여원을 발견한 한성태가 어, 하며 손을 들어 보이려는 찰나― 열린 차 문 사이로 그가 몸을 일으켰다.

"여원아."

한성태보다 먼저, 이석이 그녀에게 한 손을 들어 보이며 알은체를 했다. 여원은 찔끔 어깨를 떨었다. 흔들리는 표정을 간신히 수습하고 있으려니 옆에서 다영이 "와, 존잘" 하고 중얼거리는 소리가 들려왔다.

이석은 아침과 달리 멀끔한 정장 차림이었다. 익숙하게 완벽하고, 진저리 나게 잘난 모습. 퇴근길인 모양인데 대체 왜 이쪽으로 온 걸까. 여원은 굳어진 낯을 숨기지 못하고 그의 저의를 파악하려 애썼다.

'옛날이 싫다고 해서 새롭게 시작하는 거야.'

'네?'

'새롭게 들이대는 거라고. 내가.'

설마, 설마, 정말로, 그 자존심에.

하지만 여원은 그의 고집이 얼마나 센지 알고 있었다. 장이석은 한번 맞다 싶으면 밀어붙이는 사람이었고, 한번 아니다 싶으면 완전히 선을 긋는 사람이었다.

그러니까 지금은…… 전자였다.

"저 오빠가 언니 부르는데요?"

"……그러네."

"뭘 그러네예요. 빨리 가 봐요."

"야 잠깐, 잠깐만."

다영이 전에 없이 흥분한 얼굴로 성큼성큼 걸어갔다. 여원은 뒤에서 안절부절못하다가 황급히 뒤따라갔다. 저 망아지가 진짜. 날 부르는데 왜 네가 가?

인도로 올라선 이석과의 거리는 멀지 않았다. 아니, 되레 너무 가까워서 순식간에 거리가 좁혀졌다. 여원은 괜히 그를 올려다보고 싶지 않아서, 몇 걸음 남겨 두고 멈추어 섰다.

"퇴근길에 데려다줄까, 하고."

이석이 매끄럽게 웃으며 말했다.

제법 다정한 미소였으나, 본판 자체가 서늘하고 딱딱해서 어딘지 위협처럼 보이기도 했다. 그리고 그의 존재와 이 상황 자체가 그녀에겐 충분히 위협적이었다.

여원은 쌀쌀맞은 시선으로 그를 응시하며 대답했다.

"선약이 있어서요."

"아, 선약. 어디로?"

"시내요."

눈을 빛내던 다영이 냉큼 대꾸했다. 이석은 또다시 아, 하는 소리를 내더니, 물 흐르듯 자연스레 말을 이었다.

"그럼 시내까지 데려다줄게."

"와, 언니. 데려다준대요."

다영은 속도 모르고 좋아했다. 아무래도 저 얼굴에 완전히 넘어간 모양이었다. 여원이 한숨처럼 말했다.

"……가자. 모르는 사람 차에 왜 타."

"모르는 사람이에요?"

다영의 얼굴에 물음표가 떠올랐다. 왜 모르는 사람이 언니의 이름을 알고, 데려다주겠다는 소리까지 하느냐는 물음들이 선했다.

여원은 주변의 눈치를 보며 애매한 미소만 지었다. 그녀의 불편한 낌새를 눈치챈 다영이 아, 하는 소리를 내더니 금세 말을 바꾸었다.

"아. 모르는 사람 차에 타기는 좀 그러네요."

이석의 웃는 얼굴이 그대로 살짝 굳어졌다.

"버스 타고 갈게요. 그럼 이만……."

다영은 고개를 숙여 보이고선 여원과 팔짱을 끼었다. 여원은 얼떨결에 끌려가다시피 걸음을 옮기며 이석을 지나쳤다. 누가 봐도 도망이었다.

힐끗 뒤를 돌아보자 그가 이쪽을 응시하고 있었다. 여원은 저도 모르게 흠칫하며 다영에게로 시선을 옮겼다. 그녀보다 키가 한 뼘은 큰 다영이 태연한 얼굴로 여원을 내려다보았다.

"한성태도 같이 떼어 냈네요. 이런 걸 뭐라고 하더라, 일피원타?"

일타이피였다. 여원이 소리 내어 웃자 다영은 왜 그러냐는 듯 고개를 갸웃했다.

여원은 그녀의 저런 모습들이 신기하고 부러웠다. 그녀에게는 주눅 들지 않고 살아온 사람 특유의 당당함과 뻔뻔함이 존재했다. 비단 이번 일뿐만이 아니라 모든 면에서 그러했다.

누군가는 다영이 어려서 그렇다고, 아직 세상을 몰라 철이 없어서 그렇다고 말할 수도 있을 것이다. 하지만 여원은 그게 나쁘다고 생각하지 않았다.

아픔과 상처를 알아야만 어른이 되고 철이 드는 거라면 그녀는 영원히 어린아이로 남고 싶었다. 포크레인이 되기를 꿈꾸었던 언젠가의 여자아이처럼.

어쩌면 철이 든다는 것은 사람에게 있어서 최초의 죽음이 아닐까. 그렇다면 자신은 조금 이르게 죽었다. 알에서 깨어난 새가 그러하듯, 가장 처음 냉혹한 세계를 만나 한 번 죽었다. 그 후로도 종종 죽었다. 교도소 밖에서도, 안에서도…….

'얼굴 좀 펴, 인생 끝났니?'

동료 수감자였던 소희의 말이 떠올랐다. 남자 친구의 척추 부분을 칼로 찔러 다리를 못 쓰게 만들어 놓은 그녀는 중상해죄로 6년의 징역을 받았다.

'이러나저러나 시간은 다 가게 돼 있어. 어떻게 빨리 시간 죽일지, 나가서 뭐 할지나 생각해.'

'……출소해도 갈 곳이 없어.'

'내가 재워는 줄게.'

'언니가 나보다 늦게 나오잖아.'

'아, 그러네.'

소희는 대수롭잖은 듯 웃어넘겼다. 그에 여원은 발끈해서 이렇게 쏘아붙였다.

'이게 웃긴 일이야? 언니도 출소하면 나이가 서른셋인데.'

'뭐야, 왜 화를 내고 그래.'

'……미안해.'

'으휴, 상담은 잘 받고 있냐?'

'나아지고 있는 건지를 모르겠어.'

'여기서 받는 게 그렇지 뭐. 너 나랑 같이 심리 치료 수업 신청할래? 시 수업이라는데.'

'난 시 같은 거 모르는데.'

'누군 알아서 하니. 어차피 다른 거 뭐 들을 것도 없어. 이게 그나마 괜찮다고. 적당히 시간이나 때우게.'

'……'

'너 회사 다녔다며? 집도 없는 게 이러고 있지 말고, 자격증 공부라도 좀 해, 어?'

'그러는 언니는.'

'나야 알아서 잘하고 있지. 내 걱정 말고 너나 기운 좀 내. 우리 아직 이십 댄데.'

'……'

'청춘이잖아.'

"언니, 저 남자랑 무슨 사이예요?"

다영의 호기심 어린 물음에, 여원은 상념에서 깨어났다. 조금 부옇던 머릿속이 한층 개었다. 출소 후 유독 과거의 회상에 젖게 되는 것 같았다. 교도소 안에서는 어떻게든 과거를 잊으려고 발버둥 쳤고, 실제로 거의 잊고 지냈었는데……. 그를 만나서일까.

언제까지고 과거를 묻어 두고만 살 수는 없다. 제한된 철창 안이 아닌 넓은 세상에서는 더욱 그러했다. 여원도 그 사실을 알고 있었으므로, 기억이 깨어나고 사고의 궤도가 달라지는 것은 상관없었다.

하지만 그 이유가 이석이라는 것은 정말 달갑지 않았다.

"무슨 사인데요?"

"아. 그냥, 전에 알던……."
"전에 알던?"
여원은 대답을 망설였다. 그와의 관계를 어떻게 정의해야 할까. 가족처럼도 지냈고, 친구처럼도 지냈고, 애인처럼도 지냈지만, 결국 그녀는 그의 무엇도 아니었다.
"혹시 전 남친이에요?"
"……비슷해."
"와 대박, 저런 남자를 어떻게 알게 된 거예요? 진짜…… 진짜 존나 잘생겼는데. 저 저런 사람 처음 봐요."
채권 추심 때문에 알게 되었다고는 죽어도 말할 수 없었다. 고민하던 여원은 결국 언젠가 그가 말했던, 그녀는 알지 못하는 첫 만남으로 대답을 내놓았다.
"카페 알바…… 하다가?"
"언니가 알바 하다가요?"
"응."
"와, 와우, 쩐다. 알바생이랑 손님으로 만난 거예요? 저 사람이 먼저 들이댔어요? 아니면 언니가?"
"깊게 알면 다쳐."
다영은 잔뜩 흥분해선 발을 굴렀다.
"진짜 대박이잖아? 얼굴 미쳤고, 키 존나 크고, 차도 비싼 거 타던데. 언니 왜 찾아온 거래요?"
"나도 그걸 모르겠다. 참 안 좋게 헤어졌는데."
"그럼 찰 거예요?"
"음……. 아무튼 잘될 가능성은 없어. 왜, 남자가 아까워?"
"아니이, 객관적으로 너무 괜찮잖아요. 왜 차요? 얼굴만 뜯어

먹고 살아도 평생 배부를 거 같은데."

"그건 그렇지."

짧게 수긍한 여원이 웃으며 덧붙였다.

"근데, 나한테는 별로인 사람이야."

저 높은 책장 위의 해묵은 먼지. 지난 4년간 여원에게 이석은 그런 존재였다. 완전히 치워 내고 싶지만 손이 닿지 않아 치우지 못한 채, 그렇게 기억 속에서 천천히 잊혀 가다— 때때로 상기하면 가슴 언저리가 불편해지는 존재.

그러나 그런 먼지 따위보다야 이석이 훨씬 큰 의미이자 기억임은 어쩔 수 없는 사실이었다. 지금 이토록 머릿속이 혼란스러운 것은 그 때문일 테고.

완벽히 휘발되지 못한 감정은 이렇게나 불유쾌한 것이었다. 원래의 맛과 형태를 갖추지도, 그렇다고 온전히 썩지도 못한 부패 중의 음식처럼. 자신이 단단하지 못한 사람이라는 사실의 반증인 것 같아 여원은 입 안이 썼다.

무언가를 곰곰이 생각하던 다영이 툭 내뱉었다.

"솔직히 걱정돼요."

"뭐가?"

"언닌 너무 착해요. 은근히 무르고."

"내가……? 내가 무슨."

여원은 자신이 착하기보단 눈치를 많이 보는 성격이라고 생각했다. 항상 눈치를 보며 살아야 했으니까. 그건 천성이라기보다는 습관과도 같은 것이었다.

그리고 당시엔 나름대로 이석에게 단호하게 선을 그었었다. 정말 그때 제 태도는 꽤 단호했다. 스스로도 신기할 정도로……. 물론 통하지는 않은 것 같지만.

"장담하는데 그냥 피하기만 하다간 어영부영 끌려다닐걸요. 정말 싫으면 터놓고 제대로 이야기해 봐요."

"나름, 나름 제대로 이야기했어."

"정확히 뭐라고 이야기했는데요?"

"그냥…… 나는 이제 당신을 안 사랑한다고……?"

"와, 사랑이래. 사랑이래. 진짜 어른의 연애 같아요."

다영이 깔깔 웃어 댔다. 여원은 어쩐지 민망해져서 고개를 돌렸다.

"그리고 또 뭐라 했는데요?"

"생각 잘 안 나."

"아, 얼른 생각해 봐요. 그게 끝이에요?"

"그냥 뭐, 이제 볼 일 없었으면 좋겠다…… 대충 그런 식으로 이야기했지."

다영이 미간을 모으며 으음, 소리를 냈다.

"그래도 포기 못 하나 보네. 그거로는 부족해요. 완전 징글징글하다는 듯이 이야기해야 돼요. 네 이런 점이 끔찍하고, 자꾸 이러면 살인 충동 들고, 네 얼굴만 보면 토할 것 같고…… 아, 이건 아니다. 얼굴은 솔직히 진짜 대박인데, 그죠?"

"그, 그렇게까지 말해야 해?"

"언니가 그래서 무르다는 거예요."

"참나. 남친 홀딱 용서해 줘 버리는 너보단 내가 낫거든?"

"이렇게 딜을 넣네. 아, 저기 버스 와요!"

다영이 쏜살같이 튀어 나갔다. 여원은 허겁지겁 다영의 뒤를 따랐다.

* * *

다음 날, 공장은 과장 좀 보태서 난리가 나 있었다. 정숙과 미정은 물론 과묵하던 지선까지도 흥분해 있었다. 평소 그리 친하지 않던 어린 친구들도 호기심 어린 눈으로 여원을 흘끔댔다. 이 묘한 분위기의 원인은 잴 것도 없이 그였다. 변명할 말들을 생각하자니 벌써부터 골치가 아팠다. 다들 이야기를 듣고 싶어 안달이 난 중에, 먼저 말문을 틔운 건 정숙이었다.

"여원아! 어제 무슨 연예인이 너 찾아왔었다며! 미정이가 봤다는데?"

"네에?"

도대체 어쩌다 연예인으로 와전이 된 걸까. 여원이 동그랗게 눈을 뜨며 되묻자, 미정이 정숙의 팔을 찰싹 때렸다.

"언니는, 내가 언제 그랬어! 연예인처럼 잘생겼다고 그랬지."

"그랬나? 아무튼."

"여원이 너어, 남자 없다더니."

미정이 은근한 눈으로 입을 가리고 웃었다. 당황한 여원은 손사래를 쳤다.

"무슨, 그런 거 아니에요. 그냥 전에 알고 지내던 사람이에요."

"전 애인이라며."

이다영, 이 입 가벼운…….

"아이, 애인 같은 거 아니었어요. 별로 좋은 관계 아니에요."

"그래. 그래 보이긴 하더라."

당시 이석과 자신을 목격했다는 미정이 고개를 끄덕이며 맞장구치자, 여원은 안도의 한숨을 내쉬었다. 그러나 곧장 이어지는 말은 더욱 당황스러운 것이었다.

"남자 혼자 매달리던데? 여원이는 팩 돌아서구, 남자는 막 절절매더라구."

"다영이 말이 맞네."

"진짜 그런 거 아니라니까……. 얼른 옷들 갈아입으셔야죠."

여원이 애써 말을 돌리며 미정의 등을 떠밀었다. 묻고 싶은 게 많은 눈치들이었지만, 말마따나 어서 옷을 갈아입고 작업에 들어가야 했다. 모여 있던 이들이 각자 캐비닛으로 흩어져 작업복을 챙겨 입었다.

작업장으로 들어선 여원은 옆에서 찢어져라 하품을 하는 다영을 툭 쳤다. 다영이 눈물 고인 눈으로 돌아보았다.

"왜여?"

"아주 동네방네 소문을 내라, 내."

"어, 아하하, 맞다. 아줌마들 난리 났죠? 근데 나 별말 안 했는데. 전 남자 친구라고밖에 안 함."

"뻥치네."

"헤헤……. 언니는 싫은데 남자가 매달린다고도 했어요. 근데 진짜 이 말까지밖에 안 함."

여원이 밉지 않게 눈을 흘기자, 다영은 느물느물 웃으며 덧붙였다.

"소문 좀 나면 어때요? 그렇게 잘난 남자가 들이댄다는 걸 보여줘야 한성태 같은 하급이 안 넘보죠. 이게요, 남자들은 서열질을 해 대거든요? 딱 봐도 지보다 서열 높은 남자가 있다, 그러면 알아서 쭈굴해진다니까요."

"무슨, 나이가 몇인데……."

"에이, 나이는 상관없죠."

그녀 특유의 느긋함에 전염된 것인지, 여원은 어쩐지 다영의 말에 틀린 것이 없다고 생각했다. 한성태는 마침 곤란하던 참이고, 공장 안에서 말이 돈다 해서 실제 이석과의 관계가 변하는 것도 아닐 테고.

여원은 문득 정신을 차렸다. 그 소문이 이석의 귀에 들어가지 않으리란 보장이 없었다. 어쩌면 공장 내부에까지 간섭할지도 모르고……. 그는 능히 그럴 수 있는 남자였다.

머릿속이 어지러웠다. 여원은 상념을 떨쳐 내기 위해 애써 작업에 열중했다.

\* \* \*

[다영 : 언니아직도퇴근안했어여??]

메신저 알림이 울렸다. 여원은 그렇다고 답장을 보낸 후 창밖을 내다보았다. 모두가 작업복을 갈아입고 퇴근한 후에도 그녀는 휴게실에 앉아 잠시 시간을 때웠다. 20분 전, 다영에게서 '그 오빠 앞에 있음'이라는 문자를 받아서였다.

덕분에 여원은 미적거리다 결국 여기에서 시간을 보냈다. 그가 기다리다 먼저 갈 때까지 이 안에서 기다릴 작정이었다. 그는 시간을 칼같이 지키는 사람이니까.

이석을 피하려는 이러한 노력마저도, 그에게 휘둘리고 있다는 사실을 증명하는 것 같아서 한숨이 나왔다.

[다영 : ㅋㅋㅋㅋㅋㅋㅋㅋㅋ헐지금26분인디]

　　[다영 : 난그러케잘생긴남자가]

　　[다영 : 나기다려주면]

　　[다영 : 머리풀고달려감]


　다영의 메시지를 본 여원은 살짝 웃고선 조심히 들어가라는 답신을 보냈다. 적어도 이석의 겉모습에 한정해서는 그런 생각을 할 법도 했다. 과거 여원이 그를 사랑하게 된 이유 중, 외모가 없다고는 절대 말 못 했다.

　어린 마음에 반하지 않을 수 없는 남자였다.

　다영도, 다른 사람들도, 그와 나 사이에 어떤 과거가 있었는지는 정말이지 짐작도 못 하겠지. 알게 된다면 그들은 나를 이전과는 같은 태도로 대하지 못할 것이다.

　사채, 채권 추심, 그를 담보로 한 파트너, 배신, 징역……. 무엇 하나 평범한 사람들과는 거리가 멀었다. 그녀라도 주위에 이런 사람은 두기 싫을 터였다. 당장 자신이 이석을 피하는 이유처럼.

　'빚더미 진 창녀 주제에 형님 옆에 꼈다고 도도한 척은 씨발.'

　어쩌면, 맞았다. 틀린 말이 아니었다. 아무리 좋게 포장하려고 해 봤자 그때의 자신은 남들 눈에 창녀 그 이상도 이하도 아니었다. 그가 제게 먼저 손대지 않았다 한들, 그런 사실일랑 둘만 아는 것일 뿐이니까.

　자신도 이석이 대가로 제시한 것이 아니었다면 애당초 그 오피스텔엔 들어가지도 않았을 테고.

　여원은 테이블 위를 검지로 톡톡 두드리며 다영의 메시지를 물끄러미 보다가, 시간을 확인한 후 일어섰다. 벌써 30분 가까이 여기에 있었다. 지금쯤이면 가고도 남았겠지.

이석은 '정해진 것'에서 어긋나는 걸 좋아하지 않았다. 그는 완벽주의자였고 지체되는 것을 혐오했다. 그건 그의 천성이었다. 시간에 닳아질 리 없는 종류의 것.

뭐에 씐 건지 당장은 이상한 행동들을 보인다 해도, 그의 비위에 거슬리는 일들이 하나둘 쌓이다 보면 머잖아 그도 깨닫게 될 것이다. 이딴 짓거리가 자신과는 맞지 않는다는 사실을.

비번인 내일은 뭘 먹어야 할지 고민하며 여원은 건물을 나섰다. 고시텔 안에서는 제대로 요리를 해 먹기도 힘든 터라 늘 끼니 고민이 많았다. 장조림이랑 콩나물무침은 반찬 용기에 넣어 둔 거 있고, 조미김이 남았던가⋯⋯.

"―화요일이라고 들었는데, 그런 건 네가 알아서 조율해. 형님도 별로 개의치 않으실 거다."

별안간 들려오는 익숙한 목소리에 그녀의 걸음이 뚝 멈추었다. 여원은 당혹스러운 눈으로 앞을 바라보았다. 바로 입구에 그가 서 있었다.

허공에서 시선이 맞부딪쳤다. 여원은 저도 모르게 한 걸음 물러났다.

잠잠하던 호수에 이는 파동과 같이, 무미건조하던 그의 얼굴이 미묘한 감정을 입었다. 그 얼굴은 마치 다면으로 깨진 유리 조각 같았다. 조금만 각도를 바꾸면 투과되고 반사되는 빛들이 다른 상을 내보이는 것처럼.

여름 나절. 산뜻한 정경을 뒤로하고 선 그의 반듯한 모습이 어느 꿈의 편린처럼 요연하게만 느껴졌다.

이석은 여원을 보자마자 곧장 통화를 종료했다. 스피커를 통해 무어라 흘러나오던 목소리가 뚝 끊어졌다. 벽에 기대 있던 그가 등을 떼며 몸을 바로 했다.

"……늦게 나왔네."

담백한 목소리였다. 그 목소리에 여원은 반쯤 놓고 있던 정신을 다시 잡을 수 있었다. 그녀는 희미하게 미간을 찡그렸다가 중얼거리듯 말했다.

"진짜 왜 이래요……?"

"짜증 나?"

황당해진 여원이 입술을 떼었다가 붙였다. 무슨 저런 걸 질문이라고……. 마음 같아서는 그렇다고, 짜증 나고 성가시다고 쏘아붙이고 싶었지만, 차마 그럴 엄두는 나지 않았다.

'적당히 기어올라.'

이석과 지내던 시기, 반년이 안 되었을 때에 그는 여원에게 그리 경고한 적이 있었다. 그녀가 애타게 붙잡았던 소매를 짜증 난다는 듯 털어 내기도 했었다.

아침 식사는 됐다며 출근하는 그에게, 여원이 그러지 말고 같이 먹자고 연신 권유했기 때문이었다. 그날따라 그녀가 조금 끈질기게 군 건 사실이었다. 그 이유가 무엇이었는지는 여원도 잘 기억나지 않았다.

아마 별것 아니었을 것이다. 그날따라 아침이 맛있게 돼서일 수도 있고, 양이 많아서일 수도 있고, 그를 조금 더 오래 보고 싶어서일 수도 있다. 그녀는 언제나 그와 식사를 함께하고 싶어 했으니까.

이유야 어떻든, 그 일이 당시 이석에겐 적잖이 성가셨던 모양이었다. 그때 여원은 자신이 선을 넘은 것임을 깨달았다. 그 선을 지키지 않으면 이 처지가 뒤바뀔 거라는 새삼스러운 사실도. 그는 얼마든지 그녀를 나락에서 건져 올리거나 혹은 밀어 버릴 수 있는 사람이었다.

여원은 그때 이석의 눈빛을 생생하게 기억했다. 완고하고 냉엄한 눈이었다. 그리고 그녀에 대한 피로감과 혐오가 명백히 묻어나는 눈이었다.

그 눈앞에서, 그녀는 마치 자신이 벌레라도 된 것만 같았다.

실상, 별일 아니었다 치부하고 털어 낼 수도 있는 일이었다. 그 전후로 그녀가 일생 받아 온 모욕들에 비하면 아무것도 아닌 수준이었으니까. 그러나 여원은 이상하게 그러지 못했다. 정말 이상하게도…….

그 일 이후로 그녀는 결코 선을 넘는 일이 없었다. 시간이 흐르고 그와 지낸 시간이 쌓여 갈수록 이석은 점차 관대해졌고 허용되는 선의 범위는 넓어졌지만, 그럼에도 불구하고 그녀는 절대 그 순간을 잊지 못했다.

태연한 듯 지나가는 어떤 순간들은 때로 유구한 흔적을 남긴다.

"화내고 싶으면 그렇게 해."

"……화나지 않았어요."

여원은 지금까지도 무의식중에 그 선을 지키고 있었다. 하지만 의식적으로도 그럴 수밖에 없었다. 이석이 아무리 저자세를 취한다 한들, 어느 면으로 보나 그녀는 그보다 약자였으며 그가 몸담은 세계는 일반적인 범위를 벗어났다.

여원은 그를 지나치려고 했지만, 이석이 막아서는 바람에 곧장 멈추어 섰다. 그가 상체를 숙여 그녀와 눈높이를 맞추었다. 그녀는 그의 눈을 마주치기 싫어서 시선을 조금 내렸다. 메마른 턱선과 높게 솟은 콧날이 지척에서 보였다.

"화나지 않았다고?"

"……."

"7년 전부터 지금까지, 단 하나도 나한테 화난 게 없어?"

"7년 전은 갑자기 왜……."

"그건 아니잖아."

"건방진 거 싫어하시잖아요."

이석의 낯빛이 흐려졌다. 여원이 그의 몸을 슬쩍 밀어내자, 의외로 그는 순순히 한 걸음 물러서 주었다.

지나쳐 걷는 여원의 뒤로 그가 따라붙었다.

"건방지게 굴어도 상관없어. 아니, 네가 소리치고 날 때려도…… 하나도 건방지지 않아."

"갈 길 가세요."

여원은 뒤돌아보지 않은 채, 냉정한 목소리로 내뱉었다. 뒤에 서 있던 이석이 성큼 걸어와 그녀의 옆에서 나란히 걸었다. 4년 전에도 그와 밖에서 이렇게 함께 걸어 본 적이 거의 없는 터라, 제 옆에서 걷는 그가 지독하게 낯설었다.

"이쪽도 내 집 가는 방향이야."

"아니……."

"그때 그 새끼랑 집 갈 바엔 나랑 가. 그게 낫잖아?"

"차라리 그 사람이 나아요."

"……진심으로 하는 소리야?"

여원은 대꾸하지 않았다. 하지만 진심이었다. 둘 다 싫은 건

매한가지지만 구태여 하나를 선택하라면 한성태였다. 적어도 한성태에게는 자신을 팔아넘기거나 감옥에 넣을 힘은 없으니까. 공장에서 해고할 힘이라면 몰라도.

이석이 도저히 납득할 수 없다는 듯 말했다.

"걔가 마음에 들어?"

"차라리⋯⋯라니까요."

"차라리, 라는 게 더 문제야. 내가 그 새끼보다 못한 게 뭔데?"

"적어도 평범한 사람이긴 하잖아요."

"그건⋯⋯."

그가 짧게 한숨을 내쉬었다.

"⋯⋯그 문제는 곧 해결될 거야."

뭐가 해결된다는 건지 모를 일이었다. 여원은 바닥에 시선을 고정한 채 말했다.

"여기서 힘 빼지 말고 제자리로 돌아가요."

"제자리가 어딘데."

"당신이 원래 있던 자리요."

"여기가 내 자리야. 돌아갈 곳 같은 건 없어."

그가 음산하게 중얼거렸다. 텅 빈 듯한 목소리와 달리, 음절 사이에는 고집과 미련이 깊이 파고들어 있었다.

"그 오피스텔에서 계속 살고 계신다면서요. 그게 당신이 원래 있던 자리죠."

"거기 계속 있었던 건 너 때문이야. 널 다시 데려오기 위해서였어. 하지만 이제 와선 아무 소용없는 곳이지."

"어쨌든 거기가 당신이 사는 곳이에요."

"이젠 여기가 내 자리고."

여원은 어이가 없어져서, 내내 숙이고 있던 고개를 들어 그를 바라보았다. 그는 무뚝뚝한 얼굴이었다. 황당한 숨을 뱉은 그녀가 매몰차게 반박했다.

"말에 어폐가 있네요. 정확히는 당신이 제 자리를 침범한 거예요."

"무의미한 논쟁이야."

이석은 어깨를 으쓱여 보이며 일단락시켜 버렸다.

"……하지만 나쁘진 않네."

그러고선 덧붙였다.

"아니, 좋아."

"뜬금없이 무슨……."

"여원아, 네가 날 탐탁잖아 하는 거…… 그리고 내게 더 이상 아무런 감정도 없다는 거. 알고 있어. 그 이유도 충분히 알고."

찰나였지만, 그의 얼굴이 정말 상처 입은 것처럼 보여서 여원은 미묘한 기분을 느꼈다. 그가 일그러지듯 미소 지었다.

"하지만, 그런데도, 난 널 못 놔. 이 이상으로 네게 상처 주는 짓은 하지 않으려고 노력하고 있지만, 널 아예 보내 주는 건 못 해. 그건 도무지 안 돼. 내가 이따위 인간이라 그런 거지. 그러니까……."

그에게서 잠깐의 망설임이 느껴졌다. 이석은 주먹을 꽉 쥐었다가 풀었다.

"날 원망하고, 이런 새끼한테 걸린 네 불운을 탓해."

그가 자조적으로 말했다.

여원은 길게 눈을 감았다가 떴다. 온도가 다른 시선이 얽혔다. 그의 말은 이기적이기 짝이 없었다. 하지만 이 '이기적인 것'도 어디까지나 보통 사람들의 기준에서다.

정말 그가 이기적으로 굴었다면 여원은 이미 이 자리에 없었다. 그녀의 자리에 그가 온 것이 아니라, 그의 자리에 그녀가 강제로 처박혔겠지. 쥐뿔도 없는 여자의 도망이나 반항 따위를 제압하는 건 그에게 있어서 벌레를 눌러 죽이듯 쉬운 일이었을 테다.

여원은 이석이 그의 방식과 맞지 않는 이 상황에 대해 많이 인내하고 있음을 알았다.

그러니까, 그게 싫었다. 이게 인내해야 하는 일이라는 게 싫었다.

"내 불운을 탓하라니, 그딴 무책임한 말이 어디 있어요. 그리고 당신을 원망하라고요? 당신이야말로……!"

여원은 순간적으로 욱해서 입을 열었다가, 가까스로 감정을 갈무리했다. 그 여파로 입가가 파르르 떨렸다.

"절, 계속 원망했다고 하셨잖아요."

간신히 내뱉은 말은 볼품없었다. 여원은 그냥 무시할 걸 그랬다고 생각하며 입술을 당겨 물었다. 그는 대답이 없었다. 산란함을 머금은 서늘한 바람이 둘 사이를 가로질러 스쳐 갔다. 찰나 시간이 멈춰 버린 것 같은 느낌이 들었다.

이윽고, 이석이 쓰게 웃으며 짧은 침묵의 간격을 이어 붙였다.

"……내가 네게 가진 감정이, 차라리 그것뿐이었으면 좋겠어."

\* \* \*

그 후로도 이석은 출퇴근길마다 그녀를 기다렸다. 그것도 별

써 열흘이 넘어가고 있었다.

처음 며칠은 일부러 도망치듯 삼사십 분 일찍 출근을 한 적도 있었지만, 생각해 보니 그녀만 손해였다. 그 때문에 그러지 않아도 잠이 부족한 아침을 더 피곤하게 만들고 싶지 않았다.

그나마 다행인 점이라면, 다영의 말대로 한성태가 더 이상 여원에게 집적거리지 않는다는 것이었다. 그러나 이따금 툭툭 예의 없이 말을 붙여 오는 것은 여전했다.

"여원 씨 능력 좋더라? 근데 혹시…… 세컨드고 이런 건 아니지? 아니, 괜히 우리 여원 씨 상처받을까 봐 걱정돼서 그러지. 겉멋 든 남자 너무 믿지 마."

걸어오는 대화가 대개 이런 내용이라는 게 문제였지만. 한성태는 안타깝다는 듯 제멋대로 말을 늘어놓고선, 식판을 든 채 휙 지나쳐갔다. 여원은 피로한 얼굴로 그 뒷모습을 쳐다보았다.

"누구더러 우리 여원이라냐."

미정이 숟가락을 탁 소리 나게 내려놓으며 기가 찬다는 듯 말했다. 여원은 어색하게 웃었다. 지선이 시니컬하게 받아쳤다.

"맞서야 하는 남자가 도저히 지 수준이 아니니까 배 아파서 저러지 뭐."

"저렇게 찌질하기도 힘들어."

"근데, 그 남자는 무슨 일 해? 옷이니 차 끄는 거 보니 보통 수준이 아니던데……."

정숙이 살짝 조심스러운 어조로 물어왔다. 다른 이들도 궁금한지, 먹던 것도 멈추고 여원을 바라보았다. 있는 돈 없는 돈 끌어다가 겉멋에 처바르는 양아치 놈일까 봐 염려되는 모양이었다. 여원은 괜한 걱정을 사고 싶지 않아서 솔직하게 말했다.

"그냥…… 회사에서 일해요. 집안이 돈 많은 건 맞아요."
"아, 그래? 완전 다 가졌네. 성격이라도 나쁜가?"
"하는 거 보면 괜찮던데. 여원이한테 절절절절, 죽고 못 살아, 아주."
"아휴, 남녀 일이야 모르지. 지들끼리 있어 봐야 알지."
"그건 그래."

여기저기서 덧붙이는 말에 여원은 정신없이 대충 고개를 끄덕였다. 지선은 드물게 계속해서 입을 열었다.

"근데 뭐 그 얼굴이면…… 사진 몇 방만 찍어도 돈 나오겠더라."
"맞어 맞어. 너무 잘생겨서 현실감이 없다고 그래야 하나."
"막상 결혼식 가면, 남자가 돈이 많네 전문직이네 그런 거 다 필요 없드라. 얼굴 잘생기면 진짜 신랑 잘생겼다는 얘기밖에 안 나와. 부러워 죽어, 아주들."
"여원이 결혼하면 두고두고 회자되겠네."

이러다간 2세 얼굴 이야기까지 나올 기세였다. 여원이 소리 내 웃으며 옆에 앉은 정숙의 어깨를 가볍게 쳤다.

"언니, 무슨 결혼식이에요. 너무 나갔다. 저 진짜 그 사람이랑 잘될 생각 없어요."

이 말만 벌써 몇 번째였다. 이석에 관한 주제는 밥 먹을 때마다 대화거리가 되었다. 이건 비단 여원과 가까이 지내는 이들만의 이야기가 아니었다.

고작 매일 정문에서 얼굴만 비추었을 뿐인데, 이석은 공장 내에서 유명 인사가 되었다. 덩달아 여원도 입방아에 올랐다. 비슷한 시간에 출퇴근하는 같은 라인 사람들이 그녀의 얼굴을 다 알 지경이었다.

한번은 어떤 여자가 여원에게 그 사람이 혹시 남자 친구냐고 물어 온 적이 있었다. 자신이 아니라고 하자, 여자는 만약 사귀는 게 아니면 자신이 번호를 따도 되냐고 말했다. 여원은 얼떨결에 된다고 대답했지만…… 뒤늦게 생각해 보면 자신이 허락하고 말고의 문제가 아니었다.

그런 시선과 말이 하도 빈번하다 보니, 이제 한성태는 지나가는 사람1 정도로 느껴졌다. 원치 않게 단단한 멘탈을 가지게 된 셈이었다.

여원은 밥알을 씹으며 이 상황이 언제까지 지속될지 예상해 보았다. 정확히는 이석이 그녀에게 관심을 가지는 상황이.

2개월…… 아니면 3개월 정도이려나.

\* \* \*

주홍빛 가로등 불이 좁다란 골목을 어스레하게 밝혔다. 여원은 길바닥을 내려다보며 터벅터벅 걸었다. 두꺼운 교재와 식료품이 들어 축 늘어진 비닐 봉투가 다리 옆에서 부스럭거렸다. 유독 묵직하게 느껴지는 탓에 여원은 조금 가쁘게 숨을 몰아쉬었다.

서점에 들렀다가 장을 보고 오는 길이었다. 밤의 시내는 분주한 사람들로 가득했다. 모두 어딘가를 다녀오고 어딘가로 향하고 있었다. 공장에도 사람은 많았지만, 거리 위의 풍경은 그것과는 전혀 다른 모습이었다.

여원은 저도 모르게 사람들의 표정, 옷차림, 행동거지 같은 것들을 관찰했다. 그리고 멍하니 생각했다. 저들에게는 집이 있을까. 가족이 있을까. 그래도 조금은 보장된 미래가 있을까.
 나같이 질 나쁜 과거를 가졌을까.
 사람은 다 제각기 각자의 짐을 지고 살아간다지만, 대부분은 자신의 짐이 제일 무겁다고 느낀다. 여원도 마찬가지였다. 이 많고 많은 사람 중 그녀 자신이 가장 불행한 것 같았다.
 그 바쁜 시내 가운데서, 여원은 처음 출소했을 때와 비슷한 기분을 느꼈다. 함께 나온 출소자들의 뒤를 쫓던 막막한 기분. 혼자만 목적지를 가지지 못한 비참한 기분. 어디에도 닿을 수 없을 것 같은 낯선 기분. 그 축축하고 서늘하던…….
 여원은 고장 나 꺼진 가로등 밑에서 문득 멈추어 섰다. 홀린 듯 고개를 들어 앞을 바라보자, 길바닥을 동그랗게 비추는 빛들이 저 너머로 이어져 있었다. 어디가 끝인지 모를 그 연속은 점점 작아져 가다가 이내 숨듯이 자취를 감추었다.
 돌무덤에 매몰된 것처럼 온몸이 무지근했다. 꺼진 가로등 밑에서 한 발자국도 움직일 수 없을 것 같은 기분이 들었다.
 아.
 또 이런 상태다.
 복역 시절, 한동안 여원은 이것 때문에 머리와 가슴에 답답한 통증을 안고 살았었다. 잠조차 제대로 이루지 못했고, 한 발 한 발 내딛기가 버거워 걷다 멈춰 서기 일쑤였으며, 하다못해 앉거나 눕는 것도 힘에 겨웠다.
 의사는 그 감각에 이름을 붙여 주었다. 우울증이라고.
 우울은 이런 예기치 못한 순간들마다 여원을 덮쳐 왔다. 그 조야한 감정은 그림자와 같아서, 빛이 강할수록 짙어지곤 했다.

그녀에게 빛이란 여느 평범한 사람들의 발자취였다. 또는 돌아갈 곳이자 목적지였다. 또는 돌이킬 수 없는 청춘이었다.

'청춘이잖아.'

소희의 목소리가 머릿속 어딘가에서 맴돌았다. 그러나 그 뒤로 따라붙는 것은 자조적인 생각이었다.

소희에게는 차마 하지 못했던, 목구멍까지 치밀었던 말들.

내 청춘은 철창 안에서 지나가 버렸고, 지나간 것은 이제 다시 돌아오지 않지. 내게 상처만 남기고 흘러가 버린 시간들은 어디에서도 돌려받을 수 없을 거야.

나는 내가 할 수 있는 건 다 할 수 있지만, 사실 알고 있어. 내게 남은 기회는 그토록 아등바등 살아온 것에 비해 너무나도 적고 하찮다는 것을.

누군가는 늦지 않았다고, 너보다 더 많은 시간을 잃어버린 사람도 있다고, 너보다 더 힘들고 아픈 과거를 가진 사람은 많다고 말할지도 모르지. 나도 그건 알고 있어. 나를 동정하고 싶지도 않아. 그만 잊어버리고 앞날만 바라보면 훨씬 편하겠지.

하지만 언니, 과거를 딛는다는 건 너무나 어려운 일이야.

천천히 내뱉는 숨이 싸늘한 공기 중으로 흩어졌다. 여원은 안간힘으로 생각을 끊어 내고 천천히 걸음을 옮겼다. 갈 곳 없는 미아가 된 것 같은 기분이었다.

골목으로 꺾자마자, 고시원 건물 앞쪽에서 여자의 말소리가 났다. 크지는 않았지만 목소리의 억눌림으로 미루어 보아 화를 내고 있는 것 같았다.

"이사님께서…… 이럴 거면 왜 4년간……."

목소리가 드문드문 끊어졌다. 심상치 않은 분위기에 여원은 무의식적으로 발소리를 줄였다.

거리가 가까워질수록 여자의 말이 점점 분명하게 들려왔다.

"……놓고서, 왜 갑자기 손을 떼겠다고 하신 겁니까. 주가 폭등 한 지 얼마 안 됐습니다. 바이어와 수출 상담회 건도 남았고요. 이러시면 분명히 피해가 있을 겁니다."

"절차를 거치려고 최대한 노력하고 있어."

그의 싸늘한 목소리에 여원이 우뚝 멈추어 섰다.

"너희에게 피해 가는 일은 없게 할 거다."

"제가 피해를 보고 안 보고의 문제가 아니라는 거 아시잖습니까. 이사님답지 않게 정말 왜 이러십니까? 이성적으로 생각하셔야죠."

"이성적이기 때문에 절차를 신경 쓰는 거지. 손 다 떼는 것도 아니잖나."

"언제부터 절차 같은 걸 신경 쓰셨습니까. 그리고 이렇게……가드도 제대로 꾸리지 않고 다니시다 신변에 문제라도 생기면 어쩌려고 그러십니까, 아무리 이사님이라도……."

여자가 한숨처럼 길게 숨을 뱉었다. 얼마간 침묵이 흘렀다. 여원은 골목에 드리운 그림자 안에서 숨을 죽인 채 그들의 대화를 들었다.

"거리만 조정했을 뿐 정신 놓고 다니는 건 아닌데. 구역 옮기고 싶으면 옮겨. 백 총무가 너 탐내니까 수월하겠지."

담담히 대꾸한 이석이 주변을 살피려는 듯 고개를 돌렸다. 여원은 저도 모르게 한 발자국 물러났다.

"옮기지 않을 겁니다. 전 다만."

"거기까지 해. 너, 필요 이상으로……."

다음 순간, 이석과 허공에서 시선이 맞부딪쳤다. 짜증스럽게 이어지던 말이 뚝 멈추었다. 어정쩡하게 서 있는 여원을 발견한 그의 눈이 커졌다.

　아주 찰나였지만 완벽하게 정적인 순간이었다. 이석의 앞에 서 있던 여자도 그를 따라 뒤를 돌아보더니, 곧장 미간을 좁혔다.

　"혹시 저 사람이……."

　"이만 가 봐."

　이석이 단칼에 여자의 말을 잘라 냈다. 여전히 시선은 여원에게 못 박은 채였다. 여자는 불만스러운 얼굴로 이석과 여원을 번갈아 보다 한숨을 푹 내쉬었다.

　"……아무튼 재고 부탁드립니다."

　여자는 묵례한 후 길가에 세워놓은 차에 올라탔다. 그 전에 여원을 한번 노려보는 것도 잊지 않았다. 멀어지는 차의 뒤꽁무니를 망연히 바라보고 있는데, 이석이 성큼성큼 이쪽으로 다가왔다.

　섬세하게 깎고 새긴 조각처럼 유려한 낯이 점차 가까워졌다. 저 얼굴을 볼 때면 현실에 대한 감각이 무뎌지는 것 같다고 여원은 생각했다. 외려 그래서 더욱 그와 자신의 관계에 대해 위화감을 느끼는 것일지도 몰랐다.

　어느덧 거리가 한 걸음 간격으로 좁혀졌다. 가로등 빛을 등진 이석의 얼굴이 그림자에 잠겨 들었다. 그는 먼저 다가와 놓고선 별다른 말이 없었다. 그녀를 내려다보는 눈빛이 복잡해 보였다.

　한참의 머뭇거림 후에야 이석이 입을 뗐다.

"언제부터 여기……."

"일에서 손 뗐어요?"

여원은 단도직입적으로 물었다.

"……다는 아니고."

"왜요?"

이석은 대답을 지체했다. 검은 눈동자가 눈꺼풀에 길게 잠겨 들었다가 드러났다. 다시 드러난 것은 기묘하게도 또렷했다.

"위험한 일만 정리하는 거야. 다 정리되면 말하려고 했어. 최대한 빠른 속도로 진행하고 있긴 하지만 아직은 과도기에 있으니까……. 앞으로 두세 달 정도면 충분할 거야."

"그러니까 왜요?"

"왜겠어?"

이석이 흘러내린 앞머리를 조금 거칠게 쓸어 넘겼다.

"4년 전 네가 날 배신하고, 반쯤 제정신이 아니었어. 그건 인정해. 하지만 널 그렇게 만든 건, 네게 그런 재판을 받게 만든 건 어쩔 수 없는 선택이었어. 내가 용서한다고 해서 될 문제가 아니었으니까…… 무슨 말인지 알아?"

"아뇨."

"너, 죽을 수도 있었다고."

"……그거랑 일에서 손을 떼는 거랑 무슨 상관인지 잘 모르겠어요."

"내가."

말이 끊어졌다. 이석은 입술을 몇 번 달싹인 후에야, 무언가를 억누르는 기색으로 말을 이어 붙였다.

"그때 당시 내가 할 수 있는 한에서…… 최대한 너를 구했다는 소리야."

그 말은 어느 한 귀퉁이가 깨진 것처럼 들렸다. 여원은 동요하지 않은 채 냉랭하게 말했다.

"죽이거나 팔아 버리지 않은 것에 감사해야 하나요?"

"변호사를 붙여 준 것도 나야."

"그야 그 일에 대해 가장 잘 아는 사람을 붙인 거겠죠. 당신에게 한 치의 피해도 가선 안 되니까."

"그냥 널 위해서였다고 생각할 순 없어?"

"있는 죄 없는 죄 다 뒤집어쓰고 재판받았는데, 당신이 날 위해 변호사를 붙여 준 거구나 생각할 수 있겠어요?"

"그게 내 최대한이었어."

"네, 하긴, 배신자에겐 과분한 처사였죠."

몇 차례의 설전 끝에 잠시 침묵이 내려앉았다. 이석은 피로하다는 듯 긴 숨을 뱉으며 말했다.

"……다 끝난 일이야."

"다 끝난 일에 당신은 이러고 있고요."

"일이 끝난 거지, 우리가 끝난 건 아니지."

단호한 어투였다. 여원을 내려다보는 그의 눈은 뭐라 형용할 수 없이 심란하고 복잡해 보였다.

그가 한층 가라앉은 어조로 말을 이었다.

"그렇게 끝나고, 다시는 네 얼굴 볼 일 없다고 생각했어. 없었던 시간인 양, 없는 사람 취급 하고 살려고 했어. 그런데 그게 안 돼서, 내 마음이 내 것이 아닌 것처럼, 그래서……."

"……."

"그래서 다시 널 데려올 때는 그런 일이 없게 하려고 노력했어. '어쩔 수 없는 선택' 자체를 만들지 않으려고. 아무것도 가리지 않고 내가 할 수 있는 일은 다 했다고. 어떻게든 아득바득 높이 기어 올라왔어. 그렇게 쥘 수 있는 최대한을 쥐었는데."

"……."

"네가 그게 싫다고 하잖아."

'그런 일에 익숙해지는 거, 정상 아니잖아요. 그때 제가 제 마음을 마음대로 할 수 있었다면 당신을 사랑하지 않았을 거예요.'

"그런 내가 싫다고 하니까, 그래서 나는……."

'당신은 나쁜 사람이에요. 법적으로든 도의적으로든, 4년 전이든 지금이든.'

이 사람을 어떻게 해야 할까.

여원은 새어 나오려는 탄식을 간신히 삼켰다. 생각지도 못했던 방식이라 너무나 당혹스러웠다. 도대체, 내가, 이 사람을 어떻게 해야……. 고개를 숙인 채 낮게 숨을 몰아쉬는 그를 여원은 착잡하게 바라보았다.

아닌 것은 아닌 것으로 놓아주어야 하는 답들이 있다. 과거에는 그가 아니었고, 이제는 그녀 자신이 아니었다. 그러니 우리는 결국 아닌 것이다.

"……당신 문제에 나를 엮지 말아요. 언젠가 생각이 달라지면 어쩌려고 그래요."

"안 달라져."

"시간이 흐르고 마음도 바뀌면 그때 가서 후회하겠죠. 괜한 짓거리였다고. 손해만 봤다고. 날 탓할지도 몰라요."

"안 그래."

"나도 이석 씨를 평생 사랑할 줄 알았어요."

그녀의 말에 이석의 얼굴이 딱딱하게 굳었다. 여원은 냉소적인 어조로 말을 이었다.

"사랑이든 미움이든 미안함이든, 그 감정이 평생 갈 줄로 알았어요. 근데 아니더라고요. 사람이 그래요."

"……."

"깨닫고 나면, 그러지 말걸 후회하고."

"절대 그럴 일은 없겠지만, 설령 그렇다 해도, 그게 네 탓은 아니야."

이석은 거의 이를 갈 듯 말했다. 그의 분위기에 위압감을 느낀 여원이 본능적으로 한 걸음 물러났다. 그녀는 파르르 떨리는 입술로 힘겹게 말을 뱉었다.

"……난, 나는 당신이 싫어요. 이러는 것도 싫고요."

그 말에, 이석은 상처가 헤집어진 사람처럼 아픈 얼굴로 그녀를 응시했다.

"과거의 일은 그냥 다 잊고 살고 싶은데, 당신을 보면 그게 안 돼요. 날 좀 배려해 줄 수는 없어요? 그냥 타인으로 살면 안 되는 거예요? 그냥 서로에게 아예 관심을 끄고……."

"내가 개새끼라서 그래."

이석이 반쯤 잠긴 목소리로 말했다.

"그냥 그렇게 생각해. 그게 맞으니까."

빛을 등진 그의 눈동자가 흐려져 있었다. 여원은 그만 할 말을 잃고 멍하니 그 눈을 바라보았다. 이석은 반쯤 웃는 듯 우는 듯 묘한 표정으로 위태로이 말을 이어 나갔다.

"꺼지라는 거 빼고 네가 하라는 건 다 할게. 네 마음을 강요하지도 않아. 그냥 옆에만, 옆에만 있게 해 줘."

조금 달뜬 숨이 음조 사이사이로 섞였다.

"영영 떠나지만 마. 내가 찾으려면 찾을 수 있는 곳에 있어. 그리고 언제든 마음이 바뀌면…… 나한테 와. 네 선택지에 나를 놔둬. 그거면, 나는 그거면…… 어쩌면……."

"……."

"응? 여원아……."

그가 애걸하듯 그녀의 이름을 불렀다. 잠시 적막이 흘렀다. 여원은 슬며시 이를 사리물었다가 하, 숨을 뱉었다.

"당신은 정말로, 이기적이네요."

이석의 눈매가 가늘게 떨렸다. 그 애처로운 낯에 흔들리려는 마음을 애써 다잡았다. 제멋대로 구는 건 그인데 왜 자신이 잘못한 것 같은 기분을 느껴야 하나.

"내가 싫다고, 꺼지라고 해도 소용없는 짓이겠죠. 당신은 이기적인 인간이니까. 나는 분명 후회할 거라고 했어요. 나중에 가서 괜히 내 탓 하지 말아요."

여원은 애써 냉정을 가장하여 말했지만, 과연 정말 그러고 있는지 스스로도 확신할 수가 없었다.

더 이상 그를 사랑하지 않는다. 그는 지나간 기억의 한편일 뿐이다. 그러나 완벽히 무의미하다고는 말할 수 없었다. 그것이 설령, 그저 아픔인 의미이더라도…….

너무 오랜 시간이었고 너무 깊었던 마음이었다. 그 사실을 부정할 수는 없었다. 그렇기에 여원은 그가 지금보다 제 안에서 더 커다란 의미를 갖게 될 것이 두려웠다.

이미 4년 전에 장이석이 어떤 인간인지 두 눈으로 수없이 확인해 놓고, 제 발로 구렁에 걸어 들어가는 멍청한 짓 따위는 하고 싶지 않았다.

이것은, 그러니까, 그에 대한 불신이며 다시는 상처받고 싶지 않은 자기방어의 기제였고— 또 어쩌면 자존심의 문제였다. 언젠가의 그가 아주 손쉽게 짓밟아 왔던.

실상 역할만 바뀌었을 뿐 과거와 꽤나 유사한 상황이었다. 과거 이석 역시 그들 사이에 그어진 선을 결벽적일 만큼 지켜 왔지 않은가. 여원과 달리 그때의 그는 언제나 냉정하고 고상했다는 것이 다르다면 다른 점이었다.

적어도 지금은, 처참한 기분 따윌 느끼지 않을 수 있어서 얼마나 다행인지.

"말했잖아, 여원아. 날 원망하라고."

"……."

"언제나 잘못된 건 나니까. 알고 있어. ……진심이야."

씁쓸한 말끝으로, 메마른 미소가 담백하게 떨어졌다. 비에 젖은 것처럼 호흡이 가라앉았다. 그녀는 떨리는 양손을 꽉 주먹 쥐었다가 힘없이 풀었다.

더 이상 알고 싶지 않았다. 그의 머릿속 따위는. 3년이나 함께 사는 동안 그가 그녀의 마음이나 생각들에 관심이 없었던 것처럼 이젠 그녀도 그러했다. 어쩌면 오기일지도 모른다. 치기 어린 복수심일지도 모르고. 인정했다. 하지만 그런 것인들 무슨 상관이지?

자신은 그가 싫다……. 영영 볼 일 없이 타인으로 살아가기를 원한다. 완벽히, 다른 세계에서. 오로지 그 사실이 중요할 뿐이었다.

거기까지 상기한 여원은 그만 고개를 돌려 버렸다. 입술을 몇 번 달싹이다 꾹 다물고선 건물 쪽으로 걸음을 옮겼다.

이석은 그녀를 붙잡으려는 듯 주춤 손을 뻗었지만, 이내 허공만 움켜쥐고선 거두어들였다. 그녀는 지나치듯 그 모습까지 눈에 담고선 완전히 등을 보였다. 낡은 가로등이 깜빡거렸다.

07. 스물아홉의 남자

## 07. 스물아홉의 남자

 거리는 한산했다. 길고 마디가 굵은 손가락 사이에서 치직, 하고 빨간 담뱃불이 타들어 갔다. 회색빛 정경 중에 유일한 채도였다. 정중히 불을 붙여 준 강선영이 라이터 쥔 손을 거둬들였다.
 내리깔고 있던 눈꺼풀이 슬쩍 올라가며 건조하게 말라붙은 눈동자가 드러났다. 이석은 흘긋 손목시계를 확인하고선 다시 정면을 바라보았다. 덤덤한 시선이 거리를 잠깐 배회했다.
 정착 못 한 뜨내기들이 얼쩡거리는 곳이었다. 거리에는 담배 꽁초를 비롯한 쓰레기들이 여기저기 널려 있었고, 양고기 누린 내가 비 냄새와 섞여 꿉꿉하게 길 위를 기어 다녔다.
 검은 가죽 장갑을 낀 손가락이 입에 물린 담배를 빼냈다. 뿌연 담배 연기가 한숨처럼 허공으로 흩어졌다.
 부친의 명령이 아니었으면 이따위 너절한 거리에 걸음 할 일도 없었다. 그 명령이란 것도 남의 지저분한 피를 보고 비명을 듣는 성가신 종류였다. 그의 첫째 형은 이러한 것을 제법 재미

있어했지만, 이석에겐 딱히 흥밋거리가 아니었다.
 부친이자 삼진의 총수인 장명섭은 막내아들이 밟아 온 엘리트 단계를 내심 자랑스러워하면서도 한편으론 못마땅하게 여겼다. 장명섭도 삼진 그룹의 임원들도 죄 그 뿌리가 조폭이니 그럴 만도 했다.
 국내 최대 규모였던 네 개의 조직이 연합하여 만들어진 삼진 그룹은 음지에서 양지로 올라온 지 수년째가 되었음에도 아직 그 본질을 버리지 못했다. 겉으론 그럴듯한 기업으로 보여도 그 속은 깡패라는 소리였다.
 장명섭은 이석이 고등 교육을 받은 엘리트임을 위시하면서도 소위 통하는 '깡패짓'을 이행하길 바랐다. 그의 딴에는 그런 짓거리들이 삼진의 근간이라고 생각하는 모양이었다.
 이석은 부친의 뜻에 반할 생각이 없었다. 어차피 삼진 내에서 세력을 잡으려면 분위기에 걸맞게 적절히 어울려 주어야 했다. 어릴 적부터 보고 듣고 배운 게 많아 별다른 거리낌이 없기도 했고, 법의 바깥에 있는 것들은 때로 아주 편리하기도 했다.
 하지만 어쨌거나 성가신 건 성가신 거였다. 부친의 명에 따라 직접 미꾸라지들을 잡으러 여기저기 돌아다닌 탓에 며칠을 허비했다. 요 며칠은 아예 집에 들어가지도 못했다.
 "본부장님, 준비 다 됐다고 합니다."
 건물 안에서 나온 남자가 고개를 숙이며 말했다. 이석은 강선영이 내민 휴대용 재떨이에 담배를 밀어 넣으며 입을 뗐다.
 "본적은."
 "그건 기록에 없고, 연변에서 살다가 여기 오기 전 최근 4년은 군산 섬마을에 있었다고 합니다."

"섬마을?"

"예. 조용히 숨어 살았습니다. 방콕의 쿠라시니와 엮인 듯합니다."

"대담한 놈은 아니군."

"기껏해야 피라미라 쿠라시니 쪽에서도 더 이상 신경 쓰지 않는 것 같습니다."

이석은 무료한 얼굴로 대충 고개를 끄덕였다. 고작 이딴 놈 때문에 여기까지 왔다니.

놈은 몇 차례 경고를 했음에도 조직과 담합한 상인 사이에서 시답잖은 기 싸움을 벌이더니, 기어코 크고 작은 일들을 벌여 부친의 귀에까지 들어가게 만들었다. 장명섭은 대체로 호탕하고 관대한 편이면서도 이따금 사소한 일에서 자비가 없었다. 장명섭의 지론은 가장 작은 일을 때려잡아야 큰일로 번지지 않는다는 것이었다.

이왕 벌어진 일, 부디 끈질긴 새끼가 아니길 바랐다. 이석은 걸음을 옮기며 정장 재킷을 고쳐 입었다.

"가자."

"옙."

선영은 우산을 받친 채 차의 뒷문을 열었다. 이석이 착석하는 것을 확인한 후, 그녀는 트렁크를 돌아 운전석에 앉았다. 곧 검은 세단 한 대가 좁은 빗길을 가로질렀다.

\* \* \*

철썩이는 파도 소리가 귓가로 밀려들었다. 바다의 짠 기운은 피비린내 같기도 했고 무언가 부패하는 냄새 같기도 했다. 이석은 주변을 점검하듯 둘러보고선 컨테이너 창고 안으로 들어섰다.

재갈을 문 장선이 찬 바닥에 무릎 꿇려졌다. 끌려오는 길에 몇 대 얻어맞는 바람에 눈가가 시퍼렇게 멍들었고, 입 안과 입술은 죄 터져 피가 굳어 있었다. 문으로 들어오는 이석을 본 장선의 동공이 불안하게 흔들렸다.

이석은 정장 재킷을 벗어 강선영에게 건네준 후 철제 의자에 앉았다. 장선이 재갈 사이로 끙끙거리는 신음을 흘렸다. 잡아먹히기 직전의 짐승이 내는 듯한 소리였다.

이석이 무감하게 말문을 뗐다.

"우리 초면이지."

"아…… 아여 주세여…….''

이석이 턱짓하자, 강선영이 곧장 침으로 범벅된 재갈을 풀어 주었다. 입이 자유로워지기 무섭게 장선은 처절한 변명을 쏟아 냈다.

"살려 주세요! 일이 이렇게 커질 줄 몰랐습니다! 저도 누, 누가 시켜서 한 겁니다, 시켜서!"

"……"

"이 거리에 저만 있는 게 아닙니다! 저, 전 오히려 드, 드, 드, 들어온 지 얼마 안 됐습니다! 다른 새끼들도 같이……"

"……"

"사, 살려 주십쇼……"

장선의 공포는 이석이 대꾸 없이 잭나이프를 꺼내 들었을 때 극에 달했다. 장선은 본디 간이 크지 못한 남자였다. 적당히 번

화했고 적당히 구린 거리라 위에서는 신경을 아예 끈 줄 알았다. 그래서 처음에는 거들먹거렸고, 나중에 가서는 점령하려 들기에 이르렀다.

아무리 일이 커졌다 한들 재야파 장명섭의 막내아들이 직접 올 줄은 꿈에도 몰랐다.

"일반인을 죽이면 어떡하나. 다른 건 봐준다 쳐도, 본적이 여기도 아닌 사람을 죽이면 곤란해지잖아."

"죄송합니다, 죄송합니다."

"한두 명도 아니고."

"다, 다, 다시는 안 그러겠습니다. 살려 주세요, 사, 살려 주십쇼. 제발!"

"여자는 몇이나 팔아넘겼어? 서류상으론 다 안 잡힌 것 같은데."

"제가 미쳐서, 이 미친놈이 실수를, 실수를 저질렀습니다."

"……"

"죄송합니다, 한 번만 용서해 주시면 정말 다시는……"

기어코 장선의 시커먼 얼굴 위로 주룩 물줄기가 그어지며 흐느낌 소리가 따라붙었다. 양 무릎에 팔꿈치를 기대고 앉아 있던 이석이 천천히 허리를 폈다. 언뜻 무표정한 낯이었으나 거기엔 미미한 짜증이 서려 있었다.

살려 달라, 잘못했다, 실수였다. 지긋지긋하게 들은 말이었고 질리도록 본 장면이었다. 일상 곳곳에 위치한 대부분의 것들은 언제나 타성적이다……. 자신을 포함해서.

잠시 입을 닫고 앞을 응시하던 이석은, 장선의 울음 섞인 사죄가 조금 잦아들 즈음에야 의자에서 몸을 일으켰다.

"팔 풀어."

뒤편에 서 있던 남자 둘이 기다렸다는 듯 앞으로 나섰다. 한 명은 장선의 머리를 눌러 바닥에 처박게 했고, 한 명은 장선의 팔을 구속한 밧줄을 잘라 냈다.

장선이 어찌할 새도 없이, 남자는 그의 오른팔을 붙들어 앞으로 뻗게 했다. 이석의 구두 앞에 제 오른손이 놓이게 되자 장선의 얼굴에서 핏기가 가셨다. 잇따를 수순이 머릿속에 어렵지 않게 그려진 까닭이었다.

마치 지옥에서 떨어지는 선고처럼, 머리 위로 건조한 목소리가 내려앉았다.

"물으면 답을 해야지, 빌 게 아니라."

"……."

"난 시간 낭비를 싫어해."

이석은 구둣발로 장선의 오른손을 지그시 밟으며 무릎을 굽혀 앉았다. 우그러져 있던 손가락이 압력에 의해 강제로 펴졌다. 장선에게서 윽, 하고 억눌린 신음이 샜다.

이석이 들고 있는 잭나이프가 장선의 새끼손가락 근처를 맴돌았다. 이걸 자를까 말까, 무료한 고민이라도 하듯이. 서늘하게 내리뜬 눈에서는 일말의 관용도 느껴지지 않았다.

장선의 몸이 사시나무 떨듯 덜덜 떨리기 시작했다. 그 지나친 떨림은 흡사 의지를 잃고 발작하는 병증과도 같았다. 장선은 소리 내는 법을 잊어버리기라도 양, 입 모양으로만 살려 달라는 말을 연신 되뇌었다.

손가락 근처를 맴돌던 날이 천천히 살갗을 파고들었다. 장선의 눈이 홉떠졌다. 그는 몸을 뒤틀려고 했지만, 남자들이 양팔과 몸뚱이를 단단히 구속하고 있어 헛된 몸부림에 그쳤다.

살갗만 슬쩍 벨 것처럼 여유롭게 움직이던 잭나이프가 돌연 방향을 달리했다. 이석은 나이프를 세운 후, 날 끄트머리를 새끼손가락에 꽉 박아 넣었다.

"끄……! 으! 으아!"

내장이 뒤틀리는 듯한 비명이 터져 나왔다. 이석이 손목을 움직이자 순식간에 손가락 하나가 떨어져 나갔다. 장선은 흐윽흐윽 소리를 내며 얼굴을 바닥에 거칠게 비벼 댔다.

"밀매 건, 경찰이 알아?"

"흐, 끄으, 아니, 아닙니다, 흐윽, 절대……."

"동조한 새끼들 이름 불러."

"그건 저도, 저도, 저, 모르는, 끄윽, 살려 주십쇼, 살려, 아아악!"

칼날이 손등과 약지의 연결 부분에 쑤셔 박혔다. 장선은 거품이라도 물 것처럼 눈알을 까뒤집으며 울음을 토해 냈다. 벌어진 입에서 침이 질질 새어 나왔다.

"살려 달란 소리 좀 작작하지."

숨골을 꿰는 듯 싸늘한 협박에, 장선의 이성이 아주 잠깐 돌아왔다. 처음부터 끝까지 감정 하나 실리지 않은 목소리가 징그러울 만큼 섬뜩했다. 압박감에 질식할 것 같았다.

"아는 대로, 모조리 말해."

장선은 고개를 세차게 끄덕이며 더듬더듬 입을 열었다. 고통과 공포로 머릿속이 엉망진창이었지만 생각나는 대로 말했다. 제가 뭐라는지도 정확히 모르고 마구 지껄이고 지껄였다.

횡설수설 생각을 게워 내는 것에 가까웠으나, 이석은 개중 필요한 정보를 조립하여 결론을 냈다. 그는 피 묻은 날을 장선의 옷에 슥 닦으며 물었다.

"조 사장, 지금 어디에 있어?"

* * *

"마저 처리하고 던져."

파드득, 파드득 옅은 발작을 일으키는 장선의 양팔이 남자들에게 붙들렸다. 그가 끌려 나간 길을 따라 핏방울이 점점이 떨어졌다. 순식간에 피비린내 가득한 창고 안이 적막해졌다.

피 묻은 가죽 장갑을 벗자 자연스레 강선영이 다른 장갑을 건네주었다. 이석은 팔뚝까지 걷어붙인 소매를 내려 단추를 잠그고, 강선영에게 재킷을 받아 입은 후 새 장갑을 꼈다.

피로한 듯 목을 돌리자 우둑 하는 소리가 났다. 그는 옷에 피가 묻지 않았는지 차림새를 점검한 후 창고를 나섰다.

밖으로 나오니 바람이 한층 차가워져 있었다. 이석은 무미건조한 얼굴로 시간을 확인했다. 오후 11시 23분. 예상보다 12분 빠른 시각이었다.

원래 장선의 처리는 며칠 후로 예정되어 있었으나 놈이 생각보다 더욱 멍청한 탓에 날이 앞당겨졌다. 더 수월히 해결하긴 했지만, 어찌 됐든 계획이 변경되는 건 거슬리는 일이었다.

바닷바람이 이석의 머리칼을 흐트러뜨렸다. 장선의 처리가 완료될 때까지 그는 차 옆에서 담배를 태웠다. 이석은 딱히 엄청난 애연가는 아니었지만, 오늘 같은 일이 있은 후엔 담배 생각이 나곤 했다.

시간이 얼마나 지났을까, 저만치서 드럼통 굴러가는 소리가 났다. 이석은 타들어 가는 담배 끝을 바라보다가, 문득 안주머니에서 휴대폰을 꺼냈다. 버튼을 누르니 화면에 눈부시도록 환한 빛이 들어왔다. 시간은 벌써 자정을 향해 가고 있었다.

메시지 함에 들어가자 내역들이 주르륵 떴다. 이석은 개중 네 번째 것을 클릭했다. 신여원. 성격만큼이나 둥글둥글한 이름을 괜히 입 안으로 뇌어 보았다. 묶음이 부드럽게 혀 위를 굴러갔다.

이석은 화면을 조금 올렸다. 오늘 낮 1시 13분. 횡으로 그인 띠 밑으로 여원의 첫 문자가 찍혀있었다.


[신여원: 오늘 온다고 했죠? 몇 시에 들어와요?]


열 중 아홉은 자정이나 되어서야 들어가는데도, 그녀는 꼬박꼬박 그에게 퇴근 시간을 묻는다. 여원의 시답잖은 문자들을 받고 거기에 답장하는 것도 어느덧 습관처럼 익숙해졌다.

그의 시선이 주고받은 메시지들을 읽어 내렸다.
[몇 시에 들어갈까]
[신여원 : ㅋㅋㅋ내가 몇 시에 들어오라고 하면 그때 들어올 거예요?]
[생각해보고]
[신여원 : 7시!!]
[그 전에 들어갈게]
[신여원 : ㅎㅎ]

단지 음운 두 개의 나열일 뿐인데 실제 여원이 웃는 소리와 퍽 닮은 것 같았다. 건조한 텍스트 위로 그녀의 웃음소리가 덧입혀지는 듯한 착각이 들었다.

이석의 엄지 끝이 액정 위를 톡톡, 두드렸다. 장선을 고문할 때도 명료하기 그지없던 머릿속이 조금 복잡해졌다.

이 일 때문에 며칠간 집을 비운 상태였다. 원래는 오늘 저녁 쯤 들어갈 예정이었으나, 장선의 행방이 생각보다 일찍 발견되는 바람에 곧장 부둣가로 온 참이었다.

이석은 잠시 고민하다 텍스트를 쳐 넣었다.

[일이 생겨서 자정 넘겨 들어갈 것 같다. 먼저 자]

어둑한 하늘 위에서 새가 울었다. 이석은 그녀에게 전화를 걸까 하다가 이내 관두었다. 불필요한 일이었다. 불필요한 욕망이었다. 불필요한 것을 한번 원하기 시작하면, 끝도 없이 불필요한 것을 낳게 된다.

어쩌면 본능적인 예감이었다. 이 '원하는' 감정을, 욕망을 단한 순간이라도 묵인한다면— 아무것도 돌이킬 수 없을 것이라는. 그가 평생 긍정하며 쌓아 온 것들이 시시각각 무너질 것이라는 직감.

불현듯 이석은 자신이 지나치게 과민한 생각을 하고 있음을 깨달았다. 애써 다른 쪽으로 생각을 돌리려고 했지만 한번 이어진 상념은 곧장 끊어지지 않았다.

신여원. 그 여자. 불필요한 여자.

그녀를 생각할 때면 얇은 유리판이 가슴에 걸려 있는 기분이

든다. 불쾌하고 답답하고, 마치 스스로를 배반하는 것 같은 기분. 그래서 그녀의 삶 앞에 놓인 낭떠러지를 묵과하는 것일지도 모른다.

아니, 아니다. 이석은 우악스레 그 생각을 접었다. 그런 가변적인 기분 따위로 그러는 것이 아니었다. 처음부터 계약된 바가 그러했기 때문이다. 자신은 정해진 것에서 벗어나는 일을 혐오했으니까.

처음은 단순한 우연과 변덕의 맞물림이었을지 모르나, 거기까지였다. 한번 어긋난 방향은 바로잡지 않는 이상 잘못된 길로 이어지기 마련이다. 스스로 통제할 수 없는 범위에 내몰리는 것만큼 끔찍한 일도 없으리라.

이는 그가 그녀의 앞에서 수없이 느꼈던 기시감이었다. 이제껏 기를 쓰고 기피해 왔던, 미지의 상황에 대한 공포와 닮아 있는.

이석은 그 공포의 배면에서 돌아섰다.

그녀에게서 온 답신 알림이 울렸지만 그는 곧장 확인하지 않았다. 눈을 감았다가 뜨자 다소 흐릿하던 초점이 바로 잡혔다.

그녀가 사라지면 이 불쾌함과 답답함도 사라지겠지. 그녀로부터 비롯된 것이니까, 그녀와 함께 사라지겠지. 부쩍 닳아 가는 신경으로 수고스레 외면하고 밀어내는 짓 따위도 그만둘 수 있을 테다.

여원이 없던 때 자신의 일상은 분명 오점 하나 없이 완벽했고, 그를 제어하거나 성가시게 만들던 것들은 으레 손쉽게 사라지곤 했다. 그녀가 그런 것들과 다를 이유는 하나도 없었다. 그래야만 했고. 약점을 만드는 멍청한 짓 따위를 자신이 할 리가 없었다.

차라리 처음부터 그녀를 만나지 않았다면, 이런 기분 따위도······.

이석은 문득, 그녀를 처음 보았던 때를 떠올렸다.

*  *  *

대학생 시절, 이석은 서울의 한 빌딩 오피스텔에 거주했었다. 큰 이유가 있어서 그곳을 택한 건 아니었다. 그저 학교와 가까운 위치였고 본가의 간섭이 없기 때문이었다.

생전 모친이 막내아들에게 가졌던 바람에 따라, 이석은 학업에 열중하여 명문 대학에 진학했다. 이대로 계속 학점을 채워 듣는다면 조기 졸업을 하게 될 것이다. 졸업을 한 뒤엔 무난히 부친의 회사에 입사하여 한자리를 차지하게 될 것이고.

그럴싸한 미래였다. 많은 이들이 선망할 앞날이었다. 하지만 이석은 그 어느 것에도 흥미가 없었다. 현재 있는 자리에서 할 수 있는 일을 기계처럼 할 뿐이었다.

이석이 다른 형제들처럼 되지 않은 것은 특별히 올발라서가 아니라, 그냥 그런 것에 큰 욕구를 느끼지 못했기 때문이었다. 어차피 똑같이 재미없는 종류라면 모친의 기대에 부응하는 편이 낫겠다고 생각했다.

결국 모친은 이석의 대학 입학을 보지 못하고 죽었으나, 그는 계속 학업을 놓지 않았다. 그게 그에게 가장 익숙했고 관성적인 일이기 때문이었다.

부친의 교육 방식은 모친과는 전혀 달랐다. 하지만 이석의 성정이 유약하지 않고, 꾸준히 단련 받아 와 육체적으로도 뒤처지지 않았으므로 별달리 방식을 바꾸려 들지는 않았다. 되레 알게 모르게 자랑스러워하기도 했다.

학교에는 이석이 삼진의 막내아들이라는 소문이 파다하게 퍼져 있었다. 그 뿌리가 조폭이라는 것을 아는 몇몇 이들은 이석을 꺼리기도 했지만, 대부분 그와 가까워지지 못해 안달이었다.

그러나 그 모든 것이 이석에게는 타인의 이야기 같기만 했다. 시끄러운 거리와 시끄러운 사람들, 성가신 일들과 성가신 시간들. 어제가 오늘 같고, 오늘이 내일 같을 무료한 나날이었다.

'나랑 연 끊어? 끊어? 엄마랑 연 끊을 거냐고!'

그러던 어느 날, 건물 1층에 위치한 카페에서 소란이 있었다.

'신여원, 엄마 얼굴 좀 봐. 응? 엄마 이제 안 볼 거야? 내가 너 어떻게 키웠는지 몰라?'

로비 쪽 열린 문으로, 카페 안에서 목소리가 흘러나왔다. 카페는 로비와 유리 하나를 두고 있어 안이 훤히 들여다보였다. 이석은 발걸음을 멈추고 사람들의 시선이 몰린 곳을 바라보았다.

중년의 여자가 직원의 어깨를 쥐어 잡은 채 앞뒤로 흔들어대고 있었다. 고개를 푹 숙인 직원은 바람 드는 앙상한 가지처럼 이리저리 휘둘렸다.

직원의 몸이 한차례 파르르 떨렸다. 그녀는 입술을 달싹여 무어라 속삭였지만, 거리가 있어 이석에게는 잘 보이지 않았다. 그러나 그 말이 중년 여자의 심기를 건드린 모양이었다.

'나가서? 나가서 뭘! 네가 줄 때까지 절대 안 나갈 거니까, 여기서 담판 지어!'

카페며 로비며 꽤 다수의 사람들이 그 상황을 구경하고 있었지만, 딱히 나서서 말리는 이는 없었다.

'엄마가 딸 돈을 떼먹을까 봐? 내가 금방 갚는다고 그랬지. 내가 땄다고 했지! 그걸 못 참고 기집애가! 숨는다고 숨어져? 내가 네 엄만데?'

이석은 어렵지 않게 모녀로 보이는 둘의 상황을 파악할 수 있었다. 사실 빤한 이야기였다.

그의 둘째 형 장호석은 삼진 산하에 있는 금융업을 도맡고 있었다. 이석과 사이가 꽤 나쁘지 않은 편이어서, 장호석은 종종 동생을 회사로 부르거나 일을 돕게 했다.

사채를 끌어 쓴 도박 중독자는 그곳에서 꽤 흔하게 볼 수 있는 종류였다. 물론 저 여자가 어디 금융권의 사채를 끌어 썼는지는 알 수 없지만, 높은 확률로 사금융일 것이다.

돈을 받아 내기 위해서라면 무엇이든 팔게 하고, 부모의 빚을 자식에게 물고, 자식의 빚을 부모에게 무는 곳. 파산 신청이니 개인 회생이니 하는 것들은 실상 아무런 의미가 없는 곳들이 대부분이다. 합법적이진 못하다지만 빌려 가는 치들도 다 알고서 빌리는 거였다.

'내가 오죽하면 여기까지, 오죽하며언!'

중년 여자는 붉게 달아오른 얼굴로 몇 마디를 더 내뱉더니, 쥐고 있던 딸의 어깨를 확 밀쳤다. 직원은 중심을 잡으려는 듯 휘청거렸지만 이내 진열대 쪽으로 넘어지고 말았다.

판매를 위해 전시된 컵 몇 개가 떨어지며 와장창 소리를 냈다. 그제야 지켜보던 이들 중 여학생 둘이 나서서 직원을 일으켜 주었다. 함께 일하던 다른 직원은 당장 나가지 않으면 경찰에 신고하겠다며 으름장을 놓았다.

그 순간, 이석의 휴대폰 알림이 울렸다.

그는 화면 상단에 뜬 발신인을 확인했다. 같은 학년의 전공 수업 팀원이었다.

[강수빈/경영 : 저 혹시 아직 집에서 안 나오셨으면 경통학 자료 가져와 주실 수 있을까요…? 오늘 회의에 제가 가져오기로 했는데 깜빡해서…ㅠㅠㅠ복사는 제가 할게요!]

이석의 무표정한 얼굴에 미미한 성가심이 서렸다. 오전 9시 47분. 수업까지 아직 시간은 있었지만, 그는 시작 15분 전에 반드시 착석하곤 했다. 이 부탁을 들어주면 7분가량이 더 지체된다.
다른 이에게 부탁해 보라고 답신을 넣으려는데, 곧장 메시지가 이어졌다.

[강수빈/경영 : (사진)]
[강수빈/경영 : 이 부분이요! 민주는 이미 버스 탔다고 해서요 죄송합니다…ㅠㅇㅠ혹시 이미 나오셨나요……??]

새로 자료 구하느라, 복사하느라 회의에 지장이 생긴다면 7분보다 긴 시간이 낭비될 터였다. 심지어 이건 지난 학기 책이라 학교 내에선 당장 구하기 힘들 것이고 최악의 경우 회의를 미루거나 한 번 더 해야 할지도 모른다.
성가시다는 듯 한숨을 내쉬던 이석이 고개를 들었다. 직원은 부축을 받으며 비틀비틀 일어서고 있었다. 창백하게 질린 얼굴은 꽤나 앳되어서, 꼭 고등학생처럼 보였다.

기껏해야 스물이려나.

그래. 그 정도 되는 것 같았다. 거기까지 생각한 이석은 무감한 얼굴로 돌아섰다. 건물 내 흔치 않은 소란에 잠시 관심을 가지긴 했지만, 저런 케이스는 생각보다 흔했다.

등 뒤로 소란이 이어졌다.

부탁받은 자료를 가지고 내려오는 길에, 1층 화장실 복도 쪽에서 그 직원을 만났다. 그녀는 화장실에서 로비로 터벅터벅 걸어 나오고 있었다.

이석은 여자가 울고 왔으리라 생각했다. 그러나 가까워진 얼굴은 지쳐 보이긴 했어도 운 것 같지는 않았다. 그보다 더 의외인 것은 그녀의 손에 들린 작은 영어 단어장이었다.

여자의 시선은 그 위에 박혀 있었다. 몹시 집중하고 있는 듯, 주변은 눈에 담지도 않은 채 입 모양으로 단어를 중얼거렸다. 마치 당장 그것을 외워야만 스스로가 쓰러지지 않기라도 하는 것처럼.

그는 저도 모르게 미간을 슬쩍 좁혔다. 참 어지간하다는 생각이 들었다. 누군가는 그녀가 대단하다고 할 테고 또 누군가는 그녀를 독하다고 하겠지만, 이석은 그냥, 이상했다. 다른 세계에서 온 사람처럼 이상하게만 느껴졌다.

이석은 자신이 저 여자만큼이나, 혹은 저 여자보다도 더 바쁘게 살았다고 말할 수 있었다. 하지만 저 여자처럼 살았느냐 묻는다면 아니었다. 그는 저렇게 살지 않았다. 저런 눈으로 살지는 않았다. 그래서 여자는 그가 보기에 더없이 이상했다.

저게 저 여자가 살아가는 방식인가.

이석은 일부러 걸음을 천천히 하며, 새삼스레 그녀의 얼굴을 뜯어보았다. 하얗고 순진하게 생긴 낯은 그리 강단 있어 보이지는 않았다. 160센티미터쯤 되는 듯한 키도, 호리호리한 몸도, 가늘고 색이 연한 머리카락도 모두 약해 보이는 것들뿐이었다.

여자의 머리가 그의 가슴 언저리에서 지나쳤다. 그녀는 단어장을 앞치마 주머니에 넣으며 카페 안으로 들어섰다. 가볍지도 무겁지도 않은 발걸음이었다. 아무 뜻도 감정도 담기지 않은.

그는 잠시 동안 그 뒷모습을 바라보았다.

이석의 예상과 달리, 그 여자는 카페를 그만두지도 않았고 잘리지도 않았다. 계속 그 자리에서 아무 일 없었다는 듯 평소처럼 일할 뿐이었다.

이석은 오고 가며 종종 유리창 너머로 여자를 볼 수 있었다. 시간에 예민한 그는 스스로도 자각 못 하는 사이에, 여자가 무슨 요일 몇 시에 출근하고 몇 시에 퇴근하는지 알게 되었다.

여자는 언제나 미소를 짓고 있었고, 언제나 어딘지 지쳐 보였다. 그러나 이따금 틈이 날 때면 꼭 단어장 같은 것을 들여다보곤 했다. 단 한 번도 멍하니 있거나 쉬는 모습을 본 적이 없었다.

잠깐잠깐 스치듯 지나가는 그 짧은 순간들에서도, 여자가 정말 열심히 살고 있다는 것을 알 수 있을 정도였다.

하루는 건물 뒤 골목에서 담배를 태우던 중 여자를 목격했다. 그 옆에는 지난번 카페에서 소란을 피웠던 그녀의 모친도 함께였다. 이석은 아직 도막이 길게 남은 담배를 끄며 골목 안에서 그들을 지켜보았다.

둘 사이에 짧은 대화가 오갔다. 이윽고 여자는 모친에게 쭈뼛 쭈뼛 흰 봉투를 내밀더니, 다시 뒤로 빼며 무어라 간절한 말을 덧붙였다. 그러나 모친은 전혀 새겨듣는 얼굴이 아니었다. 돈 봉투만 빼앗듯 챙겨 급히 떠날 뿐이었다.

 모친이 떠난 후, 여자는 벽에 기대선 채 제 발치를 한참 내려다보았다. 정말 한참을 그렇게 멍하니 서 있었다. 처음으로 보는, 여자의 '아무것도 하지 않는' 모습이었다. 그러나 그것도 잠시, 곧 그녀는 종종걸음으로 사라졌다.

 아무것도 아닌 모습이었다. 그 아무것도 아닌 모습이, 유리 위에 흐릿하게 찍힌 지문처럼 남았다.

 언젠가부터 이석은 로비를 지날 때마다 습관처럼 여자를 관찰하기 시작했다. 이전까진 거기에 있는 줄도 몰랐던 이였는데도 불구하고. 특별한 관심이 있다거나 하는 것은 아니었다. 그저 신기했고 또 궁금했을 뿐이었다.

 왜 저렇게까지 열심히 사는 걸까.

 이석 또한 쉼 없이 삶을 달려왔지만, 그건 정해진 루틴을 감흥 없이 도는 것에 가까웠다. 그에게는 특별히 이루고 싶은 목적도 열정도 없었다. 그저 가야 한다고 하는 길을 갈 뿐이었다.

 그러나 여자에게는 필사적인 무언가가 존재했다. 인생에 대한 무언의 기대가 있기에 존재할 수 있는 감정이었다. 물에 젖은 종이 위에 위태로이 놓인 삶일 뿐인데도.

 어떻게 하면 저런 마음으로 살아갈 수 있는 것일까. 여자와 자신은 태생부터 완벽히 다른 부류의 사람 같았다. 그래서 이상했고, 가끔은 껄끄러운 기분까지 들었다.

 자신과 다른 부류에 대한 본능적인 거부감과 비슷했지만 또 그것과는 달랐다. 어쩌면 그 반대로, 너무나 다른 부류라서 흥미를 느끼는 것일지도 몰랐다.

이유야 어찌 됐든, 이석의 시선은 의지와 상관없이 계속해서 그녀에게로 향했다. 그러나 그녀는 카페 홀 내부를 제외하곤 거의 밖으로 눈을 돌리지 않았다. 그들은 단 한 번도 시선이 마주친 적이 없었다. 이석은 그것에 기묘한 아쉬움을 느꼈다.

하지만 그렇다고 카페 안으로 들어가고 싶지는 않았다. 카페에 들어가려는 이유가 고작 그녀와 가까이서 눈을 마주치고 싶어서라니. 그것보다 멍청한 짓이 있을까 싶었다.

그렇게 네 달이 지났을 무렵. 카페에서 더 이상 여자의 모습은 볼 수 없었다.

이석은 오가며 계속해서 안을 확인했다. 며칠 내내 그녀 대신 새로운 사람이 일하고 있었다. 일주일간 그 사실을 강박적으로 확인하던 그는, 점차 카페 안에서 시선을 거두었다.

나이가 몇 살인지, 어디에 사는지, 어디로 갔는지, 앞으로 무슨 일을 하는지— 사실 알아보려면 얼마든 알아볼 수 있었다. 그러나 이석은 거기에서 관심을 끊었다.

애초부터 무익한 관심이었다. 그 스스로도 왜 그런 쓸데없는 짓거리를 했는지 이해가 가지 않을 정도였다. 이석은 불필요한 소모를 끔찍하게 여겼다. 그게 시간이든 감정이든 그 외 무엇이는 간에

여자의 모친이 불렀던, 신여원이라는 이름만 녹아내린 눈처럼 남았다. 덧칠되고 무뎌지는 기억 속에서 시간이 유수처럼 흘렀다.

피를 나눈 부친과 형제를 포함한 주변의 이들은 대부분 '정

상'의 범주에서 조금씩 벗어나 있었다. 자라 온 환경이 그러했고 하는 일이 그러했다.

도덕의 선을 벗어나고, 법의 테두리를 넘나들고. 닳아빠진 양심과 가책은 우선순위의 저 뒤편으로 밀려난 지스러기에 불과했다. 그게 당연한 바닥이었다.

이석은 그들과 꽤 흡사했지만, 동시에 근본부터가 달랐다. 그들은 '그렇게' 살지 않았다면 '그렇게' 되지 않았을 것이다. 그러나 이석은 아니었다. 그의 정서 혹은 습성은 후천적인 영향보다는 선천적인 것에 가까웠다.

자신이 어디 한군데가 망가진 상태라는 사실 정도는 이석도 알고 있었다.

모친은 늘 그 부분을 걱정했다. 막내아들이 무언가에 정을 붙이길 바라며 형제 중 이석에게 가장 사랑과 관심을 쏟았다. 그따위 천성과 환경 속에서도 이석이 그럭저럭 사람 구실을 하게 된 것은 전적으로 모친 덕분이었다. 그 방식이 어떠했든 간에.

당연히 있어야 할 무언가가 아예 부재하는 것은 아니었다. 그저 남들에 비해 비교적 농도가 옅을 뿐. 이석은 이성의 영역 내에서 정해진 알고리즘을 수행하는 행위만을 전적으로 추구했고 실제로 그렇게 이행했다.

즉흥은 이석과 거리가 아주 먼 단어였다. 모든 삶의 매 순간이 철저한 계산과 예측과 아래 이루어졌다. 시간은 착실히 지나갔고, 그의 인생에서 지체되거나 더뎌지는 것은 거의 존재하지 않았다.

3년 후, 여자를 다시 만나게 되기 전까지는 그랬다.

봄의 끝 무렵이었다. 장호석의 사무실에서 자리를 비운 그를 잠시 기다리던 중, 이석은 책상 위에 놓인 채권 양도 명단을 보게 되었다. 별생각 없이 훑어보던 목록에 문득 걸리는 이름이 있었다.

  신여원.

  이석은 한번 기억한 텍스트는 웬만해선 잊지 않았다. 그러나 말 그대로, 어디까지나 텍스트에 국한해서였다. 여자의 얼굴을 함께 떠올리려고 해 보았지만 흐릿하기만 했다.

  기재된 나이는 24살이었다. 정확한 나이는 알지 못했으나 당시 액면가로 예상해 보았을 때 얼추 들어맞았다. 이석은 흑백으로 작게 프린트된 여자의 사진을 확인했다. 사진 속에서 미소 짓고 있는 여자를 보니 과거 앳되던 얼굴이 얼추 되살아났다.

  이석은 비서에게 물어 여자의 양도 날짜를 전해 들었다. 그리고 그 날짜에 맞추어 장호석의 회사를 방문했다.

  방 안으로 들어서자마자 그녀가 보였다. 이석은 일순간 숨을 멈추었다. 그녀는 알지도 못할, 3년 전의 기억들이 생생하게 되살아나는 것을 느꼈다.

  '일단 재산 처분해서 갚은 게 삼천이니까…… 남은 돈은 이자까지 쳐서 이억 천이네. 기록 보니 갚기는 글렀고. 기한은 지난 지가 옛날이고. 에…… 다 됐나? 처분할 거 다 했고? 어, 그래, 여기 시상 찍고 지금 바로 징소 이동히지.'

  '……'

  '몇 년 바짝 하면 충분히 갚을 수 있으니까 괜히 허튼 생각 말고 적응만 잘하쇼, 적응만. 다 갚고 나서도 남아 있는 아가씨들 많다? 초반 텃세 잘 견디고 처신 잘하면, 거기만큼 돈 쉽게 버는 곳도 드물다니까.'

장호석은 호호탕탕하게 말했지만, 사실 말도 안 되는 개소리였다. 그런 곳에 발을 들인 이상 짧은 기간 내에 빠져나오기란 거의 불가능했다. 대단히 운이 좋은 극소수의 케이스를 제외하고는.

이용 가치가 떨어질 때까지 부서져라 일한 후에도 빚 청산을 못 한 이들이 부지기수다. 그 후엔…… 사람 장사야 종류가 꽤 많고.

'괜히 반항하고 달아나고 그러면 너도 힘들고 나도 힘들어요. 사람 죽이는 건 우리도 썩, 뭐. 잘할 거지? 고개 끄덕끄덕해 봐. 끄덕끄덕.'

여자는 맞은편 소파에 앉은 채 얌전히 고개를 끄덕였다. 지금 도마 위에 올라 있는 것이 남의 인생이기라도 한 양 덤덤한 표정이었다. 별다른 내색이 없어 일견 인형처럼 보이기도 했다.

그때는 그래도 사람 같았는데. 당시 그녀를 둘러싸고 있던 이상한 빛이나 기류 같은 것들이 이젠 모조리 사라져 있었다.

이석은 무심코 그런 생각을 하며 여자를 살폈다. 어렸던 얼굴은 꽤 성숙해져 있었지만, 순진하고 약해 보이는 태는 그대로였다. 조금 더 사견을 갖고 관찰하자 여자의 덤덤한 낯도 현실에서 애써 도피하는 것처럼 보였다.

그렇게 열심히 살더니 결국은 이 꼴이로군. 이석은 타인의 상황을 신경 쓰거나 공감해 주는 부류가 아니었지만, 퍽 억울하겠다는 생각은 들었다. 제 빚도 아니고 모친의 빚이니.

세상에 억울한 인간은 차고 넘친다. 목숨 한번 부지해 보겠다고 꾸역꾸역 살아 내는 인간들도 많다. 하지만 그건 어디까지나 이석의 관심 밖에서 일어나는 일이었다.

이 여자에게 특이한 점이 있다면, 일전 그의 시선 안에 들어왔었다는 것. 그리고 관심을 끌었다는 것. 그뿐이었다. 무엇이 제 관심 사항이 되고 무엇이 되지 못하는지는 그도 몰랐다. 애당초 관심이 가는 일이 몇 없었으므로 이유를 생각해 볼 필요도 느끼지 못했다.

이석은 처음으로 그 이유에 대해 생각해 보았다.

왜 그녀는 자신의 시선 안에 들어온 것일까. 다른 이들과 대체 무엇이 달라서? 애당초 잘 알지도 못하는 여자고, 그렇게까지 특이점이 있는 것도 아닌데.

'형.'

'어, 여긴 어쩐 일이야. 오늘 내가 불렀나?'

'잠깐 들렀어. 채권 양도 중인가?'

'어어, 사무실 가서 기다리고 있어라. 금방 끝난다.'

'아니, 그것보다 저 여자…….'

그리고 동시에, 어쩐지 궁금해졌다.

그녀는 어디까지 살아 낼 수 있을까. 이따위 상황에서도 계속 그렇게 열심히, 필사적으로 살아 낼까. 언제까지 그럴 수 있을까. 그 모든 '살아 냄'에도 불구하고, 좌절되는 모습은 어떤 모습일까.

우연한 목도. 우연한 감정. 우연한 재회. 우연한 변덕…….

'내가 몇 년 빌릴까 하는데.'

어디까지나 모든 것이 우연이었다. 그리고 그는 우연을 좋아하지 않았다.


모든 일은 일사천리로 진행되었다. 장호석은 다소 얼떨떨해하긴 했지만, 돌아가는 상황이 흥미로웠는지 흔쾌히 채권을 내어 주었다. 이석은 그녀를 데리고 딱히 쓸 일이 없어 비워 두었던 오피스텔로 향했다.

 오는 길 내내 여원은 아무런 말이 없었다. 이석도 따로 그녀에게 말을 붙이지 않았다. 어차피 채권이 그에게 넘어온 이상 그녀의 의사는 별로 중요하지 않았다.

 이석은 오피스텔에 들어와서야 그녀의 앞에 계약서를 내밀었다.

 '아까 대충 들어서 알겠지만.'

 여원은 멀뚱히 제 앞의 종이를 바라보았다.

 '너를 3년 동안 빌릴 거야.'

 그녀가 천천히 눈을 깜빡였다. 이석은 그녀의 낯을 면밀하게 관찰하며 말을 이어 나갔다.

 '대신 상환 기한을 3년 후로 미루고, 그간 머물 곳을 마련해 주지. 거주에 들어가는 비용은 없을 거야. 3년간은 이자도 통상 정상 이자로만 받고.'

 불법이 판치는 이 업계를 생각해 보면 파격적일 만큼 후한 제안이었지만, 그녀의 얼굴엔 별다른 표정 변화가 없었다. 아예 다 포기한 건가? 설마 그냥 어딘가로 팔려 가겠다고 말할 셈인가? 그는 괜히 초조해져서 조건을 덧붙였다.

 '마음에 안 들어? 그럼 이자는 아예 안 받는 걸로 하지. 원금만 열심히 갚아 봐.'

 '…….'

 '물론 당신을 찾는 것은 완벽히 내 관할이야. 어차피 일이 바빠 찾아봐야 일주일에 한두 번 정도고…….'

'…….'

'무슨 말이라도 좀 하지? 나쁘지 않은 제안일 텐데.'

'……저, 왜…….'

여원은 잠시 머뭇거렸다.

'왜 나를……?'

조그맣게 나온 질문에, 그는 한참을 고민했다. 그 자신도 자세히 생각해 보지 않았던 까닭이었다. 이석은 이런저런 그럴싸한 이유를 나열해 보다가 결국 아무렇게나 대답했다.

'그냥, 마음에 들어서.'

말을 내뱉자마자 어쩐지 끔찍한 기분이 들었다. '아무렇게나'라니. 제대로 이성과 논리를 거치지 않고 나온 대답에 그는 자괴감을 느꼈다. 하지만 도무지 이 제안에 대한 합당한 이유가 생각나지 않았다. 말 그대로, 정말 충동적으로 뱉은 제안이었으므로.

다행히 여원은 그 대답에 별다른 의문이나 이의를 제기하지 않았다. 잔뜩 지친 표정으로 고개를 끄덕일 뿐이었다.

'그렇게 해요, 그럼…….'

어쩐지, 끔찍한 기분이 들었다.


그렇게 충동적으로 그녀와 새로운 계약을 맺고 난 후, 이석은 적잖이 후회했다. 자신이 왜 그딴 짓을 했는지 도무지 이해가 가지 않았다. 조목조목 아무리 따져 보아도 죄다 자신에게 손해인 조항들뿐이었다.

그녀와 있으면 자꾸만 이상한 선택을 하게 되는 것 같았다. 그래서 이석은 웬만해선 그 오피스텔에 들어가지 않았다. 이따금 그녀를 살피기 위해 일이 주에 한 번 정도 방문할 뿐이었다.

그러다 보니 자연스레 그녀의 존재에 대해서도 무뎌지게 되었다. 제 소유의 오피스텔에 그녀가 있다는 사실을 잊고 살 때가 대부분이었다.

다행이라고 생각했다. 이 이상 휘둘리지 않아서. 이미 저지른 것은 돌이킬 수 없으니, 그냥 방치해 두고 앞으로의 청사진만 잘 꾸려 나가면 되는 일이었다.

그렇게 생각했었다.

'나랑 잘래요?'

'……뭐?'

'싫으면 말구요.'

여원은 눈 하나 깜짝하지 않고 말했다. 이석은 잠시 말문이 막혔다. 저 작은 머리에 무슨 생각이 들어있는 건지 도통 알 수가 없었다. 그는 묵묵히 그녀를 바라보다가 소파에 앉았다.

'이유가 뭔지 들어나 보지.'

여원은 그의 앞에 몇 걸음 떨어져서 선 채로 대답했다.

'별다른…… 이유는 없어요.'

'별다른 이유가 없다?'

'오히려 그쪽이 더 이해가 되지 않아요.'

'어떤 점이 이해가 안 되는데.'

'내가 마음에 들어서, 파트너……를 하자고 한 것 아닌가요? 그게 계약 조건이었잖아요. 하지만 그쪽은 정작 나한텐 별다른 관심도 없는 것 같고.'

'내가 네게 별다른 관심이 없는 게 불만이야?'

'……논점을 자꾸 흐리시네요.'

여원이 곤란하다는 듯 옅게 인상을 찌푸렸다. 겉돌기만 하는,

별다른 이득도 없는 이 대화에 이석은 묘한 즐거움을 느꼈다. 그리고 곧장 그런 스스로에게 다소 당혹했다.

'싫으면 마세요. 그냥 한번 물어본 거니까.'

'좋아.'

저 뜬금없는 제안에 동하는 자신의 상태도.

'네?'

'좋다고.'

'…….'

'왜 그런 얼굴이야? 네가 먼저 제안했잖아.'

'아뇨, 그냥…….'

여원이 말끝을 흐리며 머뭇거렸다. 이석은 가만히 기다렸지만 그녀는 도통 행동으로 옮길 생각이 없어 보였다. 먼저 제안해 놓고선 막상 받아들여지자 주춤대기만 하는 몸을, 이석이 가볍게 끌어당겼다. 그녀가 놀라며 얼떨결에 걸음을 옮겼다.

이석의 앞에 붙어 서게 된 여원이 난감한 눈으로 그를 내려다보았다. 그녀와 이렇게 가까이 있어 본 적은 처음이었다. 3년 전엔 그저 멀리서 지켜보기만 했고, 다시 만난 이후로도 일정한 거리를 지켜 왔으니까.

지척인 거리에서 그녀의 숨소리와 체향이 훅 풍겨 왔다. 손안에 감기는 살갗의 촉감은 생각했던 것보다 훨씬 좋았다. 그는 저도 모르게 튀어나오려는 신음을 삼켰다.

그녀를 방치해 두자고, 더 이상 휘둘리지 말자고 생각했던 것이 무색하게도,

이석은 흥분했다.

그녀에게 가지는 감정이 성욕이었던 것일까. 이걸 해결하고

나면, 모든 게 괜찮아지는 것일까. 알 수 없었다. 그러나 지금 이 순간만큼은 미래의 일 따위야 아무래도 상관없이 느껴졌다.

 이석은 그녀를 더욱 바짝 끌어당겼다. 가느다란 몸이 중심을 잃고 품 안으로 휘청 무너졌다.

 깊은 밤. 정사의 열기가 남은 침대 위에는 적막만이 가득했다. 옆에서 색색거리는 작은 숨소리가 들려왔다. 이윽고 이석은 몸을 일으켰다. 계속 누워 있다가는 계속해서 차오르는 욕구에 속절없이 휘말릴 것 같았다.

 문득, 잠든 줄 알았던 여원이 조용조용한 어조로 물어 왔다.

 '그쪽을…… 뭐라고 부르면 되나요?'

 이석은 그녀가 지금껏 자신을 '그쪽'으로 호칭하고 있었다는 사실을 깨달았다. 그는 별다른 고민 없이 곧장 대답했다.

 '이름으로 불러.'

 '이름이요?'

 '내 이름도 모르는 건 아니지?'

 '아, 아뇨…… 알아요.'

 그녀는 잠시 망설이다가 나직이 입을 열었다.

 '……장이석 씨.'

 '…….'

 '그렇게 부를게요.'

* * *

 [일이 생겨서 자정 넘겨 들어갈 것 같다. 먼저 자]

[신여원 : 아 나도 오늘 당직이네ㅠㅠ그럼 내일 봐요! '▽']

이석은 화면에 뜬 답신을 물끄러미 바라보다 건조하게 웃었다. 이런 이상한 얼굴 모양은 왜 자꾸 쓰는 건지 모르겠다. 잠시 응시하고 있으려니 어느새 화면이 꺼졌다.

원래 그는 불필요한 연락을 성가셔하는 편이었으나, 어느덧 그녀와는 자연스러운 일이 되었다. 정확히 어느 시점부터라고 짚어 낼 수는 없었다. 3년은 짧았지만, 일일이 헤아리기엔 긴 시간이었다.

불현듯 가슴이 답답해졌다. 유쾌하지 않은 감각에 그는 미간을 좁혔다. 묵직한 바위가 호흡을 내리누르는 기분이었다. 무언가 넓고 얇은 유리판 같은 것이 가슴께에 걸려 있는 것 같기도 했다.

일 처리를 확인하고 통화를 끝낸 강선영이 다가와 물었다.

"처리 끝났습니다. 바로 집으로 모실까요?"

"회사로 가자."

"예."

이석은 감정에 휘둘리는 자들을 경멸했고 이성을 신봉했다. 그러니 어쩌면 여원에게 그런 제안을 한 것부터가 잘못이었는지도 모른다. 그녀에 대한 그 어떤 것도, 그의 계획에는 없던 일이었으니까.

그녀로 인해 느끼는 혼란스러움, 답답함, 어수선함 따위의 감정은 이성으로는 도저히 설명할 수도 논할 수도 없는 것이었다. 그가 제어할 수 있는 권역 밖의 것.

신여원은 그의 인생에 처음으로 나타난 오류였다.

그래서 차라리, 어서 주어진 시간이 끝나 여원이 사라져 버리기를 바랐다. 그녀만 없으면 이전처럼 평온해지리라고 생각했다. 그 무엇도 자신의 감정을 침범할 수 없었던 때로 돌아갈 수 있을 것이라고.

사실 어찌 보면 멍청한 짓거리였다. 자신은 계약 기간과 상관없이 언제든, 얼마든지 끝내 버릴 수 있었으니까. 그러나 그러지는 않았다. 이미 계획된 기한이 있고, 계획이란 지켜져야 하는 것이고, 어차피 얼마 남지도 않았고, 아직은 흥미롭기도 하고…… 또 어쩐지.

그냥, 그럴 수 없을 것 같은 기분이 들어서.

밀려드는 바람이 차가웠다.

08. 서른셋의 남자

## 08. 서른셋의 남자

　그녀가 사는 건물은 말 그대로 쓰레기였다. 벽이 얇은 합판으로 된 것인지 옆방의 소음이 그대로 전해져 왔고, 화장실과 샤워실, 세탁실 심지어는 조리실까지도 공용이었다. 그 많은 인간들이 쓰는데도 청소는 고작 하루 한 번이라 불결한 것은 당연지사였다.
　덕분에 이석은 근처 시내의 호텔에서 식사와 씻는 것을 해결하고, 그녀의 출퇴근 시간에 맞추어 다시 그 쓰레기 같은 건물로 돌아오는 멍청한 짓을 반복해야 했다. 이만한 시간 낭비는 일생 처음이었다.
　미음 같아서는 이 건물을 사들여서 아예 새서축을 해 버리고 싶었지만, 어차피 공사 기간 동안은 여기 살 수 없었다. 그간 여원이 새로 옮길 건물은 더 쓰레기일지도 몰랐다. 조만간 월, 전세방을 구할 기미여서 정작 공사가 끝난 후엔 이미 이사 가 버렸을 수도 있고.
　무엇보다 그런 식의 개입은 그녀가 좋아할 것 같지 않았다.

여원은 그가 그녀의 생활 반경에 일정 이상 침입해 오는 것을 극도로 경계했다.

또 원래라면 비서 실장을 비롯해 경호원들을 줄줄이 끌고 다니는 게 맞았다. 안전에 민감한 바닥이었으니까. 그러나 역시 그녀가 질색할 터였기에, 최소 인원만 다른 차로 몰래 따르게 했다.

어쩌다 이런 걸 신경 쓰게 됐지. 이석은 핸들을 돌리며 자조적으로 숨을 뱉었다. 여원은 그가 그녀를 멋대로 휘두를까 봐 두려워했지만, 정작 그는 처음부터 끝까지 그녀에게 얽매여 놀아나고 있는 기분이었다.

'절 갖고 싶은 거라면, 대충 끌고 가서 가두어 놓으면 끝이니까. 당신은 그런 세계에 사는 사람이고 제 반항 같은 건 아무런 의미가 없잖아요.'

맞다. 그런 방법을 생각해 보지 않은 것이 아니다. 자신은 충분히 그럴 수 있었고 그렇게 해도 손해 볼 것이 없었다.

따라올 그녀의 반항을 제압하는 건 벌레 한 마리를 눌러 죽이는 것만큼이나 쉬운 일이다. 기껏해야 울고, 소득 없는 애원을 하고, 되도 않는 몸짓을 하는 것에 그치겠지. 입을 막고 눌러 버리면 그만이다. 자신을 포함한 이 바닥의 인간들이 으레 그러하듯이, 가장 익숙한 방법으로.

하지만 그렇게 해서 얻으면, 신여원은 어떻게 될까.

이석은 그게 두려웠다. 그가 한때 그토록 꺼려 했고, 또 갈망했던 그녀의 모습이 온데간데없이 사라지게 될까 봐. 제가 갇혀 있는 어둡고 적막하고 허기진 공간이 그녀까지 잡아먹어 버릴까 봐.

그녀는 빛이 난다. 언제고 그랬다. 그녀를 볼 때면 이석은 자신의 '잘못되었음'을 극명히 느끼곤 했다. 신여원은 자신과 태생부터 완벽히 다른 부류였으니까. 옳고 그름, 선과 악, 흑백, 명암……. 그 대척점에서 자신은 늘 그녀를 바라보고 있었다.

때로는 불쾌해하기도 했고, 때로는 지긋지긋해하기도 했고, 때로는 밀어내고 싶기도 했고, 때로는 닿고 싶기도 했고, 때로는 끌어안고 싶기도 했고, 때로는 완전히 한 몸이 되어 버리고 싶었다. 그렇게 빙글빙글 돌다가 원점으로 되돌아와 다시 그녀를 밀어내길 반복했었다.

그러나 그럴 때조차, 자신은 늘 그녀를 바라보고 있었다.

언제고 그랬다.

그토록 결벽적으로 그녀를 선 안에 들이지 않으려 밀어냈으면서 정작 스스로를 단속하지 못한 꼴이라니. 그렇게 처참한 기분으로 다시 그녀를 보면, 그녀는 여전히 선 밖에 있다.

그녀가 '선 안에 들어왔기 때문에' 이런 결과가 도출된 것이 아니다. 그녀에게 하염없이 시선을 두는 데에 선 같은 건 아무 짝에도 쓸모가 없었다.

처음부터 그런 이야기였다.

그 홀로, 이 선 안에서, 낡아 빠진 목줄에 매인 어리석은 개처럼 맴돌았을 뿐.

인지한 순간— 스스로 목줄을 끊고 그 선 밖으로 나가기는 또 얼마나 쉬웠는지…… 정말 허무하리만치…….

생각을 돌이킨다. 돌이킬 수 없는 일에 대한 회한은 끊임없는 자기 고문으로 돌아오고 마니까. 늘 그렇듯 어쭙잖은 자기 합리화다. 그렇게 돌이키고, 돌이키고, 돌이키면, 또다시 과거의 어느 때. 떠올린 과거에는 여원이 있다. 결국은 그녀다.

언제고 그랬다.

이석은 골목 방향으로 핸들을 돌리며 그날을 떠올렸다. 그날. 자신을 배신하고 해외로 도피하려던 그녀를 붙잡아다 제 앞에 세운 날. 쉽게 죽여 버리지 않을 것이라고 생각했었다. 인생을 나락으로 떨어지게 만들어 주겠다고 생각했었다.

그러나 그녀의 얼굴을 본 순간 어떠했던가. 돈 때문에 스스로 나를 저버린 것이 아니라 협박을 받아서 그런 거라면, 차라리 그런 거라면, 아무런 죄를 묻지 않을 테니 솔직히 말해 달라고 사정이라도 하고 싶은 심정이었다.

한편으론 희미한 희망도 있었다. 왜냐하면 신여원은 나를 사랑하니까. 나를 배신할 깜냥도 못 되는 여자니까.

그렇게 갖가지 감정으로 혼란 속에서 갈팡질팡하고 있을 때, 그녀가 말했다. 꿈결처럼 가느다란 목소리로. 손대면 부서질 듯한 모습으로.

'다시 살아 볼 수 있다면, 나는, 내가 할 수 있는 일들만 하고 싶어요. 그래도 되는 삶을 살고 싶어. 하지만 내 삶은 그러지 못했죠. 그래서 처음부터 안 됐던 거예요. 어, 어차피 안 될 거였으니까…… 나는 아무 후회도 없어요. 그냥…… 죽여도 돼요. 아니, 그렇게 하세요…… 그냥.'

'나는 너무 지쳤어…….'

운전대를 잡은 손아귀에 슬며시 힘이 들어갔다. 그때 느꼈던 감정. 그 감정을 지금까지도 잊을 수가 없다. 분노도 아니었고 배신감도 아니었다. 복수심도 가학성도 아니었다. 당연히 존재해야 마땅한 감정들은 일순간 휘발되어 버렸다.

오직 두려움.

그뿐이었다.

그렇게 말하는 여원이 모든 것을 놓아 버린 사람처럼 보여서. 당장 제 숨을 끊어도 이상하지 않을 것처럼 보여서. 언제나 그녀를 밝히던 빛이 가물가물해지고 희미해져서. 가벼운 손짓만으로도 쉽게 꺼져 버릴 것 같아서.

그때 느낀 두려움은 이석을 사로잡고 놓아주지 않았다. 여원의 복역 중 교도소 안에서 일어났던 '그 일' 이후로는 더욱 그러했다. 그녀를 다시 만난 이후, 이석은 차마 입 밖으로 낼 수 없는 물음들을 되뇌고 또 되뇌어 왔다.

그럼 지금은? 지금은 그렇지 않나? 너는 이제 네가 할 수 있는 일들만 해도 되는, 그런 삶을 살고 있나? 너는 내가 없으면 더 행복하리라고 생각하나? 그럼에도 너를 놓지 못하는 나를, 너는…… 정말 다시는…… 사랑해 주지 않을까.

피로가 엄습한다. 병신 새끼, 그는 입속말로 중얼거렸다.

\* \* \*

이석은 차를 주차해 놓고 고시텔 건물 안으로 들어섰다. 1층의 남녀 공용 휴게실에서 띠드는 소리가 들려왔다. 이 기본도 안 되어 있는 고시텔은 남녀를 한 건물에 몰아 놓았다. 층이 분리되어 있다곤 하지만, 오며 가며 딴 놈들이 그녀와 마주칠 생각을 하면 기분이 더러워졌다.

이석이 복도를 성큼성큼 걷자 오가던 사람들의 시선이 그에게 집중되었다. 이석은 그다지 신경 쓰지 않았지만, 다른 곳에서 그러하듯 건물 내에서도 그는 관심과 집중의 대상이었다.

너무 짙어 검푸르게까지 보이는 머리칼과 눈동자, 뚜렷하게 음영이 잡힌 날카로운 얼굴, 옷감으로는 숨길 수 없는 다부지고 단단한 몸, 고가의 옷과 시계. 도무지 이런 곳에서 살 이로는 보이지 않았다.

그의 차를 본 남자들 몇몇은 허세를 부리느라 형편에도 맞지 않는 겉멋에 돈을 처바른다며 뒤에서 비꼬기도 했다. 앞에서 대놓고 아니꼽게 훑는 눈빛들도 있었지만, 이석은 무관심했다.

그는 자신의 행동을 결정하는 기준을 크게 네 가지로 나누었다. 해야만 하는 일, 해선 안 되는 일, 필요한 일, 불필요한 일. 대개가 네 번째였다.

이석은 시간을 확인했다. 오후 7시 27분. 일요일이었지만 건설업 관련 규격 시행령 발표로 인해 급하게 구성된 회의 안건을 처리하느라 회사에 갔다가, 퇴근하고 호텔에 들러 식사를 하고 씻은 후 다시 이곳으로 돌아오는 길이었다.

방에 도착하면 30분일 테고, 곧장 메일 답신을 한 후 강선영에게……. 머릿속으로 계획을 정리하며 계단으로 다가가던 이석이 멈칫 굳었다. 계단 옆, 휴게실의 열린 유리문에 비친 익숙한 인영을 발견한 까닭이었다.

이석은 휴게실로 방향을 틀어 문가에 섰다. 여원이 휴게실 한쪽 구석에서 무언가를 보며 밥을 먹고 있었다. 다른 쪽에서는 남녀가 섞여 TV를 보며 낄낄거렸다. 그는 곧장 그녀에게로 걸어가, 맞은편 의자를 빼내어 털썩 앉았다.

누군가 다짜고짜 제 앞에 앉자, 여원이 놀란 듯 고개를 들었다. 상대를 확인한 그녀의 얼굴에 당황스러움이 스쳤다. TV를 보던 사람들이 이쪽을 확인하고선, 약속이라도 한 듯 일제히 잠시 침묵했다.

이석의 시선이 테이블 위를 빠르게 훑었다. 즉석 밥과 오목한 그릇에 적은 양을 옮겨 담은 반찬 세 종류, 반찬 통 세 개, 그리고 그 옆의 영단어집…….

일순 가슴속이 덜컥, 하는 기분이 들었다. 프랜차이즈 카페의 갈색 유니폼을 입은 채 단어장에 집중하던 스무 살 여자가 아득한 환상처럼 떠올랐다.

이석은 감정을 얼굴 위로 드러내지 않기 위해 애썼다. 그러나 제대로 되고 있는지 확신이 들지 않았다. 그녀 앞에서만은 도저히 스스로를 마음대로 제어할 수가 없다.

긴 시간이 흘렀고 모든 것이 이렇게나 바뀌었는데, 그녀라는 사람 자체는 여전히 그때에 머물러 있는 것만 같았다.

대학생 시절 카페에서 알바를 하던 때도, 취직해 직장인이 된 때도, 빚을 갚기 위해 애쓰던 때도, 그를 사랑한다고 말하던 때도, 4년이라는 시간을 감옥에서 보내고 전과자가 된 때도, 공장에서 일하며 질 나쁜 건물에서 거주하는 때도, 모두 그녀였다.

시간과 상황과 감정은 돌이킬 수 없이 달라졌는데 신여원은 여전했다. 별안간 무력함이 전신을 훑었다.

그런 여자여서.

언제나 그래서.

너는 이렇게나 변하지 않아서.

나의 이성을 파훼하고, 합리를 망가뜨리고, 정형을 어지럽히고, 내가 가진 일말의 수단마저 모조리 잃게 만든다.

이석은 자신이 지금 느끼는 감정이 안도감인지, 그리움인지,

안타까움인지, 애정인지 명확히 구분하기가 어려웠다. 어쩌면 그 모든 게 혼합된 것일지도 모른다.

그는 애써 표정을 가다듬으며 시선을 올렸다. 여원의 경계하는 눈을 보자, 그는 그대로 그녀를 끌어안고 싶은 기분이 되었다. 단순히 욕정이나 충동에서 비롯된 기분이 아니었다. 너무 복잡하고 다단해서 무어라 설명할 수도 없었다.

사실은, 언제나 몇 번이고 그랬다. 스스로의 마음을 자각 못 할 때에도 그랬고 애써 부정할 때에도 그랬고 그녀를 잃은 때에도 그랬다.

마음 깊은 곳에서는 언제나 여원을 끌어안은 채 그저 한없이 가라앉고 싶었다. 그녀와 살을 맞대고 있으면, 어지럽고 산란한 세상에서 비로소 멀어진 것처럼 느껴졌으니까.

시간은 속절없이 지났지만 그때의 마음은 몸에 남았다. 무엇 하나 퇴색되지 않은 채로, 아니, 오히려 더 짙어진 채로.

손끝으로 떨리는 입매를 매만졌다. 이석은 자신의 낯이 흔들리지 않았기를 바라며 입을 열었다.

"왜…… 3층 휴게실에서 안 먹고?"

평소 여원은 출퇴근 시간을 제외하고는 거의 3층에서 벗어나지 않았다. 잠시 질문을 곱씹는 듯하던 그녀가 나직이 말했다.

"……자리가 없어서요."

"보통 혼자 먹나?"

여원은 대꾸하지 않았다. 그렇다는 뜻이리라.

"그럼 나랑 같이 먹지."

"전 3층에서 먹을 건데요……?"

"1층으로 내려와. 너 출근이 8시까지니까 아침은 7시에 먹고, 휴일엔 시간 맞춰서 정각에. 아니면 다른 시간대가 좋아?"

 여원의 불만스러운 얼굴을 살피며 이석은 덧붙여 물었다. 그러나 그녀는 눈만 내리깔 뿐 딱히 이렇다 할 반응을 보이지 않았다. 근 일주일 동안 출퇴근길을 함께하며―반강제였지만―조금 대화를 텄다고 생각했는데, 착각이었나?

 무의미한 논쟁거리로 그녀의 화나 짜증이라도 이끌어 내면 다행이었다. 여원이 지금처럼, 그가 아무런 의미도 없다는 듯 굴 때면 이석은 초조해지곤 했다.

 "시간이 안 돼?"

 "그냥 혼자 먹는 게 편해요."

 "너, 식단이 너무 부실해. 같이 밖에서 좀 좋은 걸로 먹든지, 여기서 먹든지 해. 내가 다른 밑반찬 좀 챙겨 올 테니까……."

 "그렇게 부실하지도 않은데요."

 "일주일에 4일이나 출근하고 12시간씩 일하면서, 그렇게 먹어서 무슨 일을 하겠다는 거야."

 "공장에서 두 끼 챙겨 줘요. 그리고 당신은 매일 출근하잖아요."

 "그래서 난 그따위로 안 먹어."

 여원은 할 말이 없었는지 입술만 삐죽이 내밀었다.

 "……같이 살자는 것도 아니고 식단만 좀 향상시키자는 거잖아. 나도 어차피 식사는 해야 하니까, 내 식단으로 같이 먹는다고 생각해."

 그의 말은 거의 호소에 가까웠다. 맹세컨대 이석은 단 한 번도 음식을 바리바리 싸 와서 펼쳐 놓고 먹어 본 적이 없었다. 이 휴게실도 비위생적이라 지금껏 계속 호텔에서 식사를 해결해 왔다. 하지만 정 그녀가 밖에서 함께 외식하길 싫어한다면, 그는 충분히 그럴 의향이 있었다.
 하지만 그것마저도 여원은 탐탁잖은 모양이었다. 그녀는 젓가락으로 밥알을 긁어모으며 부루퉁하게 말했다.
 "어쨌든 같이 먹는 거잖아요. 전 그냥 혼자 먹을게요."
 "같이 먹는 게 뭐가 문제지?"
 "당신이랑 내가 가까워지는 것 같아서 싫어요."
 그러니까 그게 바로 이석이 바라는 바였다.
 "출퇴근길도 같이 하는데 밥 하나 같이 먹는다고 뭐가 크게 바뀌어?"
 "출퇴근길도 이석 씨가 멋대로 따라오는 거잖아요. 당신 이러는 거, 일종의…… 일종인가, 아무튼, 스토킹인 거 알아요?"
 이석은 잠시 말문이 막혔다. 필요하다면 법의 선을 얼마든지 넘나드는 그였지만, 그녀가 언급한 범죄는 너무 하등하고 멍청한 종류여서였다. 순간적으로 그는 자괴감을 느꼈다. 차라리 살인이 낫겠다고 말하고 싶었으나, 그녀가 경멸할 게 뻔해 그는 말을 돌렸다.
 "나 같은 새끼랑 엮이기 싫은 거 알아. 너 그쪽 바닥 지긋지긋해하는 것도 알고."
 "그러니까 알면서……."
 "저번에도 말했지만, 그 문제는 해결될 거야."
 "뭐가 해결된다는 건지 하나도 이해가 안 돼요."
 여원은 그가 다시 태어나지 않는 한 말도 안 되는 소리라는 듯한 눈빛으로 바라봤다. 이석도 인정했다. 그가 이미 그렇게 태어난 이상, 또 그런 과거를 지닌 이상 그는 여원에게 평생

'그런 새끼'였다. 이석은 한숨처럼 말했다.
"나중에 말해 줄게. 널 완전히 만족시킬 수는 없겠지만……."
"무엇인진 몰라도 그러지 말라니까요. 전 당신에게 만족하지도 불만족하지도 않아요."
"……그래. 그게 문제지."
이 문제에 관해선 늘 대화가 빙글빙글 돌았다. 어쩔 수 없는 일이었다. 여원은 입맛이 떨어졌는지 깨작거렸고, 이석은 깍지 낀 손을 테이블 위에 올린 채 착잡하게 그녀를 바라보았다.
"그래서 나랑 안 먹겠다고?"
"당신과의 관계도 관계지만……."
"관계지만?"
여원이 슬쩍 옆쪽의 눈치를 보았다.
"당신이 얼마나 사람들의 이목을 끄는지 자각하고는 있는 거예요? 지금도 그래요. 당신 들어오고 나서부터 저 사람들 계속 우릴 흘긋거리고 있다고요."
"아, 그래. 안 그래도 그 말을 하려고 했어."
"네?"
여원은 무슨 소린지 이해하지 못하겠다는 표정이었다. 이석은 상체를 뒤로 조금 젖히고 팔짱을 꼈다.
"사내새끼들이 널 흘긋거리잖아."
"아니, 그런 의미로 흘긋거리는 건 아닌데요."
"무슨 의미든 크게 중요한 게 아니야. 지금 같은 시대에 남녀 공용 건물이라니. 층 분리가 되어 있다곤 해도, 쓰레기 같은 새끼들이 마음먹으면 얼마든 출입할 수 있잖아. 위험하다고 생각 안 해?"

"그건…… 그래요. 위험하죠. 저도 맘 놓고 살진 않아요."

여원이 순순한 얼굴로 수긍해서 이석은 내심 잠깐 안도했다. 그녀와 재회한 후, 제가 무슨 말을 하든 그녀에게 곱게 받아들여진 적이 없기 때문이었다. 여원은 늘 불만스럽거나, 무관심하거나, 성가신 얼굴로 그의 말을 반박하곤 했다.

그런 대화가 싫은 건 결코 아니었다. 어떤 내용이든 그녀와 말이라도 섞을 수 있다는 게 다행이었으니까. 그래도 가끔은, 어느 정도는, 날을 거두고 이야기하고 싶었다. 마치 예전처럼…….

그런 생각을 하기가 무섭게, 여원이 무덤덤하게 반박해 왔다.

"하지만 걱정은 감사한데요, 이석 씨가 신경 쓸 일은 아니에요."

"어떻게 신경을 안 써? 이렇게 남자들 눈에 띄는데. 건물이라도 옮겨, 여원아."

"음, 그러니까……. 걱정하는 거야 당신 자유인데, 남자들 눈에 띈다느니…… 그런 이유를 저한테 댈 건 아니라구요. 그리고 당신만 없으면 눈에 띄지도 않아요. 지금 같은 상황만 아니면."

"나 때문에 신경 쓰여?"

"저 일하는 곳에서도 다 당신 얘기예요. 여기서도 그러고 싶지 않아요."

"여기서 너랑 친분이 있는 사람이 있나?"

"구태여 친분이 없어도."

"그런데 그런 걸 왜 신경 써? 생판 남일 뿐이야."

"제가 남 눈치를 많이 보는 건 맞아요. 하지만……."

"그런 말이 아니라……."

"하지만 계속 이러면, 어떤 식으로든 당신 문제에 내가 엮일 수도 있다구요."

"그런 일 없도록 할게."

이석은 항복을 선언하듯 말했다. 4년 전 그의 여자라는 이유로 납치되었던 최지엽 때 일도 그렇고, 그녀가 문제점으로 언급하는 일마다 모두 전적이 있는 것들이었다.

그는 언제나 말싸움에서 지지 않을 자신이 있었지만, 그건 어디까지나 이석이 당연한 논리와 합리성에 따라 행동했기 때문이었다. 그는 반박하거나 트집 잡을 구석이 없는 일들만을 체계적으로 행해 왔다.

그러나 지금 같은 상황은 아주 비논리적이고 불필요한 행동이었다. 그는 이러한 것에 면역이 없었다. 스스로도 이해하지 못하는 행동을 남에게 이해시킬 수 있을 리가.

이석은 한숨처럼 말했다.

"……건물은 될 수 있는 대로 옮겨. 그런 이유가 아니더라도 위험한 건 맞으니까. 너도 마음 못 놓는다며."

"돈 다 구하는 대로 그럴 거예요."

당장에라도 돈다발을 쥐어 주고 싶었지만 거절할 게 뻔했다. 빌려준다고 하는 건 더욱 질색할 테고.

문득, 그는 자신이 앉은 이래 여원의 밥이 거의 줄지 않은 것을 눈치챘다. 여원은 입맛이 다 떨어졌다는 표정이었다. 결국 이석은 쓰게 웃으며 자리에서 일어날 수밖에 없었다. 그녀가 의아한 눈으로 그를 올려다보았다.

"이만 가 보지. 편하게 먹어. ……남기지 말고."

여원이 눈을 깜박거렸다. 이석은 무거운 발걸음을 뗐다.

* * *

"언제까지 이러실 겁니까?"

강선영이 거의 이를 갈 듯 말했다. 애써 잔뜩 억누르고 있지만 숨기지 못한 답답함과 분이 묻어난 목소리였다. 이석은 그녀가 무얼 말하는지 알면서 일부러 모르는 체 무미건조하게 물었다.

"뭘?"

"악취미십니다."

"무슨 취미를 갖든."

"……취미로 안 끝나니까 문제죠. 대체 어쩔 생각이십니까? 태국 개발 건 장 상무님께 넘기기라도 하시려고요? 바이에른이 엘디오에서 빠졌어요. 지금이 기횐데 관심도 안 보이시잖습니까."

원래도 낮고 거친 편이었던 강선영의 목소리가 유독 더 거칠게 들렸다. 그 말은 맞기도 하고 틀리기도 해서 이석은 구태여 지적하지 않았다. 또 강선영이 자신의 의견에 이의를 제기하는 것도 오랜만이라 흥미롭게 들었다.

"그쪽 정치인들과도 얘기 다 끝났고 3거리 흡수까지 얼마 남지도 않았습니다. 거의 다 된 밥이에요. 이사님이 가서 정리만 하시면 될 겁니다."

"굳이 내가 갈 필요가 있나? 박 책임 보내. 그자가 태국어에 능숙하니 나보다 낫겠지."

"누가 이사님보다 낫다는……! 필수는 아니어도 의례였습니다. 그쪽에 직접, 예의와 경고를 동시에 전할 필요도 있고요. 어차피 통역사 끼는데 무슨 걱정이십니까."

강선영은 그동안 쌓인 것이 많았는지, 여느 때의 차분함을 반쯤 잃고 있었다. 그러나 이석은 진심으로 이 일에 별다른 미련이 없었다. 그녀가 이 바닥을 마음에 들어 하지 않으니 아예 판도를 바꿔 버릴 작정이었다.

"내가 이러는 것이 너희에게 피해가 되나?"

"그런 의미에서 말씀드리는 게 아니라는 것을 아시지 않습니까. 실제로 그렇지도 않고요. 이건 순전히 제대로 눈도장을 찍고 보여 주기 위해서……."

"나 으스대라고 이리저리 구르란 거군."

"대체 뭐가 걸리시는 건데요? 이게 이사님께서 제대로 입지를 다지고 그걸 위시할 기회라는 건 사실입니다."

"여기에 사실 같은 건 없어. 해석만이 있을 뿐이지."

"이 기회를 놓치지 않는 게 좋다고 해석되는 것 아닙니까? 단순히 이 일뿐만이 아니라, 요사이 전반적으로……."

말이 계속해서 꼬리를 물자 이석은 성가심을 느꼈다. 지난 3년간 강선영을 엄준섭 이상으로 가까이 두긴 했지만, 어디까지나 부하 직원으로서였다. 그는 아랫사람이 일정 이상 기어오르는 걸 허용하지 않았다.

이석은 싸늘하게 되물었다.

"전반적으로?"

"……."

강선영이 아차 싶은 얼굴로 입을 다물었다.

이석과 비슷한 부류들은 대개 힘 좋고 충성심 좋은, 이 바닥에서 구른 놈들을 골라다가 측근으로 두었다. 아무리 기업으로 성장했다 한들 그 근본이 그러한 데다 물밑에서 자행되는 일들이 일반적이지 않기 때문이었다.

장명섭 회장을 비롯한 원로들은 그 정도가 더했다. 삼진이 대외적으로 이미지 관리를 하기 시작한 시기 이후 들어온 젊은 인재들은 평범한 사회인과 다를 바 없었지만, 수뇌부와 그 직계들은 여전히 깡패 습성을 버리지 못하고 있었다.

그들 중 이석은 상대적으로 상당히 젊은 편이었고 그들의 습성을 별로 좋아하지 않았다. 비효율적이기 때문이었다. 그래서 그는 필요에 따라 적당히 장명섭의 기준에 어울려 주면서도 온전히 따르지는 않았다.

이석은 드물게 여성인 강선영을 측근으로 두었다. 제일 머리가 잘 돌아가고 일 잘하고 말 잘 듣고 배신하지 않을 이였기 때문에. 피지컬이나 기술, 체력 등도 긴급한 상황에서 적당히 가드할 정도는 되었다.

무엇보다 가장 중요한 이유는 따로 있었다. 여원이 엄준섭을 꺼려할 수도 있다는 데에 생각이 미쳤기 때문이었다.

'예전에⋯⋯ 엄준섭 씨가 그런 말을 했어요. 사채 때문에 팔려 나가는 여자들 많이 봤고 특별한 일도 아니라고. 근데 자신은 마음이 불편하다고. 당신이 날 오래 데리고 있었기 때문에요. 저는 그 말을 들을 때, 그런 생각이 들었어요.'

'이석 씨도 그렇겠지. 이석 씨에게도 그런 건 특별한 일이 아니겠지. 실제로 제 일에 대해서도 아무렇지 않은 듯 구셨고요.'

그딴 놈과 비교당하는 건 질색이었다. 여원이 딴 새끼 생각을 하는 것도 바라지 않았다.

애초에 이석은 남의 보호를 그다지 필요로 하지 않았다. 주변에 인간들을 줄줄이 데리고 다니는 건 사실 피곤하기만 했다.

제 목숨 앞에 얼마나 많은 줄이 달려 있는지 알아 결코 과신하거나 부주의하지는 않았지만.

어쨌거나 누구를 곁에 두든, 누구를 데리고 다니든 아랫사람일 뿐이다.

이석은 빠르지도 느리지도 않은 속도로, 두꺼운 서류 뭉치를 책상에 두어 번 쳐서 곧게 만든 후 더블 클립을 끼웠다. 그리고 손가락을 움직여 탭에 띄워 놓은 PPT 문서를 지웠다. 언제나 그렇듯 처음부터 끝까지, 강박적일 정도로 반듯한 몸가짐이었다.

"네 질문에 내가 일일이 답해 줄 의무는 없어."

"……죄송합니다. 불손했습니다."

이런 점도 이석이 그녀를 가까이 둔 이유였다. 빠른 눈치와 수긍. 충성도 과하면 하극상이 된다. 이석은 필요한 충고와 조언을 적절히 걸러 수용하는 편이었지만 작금의 상황에는 해당되지 않았다.

"의례는 의례다. 썩어 빠진 의례지. 노인네들 비효율적인 일 처리는 지긋지긋해."

"하지만 회장님께서 해외에 한번 다녀오길 원하십니다."

"태국은 안 가. 거긴 박 책임 보내."

"그럼 ….."

책상 위 호출기가 울렸다. 이석은 빠르고 간결하게 말했다.

"마카오와 청성 경유 해서 다녀올 거야. 회장님껜 내가 말해두지."

─이사님, 장호석 상무님께서 방문하셨습니다.

"들여보내."

그건 동시에 강선영에 대한 축객이기도 했다. 복잡한 얼굴로 서 있던 강선영이 정중히 고개를 숙이고선 나갔다. 사무실 문이 닫히자, 무표정한 이석의 눈이 한층 가라앉았다.

\* \* \*

'이석아, 너도 알겠지만……'
 장호석이 좌우로 더킹(공격을 피하는 복싱 기술)하며 안쪽으로 파고들어 거리를 좁혀 왔다. 장호석은 왼손잡이였다. 이석은 거기에 맞추어 왼손 가드를 높인 채 상대의 오른손을 견제했다.
 '나는 뭐, 여기서 더 큰 사업 벌이고, 그럴 생각은 없다. 나는 이게 적성에 맞아. 빌려 달라면 빌려주고 제때제때 잘 받고, 응?'
 인파이팅 거리에 육박하기 전, 장호석은 후진하여 베리에이션을 뒀다. 그러나 틈을 주지 않고 성큼 다가선 이석이 라이트 잽으로 장호석을 능수능란하게 흔들다 뒤로 빠지길 반복하며, 그의 공격 타이밍을 무너뜨렸다.
 '덕분에 같은 바닥 새끼들은 날 견제하고 그러진 않는단 말이야. 우리 아버지야 그런 날 별로 안 좋아하시지만, 으하핫. 뭐 내가 일을 존나게 잘하는 것도 아니고, 분수대로 사니 얼마나 마음 편하냐?'
 잽과 스트레이트를 섞은 이석의 공격이 장호석에게 자잘한 타격을 주며 시야를 어지럽혔다. 거리가 가까워지자 서로의 앞발이 엉키기 직전이었다. 이석은 피치를 올려 빠르게 사이드 스텝을 돌았다.
 '짜식아, 근데 너는 다르잖아. 씨이발, 너는 좀 욕심만 가지면 된다니까? 다 먹어, 그냥. 아버지도 너 이뻐하시고. 어? 새끼가 잘하면서 괜히 왜 놓으려고 해, 놓기는.'

이석은 장호석의 어깨에서 왼손까지 직선을 긋듯 시선을 옮겼다. 양쪽 어깨가 지면과 평행했고 장호석의 왼손은 굳게 주먹 쥐어져 있었다. 이석은 정연한 논리를 따르듯 예측했다. 라이트 카운터.

'근데, 너 말야…… 너…… 어휴, 아니다, 됐다. 너같이 알아서 잘하는 새끼가 어딨냐. 다 계획이 있지?'

곧장 장호석이 라이트 카운터로 찔러 들어왔다. 이석은 물 흐르듯 그의 움직임을 읽고, 위빙(상대의 훅 공격을 피하는 기술)으로 상체를 숙여 어퍼컷을 날렸다. 정확히는, 날리려고 했다. 내질러지던 주먹이 장호석의 턱 바로 밑에서 뚝 멈추었다.

일순간 정적이 흘렀다. 장호석의 입에서 긴 숨을 내쉬는 듯한 목소리가 흘러나왔다.

"에이 시벌……."

이석이 주먹을 거두어들이고선 똑바로 섰다. 방금 전까지 스파링을 했다는 게 거짓말인 것처럼 차분하고 냉정한 얼굴이었다. 장호석은 헤드기어를 벗고 한 손으로 머리를 탈탈 털며 툭 내뱉었다.

"한 번을 못 이기냐."

"……"

"아, 사이드 스텝 실수했다. 그것만 아니면 내가 이겼는데."

"아까 오픈 블로(글러브 손바닥을 벌려 안쪽으로 치는 것)로 쳤어. 반칙이다."

"깐깐한 새끼."

장호석은 징글징글하다는 듯 고개를 흔들고선, 링에서 내려가 담배를 꺼내 물었다. 따라 내려온 이석은 그와 두 칸을 띄워 놓고 앉았다. 장호석이 불을 붙이며 잇새로 물었다.
　"너 요즘 담배 안 피우냐?"
　"금연해."
　"웬 금연이야 금연은. 그게 한순간에 되디?"
　이석이 대충 고개를 끄덕거리자, 장호석은 쯧 혀를 차며 혼잣말처럼 중얼거렸다.
　"하여튼 너, 뭐에 진득하게 정 붙이는 꼴을 못 봤다, 내가."
　"원래도 자주 피우지는 않았는데."
　"한 가지 타입만 쓰는 건 아니라지만, 넌 딱 아웃 복서 체질이야, 인마. 성격도 성질머리도."
　"무슨 뜻이야?"
　"뭔 지랄이 있어도 맨날 사정거리 유지하면서, 막, 씨발, 어? 지는 하나도, 하나아아아도 손해 안 볼라구 떨어져선, 상대한테 온갖 타격은 다 입히고 말이야."
　장호석은 담배를 문 채, 이석을 보며 허공으로 서너 번 잽을 날려 보였다. 주먹이 공기를 가르며 훅, 훅, 하는 소리가 났다. 주먹을 거둔 장호석이 이석에게 고개 돌린 그대로 연기를 내뱉었다. 이석은 옅게 인상을 찌푸렸다.
　여원은 담배 냄새를 싫어한다고 했다. 몸에 담배 냄새라도 배면 그녀가 오해할지도 모른다. 지난번 금연하겠다고 말해 놓고 지키지 않았다고.
　뭐, 상관없어하려나…….
　"형도 담배 끊어."

"왜 네 금연에 나까지 껴. 싫거든?"

이석은 진심으로 말한 건 아니었다는 듯 더 권하지 않았다. 그는 시간을 확인하고선 의자에 등을 기댔다. 오전 6시 45분. 여기서 남동공단까지 평균 43분이 걸리니, 그녀의 출근 시간에 맞추려면 넉넉히 7시 30분에는 출발해야 했다.

"야."

"……."

"이 싸가지 없는 개새꺄, 이젠 형 말도 무시하냐?"

"곧 일어나야 돼."

"또 인천까지 가는 거야?"

"어."

"그 여자지?"

"……."

"나한테 빌려 달랬던."

그제야 이석이 장호석을 돌아보았다. 장호석은 힐끔 그를 보며 훅 담배 연기를 뿜었다.

"……오해 마라. 네 뒷조사하고 그런 거 아니니까. 생각해 보니까 지금쯤 출소했겠더라고. 너 요 근래 인천 닳도록 들락거리는 것도 그렇고, 갑자기 행보 달라진 것도 그렇고, 그, 지난 4년 동안……"

"티가, 났어?"

그럴 리가 없었다. 이석은 지난 4년 동안 끔찍할 정도로 감정을 조절해 왔다. 그녀를 만나고선 그 모든 노력이 허상처럼 무너져 버렸지만— 적어도, 다른 이들 앞에서는, 표면적으로는, 여상하게…… 정말 그러했던가? 확신이 들지 않았다.

다행히도 장호석이 손을 내저었다.

"아니, 아니. 그럴 리가 있겠냐. 그냥…… 왜, 너 4년 동안 그 오피스텔에서 계속 살았잖아. 예에에에전에 거기 잠깐 들렀을 때 보니까 여자 물건이 있더라고. 왜, 기억 안 나냐? 그다음 날 스쿼시장에서였나, 내가 너한테 여자 만나냐고 물어봤던 거. 네가 뭐라고 대답했는지는 잘 기억이 안 나는데…… 아무튼 그때 알았지. 아, 그 여자 거구나."

"……."

"근데 나는, 네가 그냥 치우기 귀찮아서 그런 줄 알았어. 넌 '굳이?' 싶으면 안 하는 새끼잖냐? 좀 억진가 했는데 네가 워낙 이상한 놈이니까……. 그냥 그렇게 생각한 거지. 근데 지금 보니 아니구만."

"……."

"그년 너 배신했다, 알지."

"지칭 제대로 해."

이석이 날카롭게 받아치자 장호석은 허, 하고 헛웃음을 지었다.

"씹새끼, 형보다 여자가 중요하다?"

"……."

"이 바닥에서 배신은 죽음이야."

"그 여잔 이 바닥 사람이 아니야."

"네가 이 바닥 사람이잖…… 야 시발, 잠깐만, 너 그래서 이 지랄 떠는 거야? 정직한 일만 하시겠다? 적도 안 만드시겠다? 일반인 여자랑 평화롭게 알콩달콩 살고 싶어서? 엉?"

"뭘 그렇게 성을 내? ……문제없잖아."

"문제가 없긴 뭐가 없어. 널 아니꼽게 보는 인간들은 존나 좋아하긴 하겠네."

이석도 자신의 행선지가 감시당하고 있다는 사실쯤은 당연히 알고 있었다. 삼진 창립자의 피를 이어받고도 감시당하지 않는 사람은 딱 두 종류다. 일선에 일절 관여하지 않음을 피력하고 실제로 그러함이 입증되었거나, 아니면 죽었거나.

이석을 감시할 만한 인간들이야 어차피, 그가 헛짓거리를 하고 있다는 사실에 안도하면 안도했지 경계하려 들지는 않을 터였다. 여원과 관련하여 일을 벌이는 건 4년 전 최지엽의 일로 충분히 경고가 되었을 테고.

내일이 없지 않고서야 그를 건드는 이는 거의 없다고 봐도 무방했다. 가끔가다 최지엽 같은 얼간이가 나오는 것을 제외하면……. 바로 그게 문제지만.

그 때문에 혹시 몰라서 자신이 함께 있지 않은 시간에 사람을 붙여 두기는 했다. 여원의 행선지도 실시간으로 계속해서 보고를 받았다. 그녀가 알면 없던 정도 떼려고 할 일이었다.

이석은 어둡게 가라앉은 눈으로 바닥을 응시하며 물었다.

"……형이 보기에, 지금 내가 비정상 같아?"

"넌 원래 비정상이었어. 그리고 네가 그따위 질문을 하는 걸 보니 전보다 더 비정상적이긴 하네. 내가 누누이 말하지만 넌 욕심이 없는 게 문제야. 너는 인마, 어? 욕심만 좀 가지면 여기서 더…… 앗 따가!"

돌연 장호석이 담배를 던지듯 바닥에 떨어뜨리며 손을 마구 휘저었다. 짧게 타들어 간 담뱃불이 손가락에 닿은 모양이었다. 이석은 그 모습을 한심한 듯 바라보다 자리에서 일어났다.

"형님 말씀하시는데 어디 가냐!"

"욕심 없는 걸로 치면 형이 제일 아닌가? 누가 누구더러."

"너랑 나는 존나 다르거든요? 그리고 우리 와이프도 내가 욕심 없는 거 좋아한다. 가정의 평화가 제일이야, 새끼야. 결혼도 안 한 놈이 뭘 알아."

또 그놈의 결혼 생활과 가정의 평화에 대한 일장 연설이었다.

그래 봤자 장호석은 주기적으로 업소를 다녔고 이따금 여러 여자의 스폰서가 되어 주기도 했다. 하지만 아이러니하게도, 그가 제 아내를 나름대로 아끼고 사랑하는 것도 사실이었다.

애초에 그런 것에 대한 문제의식이 없다고 보는 편이 맞겠다. 별별 짓을 다 하는 인간들이니 새삼 문제의식을 갖는 것도 우습고. 이석은 의자에 걸어 둔 수건을 챙기며 무성의하게 말했다.

"형수님께 안부나 전해 드려."

"언제부터 신경 썼다고……, 싸가지 없는 새끼. 야, 하나만 물어보자."

이석이 걸음을 멈추고 그를 돌아보았다. 잠시 머뭇거리던 장호석은, 뒤통수를 벅벅 긁더니 착잡한 어조로 물었다.

"그 여자가 한 짓은, 봐주기로 한 거야? 덮고 넘어가게?"

"봐주고 말고 할 것도 없어."

"뭔 소리야? 그럼 뭐, 용서했어?"

이석은 짧은 침묵 끝에 대답했다.

"……아니."

장호석의 얼굴이 황당하게 변했다. 이석은 그 낯을 물끄러미 바라보다, 스스로에게 하는 변명처럼 덧붙였다.

"별개의 문제야."

"별개의 문제 같은 소리 하네. 그게 어떻게 별개의 문제야? 너 내가 아는 장이석이 맞냐? 너 내 동생 아니지? 미친, 살다 살다 내가 이런 꼴도 보네."

"그냥……."

이석은 그답지 않게 말끝을 조금 흐렸다.

"……모르겠어."

"허, 그 여자가 그렇게 좋냐? 야, 차라리 내가 다른 애들 소개해 줄게. 티브이에 나오는 애도 있어. 내가 찜해 둔 건데 뭐, 네가 좋다면……."

"더 할 말 없으면 간다."

"아니, 쌍……."

이석은 무시하고 걸음을 옮겼다. 뒤에서 뭐라 뭐라 욕설을 읊조리던 장호석이 나직하게 말을 던졌다.

"야, 넌 아웃 복서 체질이야."

"……."

"보통 아웃 복서는 인파이트한테 약하다고. 사정거리를 내줘 버리면 안 돼. 치고 빠지고 치고 빠지고 해야지. 근데 넌 뭐냐? 지 발로 사정거리를 좁히고 앉았네, 아주."

"……."

"타격만 조온나 입다가 쇼트 펀치 맞기 딱 좋다, 등신 쌔꺄."

이석은 수건을 목에 두르며 대충 손을 흔들었다. 장호석이 에라이 븅신, 하고 중얼거렸다.

적요한 체육관 안에 발걸음 소리가 규칙적으로 울렸다. 원래대로라면 고시텔 건물에서 묵고, 아침에 바로 그녀를 만나는 가장 효율적인 루트를 따라야 했다. 그러나 해외 바이어 화상 미팅으로 인해 시차가 어긋났다.

또한 미팅이 끝난 시각은 원래 이석이 운동을 시작하는 시각과 거의 일치했기에, 간만에 스파링 한판 하고 가자는 장호석의 제안을 대체재로 받아들였다.

샤워실로 들어서며 이석은 시간을 확인했다. 오전 6시 52분. 예정보다 2분 지체된 시각이었다. 7시 30분까지 준비를 마치고 바로 출발하면, 주차장에 내려가는 시간까지 고려하여 대략 8시 18분이 될 것이다.

그녀의 출근길을 함께하고 건물로 돌아오면 9시 3분에서 4분. 1층에서 곧장 차로 서초구까지 이동하면 정체 시간을 포함해 10시 16분가량에 회사에 도착할 것이고, 그리고, 그리고⋯⋯.

사정거리를 내줘 버리면 안 된다고?

정해진 길을 따라 잘 이어지던 사고가 돌연히 방향을 꺾었다. 이석은 긴 숨을 뱉었다. 거기에는 냉소와 자조가 뒤섞여 있었다.

장호석은 그 조언을 7년 전에 해 주었어야 했다. 자신이 신여원을 '빌리겠다'고 말했던 그 자리에서. 혹은 그녀와 한 공간 안에 있기 시작한 초반에. 그게 언제였든, 마음을 허물지 않은 어느 때에.

무엇이든 너무 늦어 버렸다. 늦어 버린 것이다. 지나간 시간은 돌아오지 않고, 후회 섞인 질문은 어디에도 닿지 않는다.

그녀는 이미 그의 사정거리 안으로 들어온 지 오래였다. 그리고 이제 그는 절망적인 자의로, 그녀가 제 사정거리 안에 있기를 원했다. 설령 온통 아픔뿐이라도. 죄 상처뿐이라도⋯⋯.

'봐주기로 한 거야?'

샤워기에서 물줄기가 쏟아져 내렸다. 이석은 찬물을 그대로 맞으며, 천천히 눈을 감았다. 그리고 부정했다. 아니.

'그럼 뭐, 용서했어?'

아니.

'허, 그 여자가 그렇게 좋냐?'

아니.

이석은 한쪽 입매를 미미하게 올렸다. 메마른 웃음이 소리 없이 번져 나갔다.

'좋다'는 감정은 긍정적인 종류의 것이 아닌가? 하지만 자신이 느끼는 감정은 도무지 긍정적인 종류라고 볼 수가 없었다. 그녀를 생각할 때면 가슴이 울렁거리고 답답해진다. 그녀를 보고 있으면 스스로가 한없이 무력해진 기분이 들고, 모든 것이 제 권역 밖으로 밀려나 버린다.

벗어날 수 있었다면 이미 한참 전에 벗어났을 테지. 하지만 불가능했다. 이 감정엔 자발적인 의지 같은 게 하나도 들어있지 않으니까. 그리고 자신은 의지대로 되지 않는 일들을 혐오하는 인간이었다.

그런데 이게 '좋다'는 감정이라고? 아니. 그럴 수가 없다. 절대 그릴 수는 없다.

이렇게나 힘이 드는데, 이렇게나 끔찍하게 목이 메는데, 이렇게나 아프고 고독한데.

이딴 게 좋다는 감정일 리가 없잖아.

차가운 물줄기는 흐릿한 정신을 깨게 했지만 상념까지 씻어 내리지는 못했다. 장호석의 질문에 대답하지 못한 말들이 머릿속 어딘가에서 끊임없이 맴돌았다.

그 어떤 대답 하나 논리적으로 설명할 수가 없다. 그렇기에 다른 답을, 다른 논리적이고 이성적인 답을 찾기 위해 계속해서 걷고, 걷고, 걷는다. 수없이 헤매고, 헤매고, 헤맨다. 끝없이 방황하고, 방황하고, 방황한다. 그러다 결국은 다시 제자리.

빌어먹게도 결국은 다시 제자리다.

무수한 반복 속에서 도달한 원점은 지독할 만큼 변함이 없다. 자신만이 지치고 쇠하였을 뿐이었다. 이곳은, 원점은, 처음은, 마음은, 시선은, 갈망은, 정말이지 아무것도 변하지 않았다.

깨달음은 서슬 같았다.

그렇게 먼 길을 돌아온 끝에서야, 자신은 인정했다. 망가지고 너덜너덜해진 끝에서야 비로소 인정했다. 스스로에 대한 모든 것을 배반하는 심정으로— 항복하듯 인정하고야 말았다.

네가 아닌 답을 찾으려 방랑하던 그 길들은, 결국 모두 네게로 이어지고 있었다고.

\* \* \*

오후 11시 18분, 이석은 호텔에서 식사와 샤워를 해결한 후 다시 고시텔 건물로 돌아왔다. 그는 손바닥으로 무거운 눈가를 지그시 눌렀다. 시야가 한 꺼풀 덮어쓴 듯 흐릿해졌다가 다시 돌아왔다.

당장에 쓰러질 듯 피곤한 건 아니었다. 그러나 피로가 누적되어 있음은 분명했다. 몸은 평소와 크게 다름없었지만 의식이 한층 무거웠다.

본래 이석은 쉬이 지치지 않는 편이었으나 40시간도 넘게 깨어 있었던 데다가, 그사이 인천과 서울을 몇 번이고 오가느라 시간적 강박을 크게 느껴야만 했다.

이석은 고시텔 옆 오피스텔 건물 밑에 주차했다. 주차 공간 때문에 이 오피스텔 한 채에도 월세를 내고 있었다. 호텔 대신 여기서 생활할 수도 있겠지만, 이 건물도 쓰레기 같은 건 마찬가지라 내키지 않았다. 순전히 주차 하나 때문에 이러는 셈이었다.

'정말이지 병신 같은 짓…….'

이석은 안전벨트만 풀고 차에서 내리지 않았다. 고개를 젖히고 한 손으로 얼굴을 감싸듯 쓸어내렸다. 적막이 차 안을 맴돌았다. 완벽히 고요한 중에 홀로 있으려니, 새삼스러운 피로가 전신을 덮쳐 왔다.

그냥, 서울로 돌아갈까.

하루에도 몇 번씩 그만두자고 생각한다. 이게 다 무슨 의미가 있느냐고, 이런다고 그녀가 받아 줄 것 같으냐고, 이미 마음 떠난 이를 돌리려는 것만큼 시간 낭비인 짓거리가 또 어디 있느냐고. 심지어는 아무런 이득이 될 것도 없는데.

수없이 반추한다. 기억은 과거의 어느 한 부분을 끈질기게 붙들고 이성은 타성처럼 입바른 말을 한다. 저 여자는 더 이상 널 사랑하지 않아, 4년 전의 그 여자가 아니야, 서울로 돌아가자, 이쯤에서 관두자.

그러나 그건 결국 결단도 못 되는 상념에 불과하고 만다. 이석은 그녀를 아예 삶에서 제외시킬 아무런 각오도 되어 있지 않았다. 4년이라는 시간이라는 있었음에도 그랬고 그 긴 시간

동안 현실을 자각하려 아무리 애써도 그랬다.

정신 차려 보면 언제나, 마음은, 어리석은 마음은, 언제나…….

옅은 웃음이 흘렀다. 스스로에 대한 조소에 가까웠다. 그 모든 상념을 떠안은 채 이석은 차에서 내렸다. 그리고 습관적으로 3층을 올려다보았다. 왼쪽에서 두 번째 창문. 여느 때와 달리 불이 꺼져 있었다. 이 모든 행동은 이성과는 무관했다.

오후 11시 22분. 차 안에서 무의미한 시간을 4분이나 보냈다. 그보다 왜 그녀의 방 불이 꺼져 있는 걸까. 늘 이 시간대에는 켜져 있었는데, 잠든 건가. 아니면 잠시 외출한 건가.

문득 메신저가 하나 날아왔다. 여원에게 붙여 둔 여자였다.

[14 : 산림 고시텔 기준 오른쪽 골목]

여자는 여원이 외출을 할 때마다 그 행선지를 간단히 보고하곤 했다. 이석은 짧게 한번 숨을 들이켜고선, 빠른 걸음으로 고시원 앞을 지나쳤다.

[퇴근해]

답신을 보낸 후 그는 코너 뒤에서 잠시 발을 멈추었다가, 딱 한 걸음을 더 내디뎠다. 곧장 건물 옆 어둑한 골목에 여자 한 명이 웅크리고 앉아 있는 모습을 발견했다.

여자는 손끝으로 갈색 길고양이의 턱을 슬슬 쓸어 주고 있었다. 지극히 정적이고 평화로워 보이는 모습이었다.

그는 홀린 듯 멈추어 서서 그 장면을 바라보았다. 가느다란 몸집, 짧은 머리, 살짝 기울인 고개, 교감하듯 뻗은 손, 가로등 불빛을 등져 창백하게 보이는 옆얼굴, 내리깔린 속눈썹, 미미하게 올라간 입매…….

가로등은 이석이 선 큰길가를 비추고 있어 골목과의 명암이 대비되었다. 이쪽과 저쪽을 반듯이 잘라 놓은 듯한 음영의 선이 그의 발 앞에 그어져 있었다. 이석은 그 앞에서 천천히 입술을 뗐다.

"……여원아."

그녀가 놀란 듯 고개를 들었다. 조심스레 살피는 눈빛에 이석은 저도 모르게 약간 긴장했다. 그러나 말간 얼굴에는 딱히 경계심이나 성가심이 서려 있지 않았다. 여원은 관찰하듯 그를 응시하다 다시 시선을 내렸다.

그 온건한 얼굴이 마치 경계를 넘어가도 된다는 허락이라도 되는 양, 이석은 머뭇머뭇 그들에게 가까이 다가갔다.

"길고양이예요."

여원이 속삭이듯 말했다. 그녀가 이런 식으로 먼저 말을 건 것은 오랜만의 일이라, 이석은 잠시 멈칫했다.

"……고양이를 좋아해?"

"귀엽잖아요."

마치 그 말을 알아듣기라도 한 것처럼 고양이가 작게 울음소리를 냈다.

"귀여운 건 다 좋지요."

그녀는 기분이 썩 괜찮은지, 부드러운 어투로 그에게 대답했다. 이석은 이 평화로움을 깨고 싶지 않아서 신중히 말을 골랐다.

"동물을 키워 본 적 있어?"

"아뇨……. 음, 달팽이 정도? 상추 먹다가 발견해서 잠깐 키웠었는데. 비 오는 날 놓아줬지만요."

"좋아한다면서 왜 키우지 않고?"

"책임져야 하잖아요."

잔잔한 눈으로 고양이를 바라보던 그녀가 말을 이었다.

"책임질 상황이 안 됐어요. 어릴 땐 늘 키우고 싶었죠."

여원은 쓰다듬던 것을 그만 멈추고 천천히 몸을 일으켰다. 이만 들어가 보려는 모양이었다. 이대로 헤어지면 또 이렇게 이야기할 기회가 없을지도 모른다. 이석은 저도 모르게 조급해져선 서둘러 말했다.

"가서 얘 먹을 거라도 좀, 사 올까?"

"먹을 거요?"

여원이 의외라는 눈으로 그를 돌아보았다. 이석은 고개를 끄덕이며 긴가민가한 어조로 덧붙였다.

"편의점에…… 뭔가를 팔겠지."

물이나 담배를 살 때 빼고는 편의점을 이용해 본 적이 없어서 확신이 들지 않았다. 사람이 먹는 음식도 똑같이 먹을 수 있는 거 아닌가?

"어…… 네. 근데 사람이 먹는 건 사 오면 안 돼요. 따로 코너가 있을 거예요. 아, 그리고 물이랑 일회용 접시도……. 아, 아니면 그냥 제가…….."

"아냐, 내가 다녀올게."

"네에……. 편의점은 저기, 작은 길 건너면 바로 있어요. 보이죠?"

"보여. 빨리 다녀올 테니까 여기 있어."

여원은 조금 얼떨떨한 기색이긴 했지만 선뜻 고개를 끄덕였다. 이석은 빠르게 걸음을 옮겨 길을 건넜다. 돌아가면 이미 사라지고 없을까 봐 조바심이 났다.

금세 편의점에 도착한 그는 건어물 옆에서 동물 전용 코너를 찾아냈다. 하지만 뭐가 뭔지 도통 알 수가 없었다. 뭐가 식사고 뭐가 간식이지? 개 그림이 있는 건 개만 먹을 수 있는 음식인 건가, 아니면 고양이도 먹을 수 있는 건가.

이석은 고양이 그림이 그려진 걸 하나 집어 든 채 잠시 굳어 있었다. 난생 이렇게 쓸모없는 고민을 하기는 처음이었다. 결국 그는 종류별로 하나씩 쓸어 담았다. 캔, 어포, 고등어, 연어, 참치, 닭고기, 치킨말이, 치즈, 츄스…….

생수와 일회용 접시까지 구매한 후 이석은 편의점을 나섰다. 길을 건너며 그는 초조한 마음으로 손목시계를 확인했다. 2분 40초 정도가 걸렸다.

골목 귀퉁이로 다가서자, 안쪽에서 동물의 울음소리가 작게 났다. 이석은 안도하며 코너를 돌았다. 자리가 좀 더 안쪽으로 옮겨져 있었지만 그녀는 여전히 거기에 있었다. 휴대폰 화면을 집중해서 들여다보고 있던 여원이 왔냐는 듯 고개를 돌렸.

이석은 그 옆에 무릎을 굽혀 앉아서, 부스럭부스럭 봉투를 열며 괜히 변명했다.

"정확히 뭘 사야 할지 모르겠어서, 그냥 있는 대로 하나씩 사 왔어."

"그래도 그렇지, 뭘 이렇게 많이 사 왔어요."

"너 가지고 있다가 또 이런 일 있으면…… 주면 되니까."

"음, 네. 고마워요."

여원은 데면데면 대답하며 일회용 접시 비닐을 뜯었다. 접시 하나를 꺼내 바닥에 놓은 후, 봉투 안을 뒤적거렸다.

"뭐 줄 거야?"

"어…… 캔……? 저도 잘 모르는데, 검색해 보니까 이거나 사료가 주식인 것 같아요."

여원은 습식 캔을 이리저리 돌려가며 살펴보더니, 하나 까서 접시에 부었다. 조심스레 앞에 놓아두자 고양이가 코를 킁킁거리며 다가와 입을 댔다.

"와, 먹는다."

별것도 아닌 모습이 신기한 듯, 여원은 무릎을 끌어안은 채 유심히 지켜보았다. 그녀는 접시를 하나 더 꺼내선 거기에 생수를 꼴꼴 부어다가 옆에 놔 주었다. 걱정스러운 중얼거림이 따라붙었다.

"애가 많이 말랐네요. 사냥을 잘 못하나?"

"이전에도 밥을 챙겨 준 적이 있어?"

"아뇨……. 처음이긴 한데, 뭐…… 사실 이러는 거 싫어하는 사람도 있구요. 길고양이 많아진다고. 여기 은근히 쥐 많이 보여서 좀 있어도 괜찮을 것 같은데."

"많아지면 뭐가 안 좋은데?"

"먹을 거 없으면 막 쓰레기봉투 뜯기도 하고, 발정기 되면 엄청 울기도 하고, 그래서요. 사실 저도 그런 것까지 다 책임질 자신은 없어서……. 어떤 분들은 중성화 수술을 시켜 주거나 집으로 데려가거나 해요."

여원이 이렇게 조곤한 어투로 길게 말해 주는 게 너무 오랜만이라, 이석은 내심 놀라는 중이었다. 앞으로의 관계도 이렇기만 하다면 소원이 없겠다고 생각될 정도였다. 물론 사람의 욕심은 끝이 없으니 거기에 만족하진 않을 테지만……, 어쨌든 지금은 그랬다.

"그럼 만약…… 여건이 된다면, 너도 데려가 키우고 싶은 건가?"

여원은 눈동자를 위로 굴리며 잠시 고민하더니, 이내 고개를 절레절레 흔들었다.

"보통 일 아닐 것 같은데. 돈도 많이 들고 신경 쓸 것도 많고 같이 시간도 많이 보내 줘야 하고……."

"그러니까 여건이 된다면 말이야."

"음…… 뭐…… 상황만 괜찮다면……?"

말은 그렇게 하지만, 그녀는 제 상황과 여건이 그만큼 괜찮아지리라는 기대를 별로 염두에 두지 않은 얼굴이었다. 이석은 입술을 달싹였다. 말을 받는 것도 제대로 못 하고, 하는 질문들이라곤 어떻게든 대화를 이어 나가기 위해 쥐어짜 낸 것들뿐이다.

전에 없이 멍청이처럼 굴고 있었지만, 사실 그런 것인들 별반 중요하지도 않다. 모자란 새끼처럼 보여도 상관없었고 비웃는대도 상관없었다. 그녀가 알아주기만 하면 됐다. 자신이 그저 지나가는 바람처럼 흔들어 보는 게 아니라는 것을.

"…… 여원아."

거짓이 아니라는 것을. 기만이 아니라는 것을. 수도 없이 스스로가 어리석게 느껴져도 도저히 관둘 수가 없다는 것을. 자신에게 지난 4년이 얼마나 길었는지를, 앞으로의 까마득한 생은 또 얼마나 길게 느껴질지를.

"다시 날, 다시 나를 네 옆에…… 있게 해 주면."

남은 날들을 이제 너 없이는 살 수 없다는 것을.

"네가 원하는 대로, 얼마든, 다 키우게 해 줄게. 길에서 주워 오든, 입양을 하든, 사 오든…… 네가 원하는 대로."

이석은 자신의 말이 부디 진심으로 들리기를 바라며, 한 자 한 자 꾹꾹 눌러 담아 말했다. 그녀의 표정 어느 한 자락이라도 놓치지 않기 위해 부단히 살폈지만 명확히 가늠할 수가 없었다. 그녀는 그저 조금 얼떨떨한 것 같았다.

눈을 크게 뜬 채 그의 말을 듣던 여원이 '어…….' 하는 소리를 냈다. 뜻 모를 침묵이 흘렀다. 잠깐의 간격을 두고, 그녀가 작게 웃음을 흘렸다. 그건 정말 우스운 듯 보이기도 했고 곤란한 듯 보이기도 했고 황당한 듯 보이기도 했다.

이석은 그 웃음을 눈에 담은 채 못 박힌 듯 서 있었다.

"음…… 제안인가요?"

"……네가 그렇게 받아들인다면."

"무슨 조건이 그래요."

"별로야? 원하는 다른 조건 있어?"

"재산이라도 떼어 달라고 하면 어쩌려고요?"

그녀는 농담조로 말했지만, 이석은 잠시라도 망설이는 틈을 두지 않으려고 다급히 대답했다.

"나 안 버린다고 계약서만 쓰면 줄게."

"뭐래요, 그냥 해 본 소리예요."

"왜 자꾸 웃어?"

"아니, 그냥…… 좀 당황스러워서. 안 웃을게요."

순식간에, 그녀의 얼굴에서 미소가 신기루처럼 걷혀 나갔다. 여원은 고양이의 등을 두어 번 쓸어 주고선 몸을 일으켰다. 조금 가까워졌다고 착각했던 거리가 다시 순식간에 멀어졌다. 이석은 조금 초조한 것처럼 한 발짝 뗐다가, 다시 멈추어 섰다.

"……그런 뜻으로 말한 게 아니야."

"네?"

"네가 내 앞에서 웃어 준 거, 다시 만나고 처음이니까……."

여원의 웃음은 언제나 가슴께를 무겁게 만들었다.

그녀가 자신에게 다함없이 웃어 주고, 그녀의 작은 몸을 끌어안고, 입을 맞추고, 머리칼을 넘겨 주고, 사랑한다고 고백하던 말을 듣던 때가 아득한 지난날처럼 느껴졌다. 그때를 지금도 여전히 선명하게 기억하고 있다는 게 거짓말처럼 느껴질 정도로.

"……나는, 너를."

어떻게 해야 좋을지 모르겠어.

이석은 저도 모르게 내뱉은 말을 가까스로 삼켰다. 목적을 가지고 단어를 조합해 만들어 낸 말이 아니었다. 어떤 의도나 꾸밈에서 비롯된 게 아니었다. 그저 되는대로. 계획에 의거하지 않고. 이성을 거치지 않고.

언제나 이렇다. 언제나 이런 식이다. 그녀는 번번이 그가 세워 놓은 규범과 체계를 무너뜨리고 가장 혐오하는 변수들을 일으킨다. 그녀에 관한 문제에서마큼은 가장 멍청히고 어리석은 인간이 되어 버리고 만다.

끝맺지 못한 말을 가늠이라도 하듯, 여원은 조금 가늘어진 눈으로 그를 올려다보았다. 그는 그 시선이 자신을 옭아매기라도 하는 양 꼼짝없이 서 있었다.

몇 초쯤 지났을까, 이내 여원은 맥 빠진 사람처럼 시선을 내렸다. 내리깐 눈 밑으로 속눈썹 그림자가 길게 드리웠다. 별것 없는 장면인데도 일순간 이석은 아찔한 느낌을 받았다.
　바닥으로 떨어지는 시선과 함께, 그녀는 꾸벅 고개를 숙이며 말했다.
　"먼저 들어가 볼게요. 이거…… 사 줘서 고마워요."
　마침표를 찍자마자 여원은 뒤돌아 건물 안으로 향했다. 무어라 답할 새도 없이 상황이 이어졌다. 이석은 망연한 시선으로 그 뒷모습을 좇았다. 무어라 그녀를 붙잡을 말이 하나쯤 생각날 법도 한데 머릿속은 흐리기만 했다.
　정말로, 어떻게 해야 좋을지 모르겠다.
　미야옹. 골목길 안쪽에서 고양이가 높은음으로 웅얼웅얼 울었다.

## 09. 스물아홉의 남자

집 안에 들어서자 무언가를 굽는 소리와 함께 따뜻한 내음이 훅 풍겨 왔다. 이석은 신발을 벗으며 안쪽을 흘끔 살폈다. 이윽고 반팔에 추리닝 바지 차림인 여원이 부엌 쪽에서 나왔다. 이석을 보자마자 그녀가 환하게 웃었다.

"와! 오늘 진짜 일찍 왔네요!"

"일찍 온다고 했잖아."

"그치. 보고 싶었어요."

가죽 장갑을 벗은 이석은 안겨드는 그녀를 익숙하게 받아 냈다. 그가 허리를 숙여 여원의 뺨에 가볍게 입을 맞추었다. 따끈한 몸이 품 안을 파고들었다.

"뭐 해?"

"오므라이스요. 저녁 안 먹었죠? 오랜만에 같이 먹어요."

중역들과 늦은 점심을 들었던 탓에 별로 배가 고프진 않았지만, 여원이 기대하는 기색이라 이석은 선뜻 고개를 끄덕였다. 요사이 바빴던지라 그녀와 침대가 아닌 곳에서 무언가를 함께

하는 것도 오랜만이었다.

밥은 자기가 다 해 먹는 건가? 예전보다 더 마른 걸 보면 잘 챙겨 먹는 것 같지는 않았다. 이석은 그런 생각을 하며 기쁜 듯 웃는 그녀의 얼굴을 가까이서 내려다보았다. 미소 지은 입술이 조금 까칠했다.

여원에게 딱히 집세나 전기세, 관리비 등을 받지는 않았다. 애초에 데려올 당시 거주에 들어가는 비용은 없을 거라고 말해 두기도 했고. 다만 그 외의 식비나 생필품은 그녀가 알아서 해결하도록 두었다.

처음에는 거기까지 신경 쓸 이유가 없다고 판단해서였고, 중간에는 그녀에게 일정 이상 관심을 쏟고 자비를 베푸는 게 위험하다고 느껴졌기 때문이었다. 그리고 지금은 그래 봤자 아무 쓸모가 없어서다.

여원에게 남은 기한은 두 달가량. 이런저런 선심을 쓴다 한들 어차피 그녀에겐 두 달 안에 빚을 갚을 가망이 없었다. 선심을 쓸 이유도 없었고. 이제 곧 다시 보지 않을 사이였다.

그래, 다시 보지 않을 사이…….

이석은 알량한 안도감을 느끼며 되까렸다. 그녀에게서 비롯되는 이 지긋지긋한 답답함과 울렁거림도 곧 있으면 끝이다. 정말이지 그는 이전의 평온하고 굴곡 없던 일상이 그리웠다. 그는 여원의 웃는 얼굴에서 간신히 시선을 떼어 냈다.

"얼른 씻고 와요. 당신 것까지 해 놓을게요."

맞닿아 있던 체온이 떨어졌다. 삽시간에 가슴팍과 손이 차가워진 기분이 들었다. 이석은 주먹을 한번 쥐었다가 펴며 드레스 룸으로 걸음을 옮겼다.

간단히 씻고 나오자, 식탁 위에 오므라이스가 담긴 널찍한 접시와 수저가 각각 두 개씩 놓여 있었다. 이석은 수건으로 물기를 닦으며 의자에 앉았다.

노랗고 부들부들해 보이는 오믈렛이 흠 없이 볶음밥을 감싸고 있었다. 그는 도마를 물에 헹궈 내고 있는 그녀의 등 뒤에 대고 물었다.

"반숙이야?"

"경양식으로 했어요. 예쁘게 잘됐죠."

"잘했네. 파는 거 같다."

여원은 헹군 도마를 고리에 걸고 냉장고에서 케첩 통을 꺼내 왔다. 맞은편에 앉은 그녀가 굉장히 진지한 얼굴로 케첩 뚜껑을 열더니, 오믈렛 위로 입구를 조준했다.

"내가 이름 써 줄게요."

이석은 턱을 괴고 흥미롭게 하는 양을 관찰했다. 그녀는 천천히 케첩으로 오믈렛 위에 글씨를 썼다.

ㅈ…… ㅏ…….

허공에 들린 팔이 살짝 떨렸다. 빨간 케첩이 삐뚤빼뚤하게 이어졌다.

마지막 자음까지 쓴 후 여원이 뿌듯한 얼굴로 케첩 통을 내려놓았다. 유치하긴. 이석은 픽 웃으며 생각했다.

"짠."

"장이녁이 됐는데?"

"앗, 잠깐만…… 석…….."

"장아녁."

"아, 몰라. 걍 먹어. 어차피 먹으면 없어질 거."

시니컬해진 어투에 이석이 낮게 웃음을 흘렸다. 그는 손을 내밀며 그녀의 손에 들린 케첩 통 쪽으로 턱짓을 해 보였다.

"줘 봐."

"응?"

"네 이름 써 줄게."

"아, 진짜요?"

여원은 생글생글 웃으며 흔쾌히 케첩 통을 넘겨주었다. 한마디 덧붙이는 것도 잊지 않았다.

"예쁘고 착한 신여원이라고 써 줘요."

이석은 무시하고 '신' 자부터 써 나갔다. 폭신한 오믈렛 위로 빨간색의 정갈한 획이 이어졌다. 삐뚤빼뚤하지도 않았고 획의 굵기도 큰 변화 없이 일정했다. 가만히 바라보던 여원이 감탄했다.

"와, 뭐 이렇게 잘 써요. 그냥 종이 위에 쓰는 거 같다."

여원은 별것도 아닌 거에 감탄사를 늘어놓았다. 그녀는 늘 그랬다. 그녀에겐 아주 사소한 일도 기쁘게 받아들이고 작은 희망도 쉽사리 놓지 않는 재간이 있었다.

지금도 그중 하나일 뿐이었다. 한데 그 반응에 정말 대단한 일이라도 해낸 듯한 기분이 드는 자신이 우스워서, 이석은 괜히 말을 돌렸다.

"배고프다. 얼른 먹자."

"배고파요? 그거 가지고 되나……. 내 거 좀 가져갈래요?"

"아냐, 충분해. 너야말로 너무."

이석은 말을 하다 말고 숟가락을 쥔 그녀의 손을 응시했다. 마르고 창백한 손등에 뼈마디가 도드라져 있었다. 최근 그녀를 안거나 잠자리를 함께할 때도 많이 말랐다는 느낌을 받곤 했다. 원래도 가는 몸이긴 했지만……, 요즘은 특히…….

"너무 뭐요?"

"……너무 안 먹는 것 아니냐고. 너 말랐어."

"많이 담았는데."

"평소에 말이야. 내일 일찍 들어오게 되면, 뭐라도 좀 사 올까?"

여원의 얼굴 위로 물음표가 떠올랐다. 그가 갑자기 왜 그런 것을 신경 쓰는지 이해하지 못하겠다는 표정이었다. 의아한 낯은 이내 서서히 희미한 기쁨과 기대로 차올랐다.

그 순간, 이석은 무의식적으로 다시 선을 그었다.

"할 때, 좀 불편해서. 뼈가 부딪치니까."

"아……, 그래요?"

여원이 어색하게 미소 지었다. 큰 동요 없는 표정이었지만 입매 끝이 살짝 떨렸다. 이석은 접시 위로 시선을 내리며 수저를 들었다. 그녀도 딱히 거기에 더 말을 얹지 않고 식사를 했다.

여원은 한 입 넣고 몇 번 씹더니, 중얼거리듯 말했다.

"음, 좀 싱겁나?"

"괜찮아."

"그런가? 난 좀 싱거운데……."

"그보다, 어제 형 만났다면서."

"아, 네. 장호석…… 씨. 환급 문제 때문에 잠깐. 3년 전 이후로 첨 뵈었어요."

"너한테 뭐 이상한 소리 안 해?"

"이상한 소리요?"

이석은 힐끗 여원을 보고선 대수롭지 않게 말했다.

"그냥, 워낙 이상한 사람이라."

"아뇨……, 딱히 별 얘기 없었는데. 유쾌하신 분 같던데요. 이석 씨랑 사이좋잖아요."

이석은 수저를 뜨던 것을 멈추고 고개를 들었다. 그의 미간이 찌푸려져 있었다. 그녀가 고개를 갸웃했다.

"사이가 좋다니?"

"그분이랑 친한 거 아니에요?"

"장호석 두 번밖에 못 봤지 않아?"

"둘이 집에서 종종 통화하기도 하잖아요. 당신같이 사교성 없는 사람이, 그렇게 사적으로 길게 통화하는 건 그분이 유일한 거 같은데."

"아주 사적인 건 아니야. 그리고 유일하다니, 너도 있잖아."

"아, 맞네요. 아무튼 그분이…… 장이석 같은 싸가지랑 사느라 고생이 많지? 이러기에, 그렇다고 했죠, 뭐."

"둘이 잘 맞네."

"잘 맞긴요……. 어떻게 잘 맞겠어요."

묘하게 뼈가 있는 말이었다. 이석은 자신 이전에 그녀의 채권을 쥐고 있던 것이 장호석이라는 사실을 새삼 떠올려 냈다. 장호석이 당시의 그녀를 처분하는 역할이었다는 것도. 뭐, 흔한 일이었지만.

여원은 조금 차분해진 낯을 한 채 숟가락으로 밥알을 긁어모았다. 이석은 무슨 말을 해야 할지 몰라 잠시 뜸을 들이다가, 나직이 덧붙였다.

"……다른 이들에 비하면 괜찮은 편이긴 하지. 서로 죽이려

드는 것도 아니고, 딱히 적대감도 없고."

 "'괜찮다'의 기준이 너무 낮은 거 아니에요?"

 "이 판이 그렇지 뭐."

 네 개의 조직 연합으로 만들어진 삼진의 수뇌부엔 총수인 장명섭만 있는 것이 아니다. 각기 높은 자리를 하나씩 꿰차고 있는 다른 이들에게도 직계는 있었다. 같은 핏줄끼리도 이를 드러내고 싸우는 마당에 다른 핏줄이라고 유해질 리는 없었다.

 사생아까지 더하면 그 직계만 서른 명이 넘는다. 손주 등을 제외하고 소생만 따지면 열세 명 정도였다. 그리고 현재는 그중 다섯 명이 갖가지 이유로 죽고 여덟 명이 남아 있었다.

 그 갖가지 이유는 대외적으로 병사이거나 사고사였지만, 실상 그게 아니라는 건 삼진 내에서 암암리에 다 알고 있는 사실이었다.

 "그래도, 장호석 씨랑 같이 운동도 하고 그러지 않아요?"

 "그렇지."

 "꽤 자주 만나고."

 "……뭐, 그렇지."

 여원이 희미하게 웃었다. 이석은 그녀의 휘어진 눈매와 살짝 찡그린 콧잔등을 바라보았다. 그녀는 어쩐지 철부지 어린아이를 바라보는 듯한 얼굴이었다.

 "그게 친하다는 거 아니에요? 당신이 아무 이유 없이 시간을 쓸 사람도 아니고."

 "하지만 정말로, 그다지 친하지는…… 왜 날 그렇게 봐?"

 "당신은 내가 본 사람 중에 가장 똑똑하고 이성적인데, 어느 부분에서는 정말이지 애 같아요. 정말 이상한 부분에서."

"⋯⋯무슨 뜻인지 모르겠어."

"왜, 약간 그런 거 있잖아요. 막 애들이, 괜히 막 치기 어려 가지고. 누가 봐도 맞는데 스스로는 용납 못 하겠으니까, 절대 아니라고— 아니라고— 그러는 거."

"내가 언제 그랬어?"

이석이 황당하다는 듯 헛숨을 내뱉었지만, 여원은 마냥 웃기만 하며 유들유들하게 넘겼다.

"뭐, 당신의 그런 부분까지도 좋아해요. 귀여워서."

이석은 무어라 더 따져 묻고 싶었지만, 어쩐지 그 말을 듣고 나니 입씨름할 의욕을 상실해 버렸다. 그녀는 우물우물 밥을 씹으며 애정과 다정함이 물씬 묻어나는 눈으로 그와 시선을 마주했다. 이석은 그 눈이 괜히 무색하고 거북해서 고개를 슬쩍 돌렸다.

"이석 씨가 어딜 가서 나 같은 여자를 만나겠어. 당신의 그런 이상한 부분까지도 다 사랑해 주잖아요."

"고백을 하든지 욕을 하든지 하나만 해."

이석의 불퉁한 대꾸에 여원이 까르륵 소리 내어 웃음을 터트렸다.

"당연히 고백이죠. 당신은 복 받은 거예요."

"⋯⋯별로⋯⋯, 필요 없어."

"미운 말 하기 대회 나가면 일등 하실 듯."

그녀는 가볍게 받아쳤고 이석은 괜히 진 것 같은 기분을 느꼈다. 자신은 그녀가 필요 없다. 당연히 그녀의 사랑도 필요 없다. 그녀와 관계된 것들은 모두 계획에도 없이 끼어든 변수에 불과할 뿐이다.

그런데 여원은 그걸 믿지 않는 양 행동하고 있었다. 마치 당신이 잘못 생각하고 있는 것이라는 양.

자신은 결코 틀리거나 실패하지 않는데도.

"……사람이 어떻게 필요한 것만 사랑하고 살겠어요."

여원은 여전히 가벼운 얼굴이었지만, 그 말은 이상하게 쓸쓸히 들렸다. 숟가락이 접시를 긁으며 거슬리는 소리를 냈다. 밥알은 물기 없이 버석한 모래알처럼 꺼끌꺼끌하게 씹혀 넘어갔다.

이것도 앞에 그녀가 있기 때문이라고, 이석은 생각했다.

\* \* \*

오전 5시 50분. 눈을 뜬 이석이 상체를 일으키려다 말고 멈칫했다. 고개를 기울인 채 누운 그녀의 뺨이 그의 어깨와 닿아 있었다. 이석은 시선을 내려 그녀를 바라보았다. 어둑한 가운데 감은 눈과 매끄러운 피부, 작은 숨소리 같은 것만이 뚜렷하게 감각되었다.

새벽은 그들을 둘러싸고 있는 상시의 불안정함이 빗겨 나가는 유일한 시각이었다. 이 순간만큼은 모든 것이 한편의 정물처럼 완벽하고, 성석이고, 평화롭다.

여원의 숨이 공기에 점을 찍듯이 이어졌다. 느리고 규칙적인 호흡이었다. 근심과 걱정은 밀어 넣은 채 아이처럼 평온한 얼굴을, 이석은 한참이고 응시했다. 아무런 이유도 필요성도 없는 행위였지만 대상이 그녀라는 이유만으로 어떤 효용이 있는 것처럼 느껴졌다.

그녀의 숨결을 새겨 넣듯 듣던 이석이 문득 정신을 차렸다. 효용, 이라니. 이 쓸데없는 행위가? 미묘하게 어긋난 신경이 삐걱거렸다. 그는 조금 신경질적으로 고개를 돌렸다. 이미 침대에서 일어나 있어야 할 시간이었다.

일어나 이불을 걷으려는데 여원이 잠결에 팔을 뻗어 왔다. 추워서 한 행동인지 이불을 끌어안는 것에 그쳤다. 그것이 조금 거슬려서, 이석은 반쯤 무의식적으로 그녀를 살짝 끌어안았다. 그녀는 익숙한 것처럼 그의 어깨에 얼굴을 묻는다.

대단히 평이하고, 단조롭고, 특별히 개의치도 않는 순간들. 별것 아닌 듯 예사롭게 흘러가는 삶의 편린들.

고작 그런 것들 따위로 태생적인 결핍을 채울 수 있으리란 착각이 들고 마는 건 역시, 지금이 새벽이기 때문일까. 밤과 아침 사이에 걸쳐진 시간은 그 모호함만큼이나 많은 것을 윤색하곤 한다. 그래, 태생적인 결핍을…….

'석아, 선생님께 솔직하게 다 말씀드려야 돼. 너의 이상한 부분들을 감추면 안 돼. 알았지? 그래야 치료를 잘 받을 수 있어.'

'선생님 좋은 분이지? 엄마랑 계속 상담 다니면 석이도 괜찮아질 거야. 너는 내 아들이니까, 내 아들……. 응, 괜찮아질 거야.'

'석아, 아까 상담 때 한 얘기 말인데……, 너 정말 그렇게 느끼니……? 정말 그렇게 생각해? 아, 아냐, 거짓말하라는 거 아니야. 솔직하게 말해. 선생님껜 솔직하게 말씀드려야지. 그렇지.'

태생적인…….

'얘를 찬 바닥에 놔뒀어? 새끼 새를 추운 데 놔두면 죽는 거

몰라? 일부러 그런 거야? 너 일부러 그런 거지. 슬프지도 않니? 안쓰럽거나 불쌍하거나 그러지 않아?'

'너는 엄마가 키운 애야. 너도 알지? 너는 처음부터 내가 직접…… 하나하나…… 그러니까 네 아버지 같은 짓 좀 하지 마……. 제발, 제발, 제발, 제발, 제발!'

'대체 뭐가 문제야. 대체 뭐가 문제니, 너는!'

이석의 눈동자가 천천히 가라앉았다. 그러나 새벽의 감상에서 벗어나는 일련의 행위였을 뿐, 거기에 새삼스러운 감정 따위는 녹아나 있지 않았다.

'그건 정신병이야. 너는, 평생 그렇게 살 거야. 그렇게 평생! 그 빌어먹을 정신병을 안고 구제 불능인 채로! 이 개 같은 집안에서! 이 개 같은…… 개 같은…… 석아, 제발…….'

어머니 손희정은 늘 이석의 문제점에 대해 논하곤 했다. 그러나 실상 그녀도 처음부터 알고 있었을 터다. 아들의 문제는 그렇게 난 것 자체라는 걸. 그리고 결국 손희정은 죽음으로써 비로소 이 개 같은 집안에서 벗어났다.

어머니 덕분에, 이석은 자신이라는 인간이 얼마나 구제불능인 정신병자인지 잘 파악하고 살아왔다. 수없이 거듭했던 상담과 약물 치료 따윈 하나도 통하지 않을 만큼 잘못되었다는 것도.

그러나 손희정의 우려와 달리, 이석은 이렇게 '비정상적인' 정신으로도 완벽하게 살아왔다. 죽은 이에게 이걸 보여 줄 수 없어 애석할 따름이었다.

당신의 아들은 이런 상태로도, 충분히, 완벽하다고……. 그 어떤 오점도 약점도 없이.

이윽고 그는 그녀를 얕게 감쌌던 팔을 거두어들였다. 새벽녘의 감상은 언제나 찰나였고 그조차 쉬이 깨어지곤 했다. 아침이 오는 것을 두려워하기라도 하는 것처럼.

\* \* \*

오후 10시 58분. 안쪽 복도로 들어선 지 얼마 되지 않아 시끄러운 노랫소리가 고막을 두드렸다. 열기 어린 분위기도 함께 고스란히 전해져 왔다. 이석은 대놓고 인상을 찡그리며 흘러내린 앞머리를 쓸어 넘겼다. 요란하고 어지러운 곳은 딱 질색이었다.

사람들이 많이 모이는 곳은 체향과 향수 냄새가 뒤섞여 범벅이 되기 마련이다. 이석은 그런 찝찝한 냄새가 제 몸에 배는 것이 끔찍하게 싫었다. 술이나 침으로 더러워진 바닥도 대강 치우기만 한 건지 꼼꼼히 닦은 것인지 알 수 없는 일이었다.

주기마다 꾸준히 리노베이션을 하는 최신 클럽이었지만, 이석의 눈에는 구질구질해 보이기만 했다. 호텔의 라운지 룸도 아니고 왜 이따위 곳에서 모임을 가지는 건지 모를 일이었다.

웬만해서 이석은 클럽이나 업소에서 이루어지는 모임은 가지 않았다. 범법이나 도덕의 문제를 떠나 불결하기 때문이었다. 단순히 위생의 문제만을 논하는 게 아니라 거기서 이루어지는 작태들이 불결했다.

하지만 오늘은 클럽 코린트의 재오픈 기념인 터라 오지 않을 수 없었다. 이석이 속한 삼진 건설사의 자본이 직접적으로 들어가지는 않았지만, 유흥업계의 대부인 작은아버지가 차명으로 지분을 크게 갖고 있는 클럽이었다. 또한 정계나 연예계 등의 거물들이 복잡하게 얽혀 있는지라 대놓고 좌시할 수는 없는 곳이기도 했다.

"이쪽입니다."

가드가 사람이 거의 드나들지 않는 통로로 이석을 안내했다. 엄준섭은 살짝 긴장한 기색으로 연신 주위를 둘러보았다. 이석을 가까이서 따라다닌 것도 거의 3년이 다 되어 가지만 그는 아직도 긴장과 경계를 놓지 않았다. 이런 곳에서는 특히 더욱 그랬다. 그게 이석이 엄준섭을 가까이 둔 이유이기도 했지만.

룸 앞에 다다른 가드가 문을 열어 주었다. 그 옆에서 엄준섭이 진중한 얼굴로 뒷짐을 진 채 섰다.

"밖에서 대기하고 있겠습다. 필요하면 부르십쇼."

이석은 고개를 까닥여 보이고, 정장 옷깃 부분을 잡아 올려 여몄다. 열린 문틈으로 깔깔거리는 웃음소리가 흘러나왔다. 이석이 안으로 들어서자 한꺼번에 시선이 쏠렸다. 룸 안은 복도보다는 살짝 밝은 조명이었지만 여전히 어두침침했다.

"와, 이게 누구야!"

가장 상석에 앉아 있던 젊은 남자 하나가 과장된 몸짓으로 일어났다. 한쪽에만 쌍꺼풀이 짙게 잡힌 눈이 뱀처럼 접혔고, 번들거리는 얼굴 위로 입매가 길게 찢어졌다. 그는 작은아버지의 둘째 아들인 장순석으로, 이석과는 사촌지간이었다.

"이석 형님! 오랜만입니다."

"……숙부님은?"

"아! 좀 일찍 오시지. 젊은 사람들끼리 놀라고, 아까 다른 분들이랑 룸 옮기셨는데."

이석이 희미하게 미간을 좁혔다. 쓸데없는 배려다. 작은아버지의 일이 아니면 이 자리에 올 이유가 없었다. 이석은 냉담한 눈으로 장준석을 내려다보며 말했다.

"숙부님께 인사만 드리고 갈 거야. 어느 방에 계시지?"

"아니 섭섭하게 왜 이러셔. 우리 오랜만에 봤는데 아버지만 찾구. 형님 들어오자마자 여자들 눈 반딱반딱거리는 거 안 보여요? 아. 저어기 쟤는 배우 준비하는 앤데 팔로워가 웬만한 스타 수준이야, 스타 수준. 집안도 줸내 괜찮아."

장준석이 실실 웃으며 말을 늘어놓았다. 이석은 그가 가리킨 여자에게 눈길도 주지 않은 채 같은 질문을 반복했다.

"숙부님은?"

"형님, 그러지 말고 앉아 봐요. 나 형님이랑 상담할 거 있어."

"미안하지만……."

"아이, 에이, 아버지한테 가면 오히려 이런 얘기 못 들어. 그 있잖아, 신 전무가 중국 해커 고용한 거 알지요? 근데 왜 고용한지는 자세히 모르지 않아요? 나 그거 들은 거 있거든. 내가 특별히 형님한테만 말해 줄게요."

장준석은 네가 이 얘길 듣고도 방을 나가겠냐는 표정이었다. 이석은 잠시 그를 응시하다가 짧게 한숨을 내쉬었다. 오케이 사인으로 받아들인 장준석이 요란하게 앉을 자리를 마련해 주었다.

"여기 여기 여기. 이리로 이리로……. 아, 이분은 우리 변호산데. 뒤처리가 기가 막혀요. 근데 여자 취향이 구려. 개못생긴 여자한테 더 꼴리시는 분이야, 이분이. 또 셋을 좋아하셔 셋을."

장준석이 캑캑거리며 쉰 목소리로 웃었다. 얼떨결에 취향을 공개당한 변호사는 어색하기 짝이 없는 낯으로 이석에게 인사를 건넸다. 이석은 건성으로 받으며 자리에 앉았다.

"진원물류에 이지규입니다. 말씀 많이 들었습니다."

맞은편 남자가 명함을 건네 오며 깍듯이 고개를 숙였다. 이석은 가죽 장갑을 벗지 않은 손으로 자신의 명함과 교환하고선 건성으로 훑었다. 종합물류기업인 진원의 책임 리더였다. 비등기 임원직인가.

"장이석입니다."

"곧 두바이 나가시죠? 설계 용역 추가 계약까지 성공하셨다고 들었습니다. 능력이 그렇게 좋으시다고……. 대단하십니다."

"감사합니다."

"그쪽 고속도로 프로젝트도 뭐 거의 마무리 단계라 건설 자재값이 꽤 올랐을 텐데…… 다른 것들도 그렇고요. 어떻게, 물자는 다 현장에서 구하시나요?"

"따로 체결한 곳이 있습니다."

"아…… 그렇군요."

그 어떤 여지도 없이 떨어지는 대답에, 이지규가 난감한 듯 미소를 흘렸다. 어떻게든 더 대화를 이어 나가고 싶은 기색이 역력했지만 이석은 별다른 흥미 없이 시간을 확인할 뿐이었다. 벌써 오후 11시 4분이었다.

그 모습을 못마땅하게 바라보던 장준석이 이석의 옆에 앉은 여자에게 눈짓했다. 이석을 홀린 듯 바라보고 있던 여자가 말을 걸라는 신호를 눈치채고 움찔했다. 곧 그녀는 살짝 달아오른 낯으로 수줍게 인사를 건넸다.

"저, 안녕하세요……."

이석은 눈인사로 대신하고 다시 장준석에게 무어라 입을 떼려고 했지만, 다시금 여자가 말을 걸어왔다.

"장이석 씨 맞으시죠? 삼진건설에."

뻔히 알면서 묻는 말이었다. 이석은 지루함을 느끼며 건성으로 대꾸했다.

"……예."

"들리는 말로는 엄청 미남이라고 하던데…… 사실 안 믿었거든요. 근데 진짜 장난 아니시다. 엔터계의 손실이네요."

"……."

"빈말 아니에요. 저 배우 준비하거든요. 남자 연예인들 되게 많이 봤는데 그중 이석 씨가 제일 잘생기셨어요, 진짜로."

여자는 대화를 이끌어 나가기 위해 애를 썼지만, 이석에게선 대꾸가 돌아오지 않았다. 여자가 조금 민망한 듯 어색하게 웃었다. 장준석은 킬킬대며 손을 마주 쓸었다.

"형님이 좀 목석이야. 네가 이해해라. 분위기 좀 띄우게 술이나 한잔 따라 드려."

"오빠! 저 그러려고 여기 온 거 아니거든요?"

"그래그래. 알았어, 알았어. 아, 쟤가 또 프라이드가 있어서."

"프라이드가 아니라……."

"귀엽긴. 형님, 주연이 진짜 괜찮은데 형님은 어때요? 별로야? 아, 같이 사는 여자 있어서 그러시나?"

장준석은 태연히 말하며 슬쩍 이석의 잔에 술을 따라 주었다. 여자가 손으로 입을 가리더니 짧은 탄식을 뱉었다.

"아…… 애인 있으세요?"

"섹파일걸? 호석 형한테 여자 산 거 아니에요? 곧 내쫓긴다는 소문이 파다한데."

"응······?"

 여자는 무슨 말인지 이해가 되지 않는다는 듯 큰 눈을 데룩데룩 굴렸다. 장준석이 짐짓 친절한 어투로 설명해 주었다.

 "아아, 몇 년 전에 형님이 채권 추심 되는 여자를 마음에 들어서 샀는데, 이제 곧 기간이 끝나서······."

 "쓸데없는 소리 관두고, 그래서 신 전무가 뭘 어쨌다고."

 이석이 서늘히 말미를 끊었다. 일순간 분위기가 조금 싸해졌다. 장준석은 슬쩍 이석의 눈치를 보더니, 일부러 더 짓궂은 표정을 가장했다. 이석에게 무엇 하나 눌리거나 지기 싫다는 기세가 엿보였다.

 이석은 같잖게 구는 장준석이 항상 우스웠지만, 상대할 가치를 느끼지 못했던 터라 내색한 적은 없었다. 그러나 여원의 이야기가 나온 순간, 그는 참아 주는 것에도 한계가 있다고 느꼈다.

 함께 산 시간이 길었던 만큼 여원의 존재를 아는 이들이 있었다. 그러나 그녀의 이야기가 나올 때마다 이석은 적당히 말을 돌렸다. 더러운 새끼들 입에 그녀가 오르내리는 건 짜증 나는 일이었다. 특히 장준석 같은 놈은 더더욱.

 "성격 급하시기는. 아, 형님 진짜 몰라요? 왜 고용했는지?"

 "그럼 내가 왜 여기 앉았다고 생각해?"

 "아아, 그죠. 그렇지. 형님이 모르는 것도 있구나아. 나는 그래도 좀 아는 줄 알았지. 진짜 뭐 하나도 몰라요?"

 "장준석."

 무미건조하게 떨어진 목소리에는 감정이 실려 있지 않았다. 이석은 얼음 조각이 뚝뚝 떨어질 것 같은 얼굴로 장준석을 내려다보았다. 그 태가 마치 포식을 마치고 욕구를 잠시간 잃은 맹수처럼 보였다.

"서론이 너무 긴데. 수작질도 뻔히 보이고……. 숙부님께 배운 게 없나 봐."

이석은 느릿느릿 말하며 자기 앞에 놓인 술잔을 들어 올려 그 안을 응시했다. 그러고선 이내 비웃는 얼굴로 다시 내려놓았다. 일순 장준석의 유들유들하던 표정에 금이 갔다. 그러나 그는 애써 웃는 낯을 유지하며 팔짱을 꼈다.

"아니, 제가 무슨 수작질을……. 설마 싶어서 그랬죠. 진짜 모르시나 싶어서. 형님 조만간 태국 한번 가셔야 할지도 모르는데."

무슨 소리냐고 채 묻기도 전에, 장준석이 거들먹거리며 말을 이었다.

"우리가 줄 대던 김정수 의원 죽었잖아요. 자살'당'했지. 그거 누가 태국 애들한테 사주한 건데. 그래서 신 전무가 중국 해커 고용해서 노트북 뜯으려고 그러는 거 아니에요. 김정수가 뭘 남기고 죽었는지 보려고."

"그게 내가 태국에 가는 것과 무슨 상관이지?"

"김정수가 형님이랑 붙고 싶어서 빌빌대던 거 다 아는 사실인데 상관이 있지 왜 없어. 장이석 씨 그렇게 깔끔하게 살았어? 아니잖아요."

"……."

"인간들이 하도 뇌물 처먹이고 처먹고 하니까 별거 아닌 거 같아 보이는데, 막상 수면 위로 뜨면 또 아닌 거 알죠? 이번에 새로 바뀐 검찰 총장은 또 어떤 사람인지도 아직 모르고. 아주 냉혈이라는 소문이 있어."

여자는 쏟아지는 정보에 당황스러웠는지 연신 좌불안석이었다. 변호사와 책임을 비롯한 다른 이들도 마찬가지였다. 장준석이 이런 자리에서 대놓고 검증되지 않은 이야기들을 하는 속셈은 뻔했다. 이석을 궁지로 몰아넣으며 으스대고 싶은 것이리라.

김정수가 이석과 손을 잡기 위해 부단히 노력했던 것은 사실이었다. 원래 친분이 있던 엘디오의 이사는 여러 혐의 끝에 자살—혹은 타살—했고, 검찰 총장은 검경 수사권 문제로 사퇴했다. 부랴부랴 삼진에 발을 걸치려는데 눈에 들어온 것이 장이석이었다.

젊은 나이니 적당히 꼬드기기도 쉽겠다, 차기 부회장 후보로 유력하니 앞날도 창창하겠다. 그렇게 만만히 보고 접근했지만 이석은 쉬운 인사가 아니었다. 그러나 김정수는 도리어 그것에 안달을 냈다.

구태여 김정수가 아니라도 이석과 손을 잡고 싶어 하는 작자들은 발에 챘다. 그리고 장준석은 그것을 몹시도 아니꼽게 여겼다. 사촌지간으로 지내 온 어린 시절부터 지금까지 이어진, 이석에 대한 시기와 질투였다.

"김정수가 발 걸친 인간들마다 죽고…… 사퇴하고…… 괜히 그러겠냐고. 아무래도 형님, 태국 건 관련해서 알아보셔야 할 텐데 믿을 사람이 있어요? 누가 신 전무 사람이고 또 누가 검경찰 쪽 사람인지 알 게 뭐야. 형님이 여자에 정신 팔린 동안 많—은 일이 있었다, 이거예요."

"……."

"뭐, 내가 형님 대신 태국 가 드려도 되고. 나 그런 쪽으론 일 존나 잘해. 아시아에선 거기만큼 유착 강한 곳도 드문데, 자금이 다 어디로 흘러 들어갔겠어요? 다 알지, 다 알지. 내 손바닥 위지, 뭐."

이석은 건조한 시선으로 장준석을 응시했다. 그의 검지가 테이블 위를 천천히 두드렸다. 장준석이 어깨를 으쓱거리며 태연자약하게 말을 이었다.

"최지엽이 형님한테 바득바득 이 갈고 있는 거야 뭐, 당연히 알 테고. 왜 이렇게 적이 많아요. 나 이러다 형님 쇠고랑 차고 잡혀갈까 봐 진짜 무서워서 말해 주는 거야."

"……."

"왜 말이 없어요? 에이, 너무 걱정하지 마. 내가 이렇게 다 알려 줬으니까 형님은 대처만 잘하면 돼, 대처만. 평소 하던 것처럼."

장준석은 기세를 잡았다고 생각했는지 거만한 얼굴이었다. 이석이 별다른 대꾸가 없자 더욱 그랬다.

변화 없는 낯빛으로 장준석의 말을 가만히 듣던 이석은, 돌연 팔을 위로 움직였다. 그에 순간적으로 움찔한 장준석이 상체를 뒤로 물렸다.

그러나 이석은 태연히 앞에 놓인 술잔에 손을 가져다 댈 뿐이었다. 이석이 술잔을 들어 보이며 그 모습을 비웃자, 장준석의 얼굴이 시뻘게졌다.

"이……!"

"무슨 소릴 지껄일지 궁금해서 어울려 줬더니……."

이석은 제 잔에 든 술을 장준석의 잔에 그대로 부었다. 본래 담겨 있던 술과 섞이며 잔이 흘러넘쳤다. 넘친 술은 테이블 위로 퍼져 나가 장준석의 소매까지 적셨다.

"역시 수준 이하군. 예상했던 대로야."

"……하…… 아하하, 나 참. 기 세우려고 애쓰지 않아도 돼요. 형님도 궁금해서 앉은 거 아냐, 응?"

"뭐, 내가 깔끔하게 산 건 아니지."

"그래요. 그러니까……."

"그런데 준석아."

이석이 한쪽 입매를 끌어 올렸다. 얼핏 다정해 보이는 미소였지만, 그의 눈은 전혀 웃고 있지 않았다. 공기 중에 첨예한 긴장감이 감돌았다.

"나는 완벽하지 않은 짓은 안 해."

"……."

"나만 좆 되는 짓도 안 해."

"……."

"중국 해커라……. 털려도 뭐, 상관없겠는데. 난 별로 가진 것에 애착이 없거든. 좆 될 거면 다 같이 좆 되는 것도 나쁘지 않아. 안타깝게도 내가 한 짓들이 완벽해서 그럴 일은 없겠지만……. 아, 남만 좆 되는 것도 좋지. 이를테면……."

이석의 느긋한 시선이 장준석을 훑어 내렸다. 가리키는 이가 명백했다.

"……형님……. 너무…… 기고만장한 거 아닌가?"

장준석은 거의 이를 악문 채 말했다. 관자놀이에 희미하게 핏줄이 올라와 있었다. 이석은 무미건조한 투로 대꾸했다.

"새삼."

"그렇게 완벽하셔서 씨발, 아버지한테 나 뽕 빤다고 구구절절다 일러바쳤어?"

"아, 그거 때문에 이러는 건가?"

이석이 조롱 조로 중얼거렸다. 거기에 더욱 열받은 장준석은 금방이라도 눈이 뒤집힐 것처럼 굴었다.

"그거? 그으거? 아버지가 어떻게 나올 줄 뻔히 알면서 그런 거 아니야, 씨발!"

"미안하지만 네가 마약을 하건 말건 관심 없어. 내가 문제 삼은 부분은 겁대가리도 없이 수주를 받겠답시고 그걸 일본에 텄다는 거야. 덕분에 나까지 몸을 사리게 됐거든."

계획에도 없이. 이석이 싸늘히 덧붙였다.

결국 장준석은 제 분을 못 이기고 자리에서 벌떡 일어나더니, 고래고래 고함을 쳤다.

"야, 이 또라이 새꺄! 개새끼가 존나 당당하네, 씨발? 누구는 출입국 막히고 계약 건도 뺏겼는데? 근데 어떻게 사람이 미안함이 없어? 이 새끼 대가리가 어떻게 된 거 아냐?"

"난 이러다 동생이 쇠고랑 차고 잡혀갈까 봐…… 진짜 무서워서 말씀드렸던 건데."

이석은 장준석이 했던 말을 대상만 바꾸어 그대로 읊어 주었다. 그 말에 분을 주체하지 못한 장준석이 급기야 이석의 멱살을 잡아 올렸다. 여자가 놀란 얼굴로 말리려 들었다.

"오빠! 그만…….."

"넌 닥쳐 봐! 이 쌍놈 새끼가 말을 이따위로…… 으아아아아악!"

이석에 의해 손목이 꺾인 장준석이 비명을 내질렀다. 방 안 사람들이 숨을 들이켰다. 성인 남성의 팔을 제압하고도 숨 한 번 흐트러지지 않은 이석의 얼굴은 여전히 무감했다.

고통에 못 이긴 장준석이 마구 몸부림을 쳤다. 그 거친 움직임에, 장준석이 붙들고 있던 이석의 와이셔츠 윗단추 하나가 두둑 뜯어져 나갔다.

이석은 장준석의 팔목을 붙잡아 꺾은 그대로, 팔오금을 치고 팔 전체를 반 바퀴 돌려 그의 상체를 테이블에 찍어 눌렀다.

술병과 잔, 접시 등이 밀려나고 바닥에 떨어지며 요란한 소리를 냈다. 순식간에 테이블 위에 머리를 처박고 엎드리게 된 장준석이 마구 발버둥을 쳤지만 이석은 꿈쩍도 하지 않았다.

"야, 이 개새끼야아악……. 놔, 씨바아아알……!"

"내가 너에 대해 말할 거리가 얼마나 된다고 생각해."

"이, 니미씨이발!"

"준석아, 태국에 왜 그렇게 관심을 가져?"

"그거야, 이 개색……."

"네가 고용한 청부업자는 이미 뒈졌는데."

일순간, 경악 어린 침묵이 내려앉았다. 파르르 떨리던 장준석의 입술이 다물렸다.

"연변에 사람 좀 그만 보내고. 믿을 사람이 있어? 누가 네 사람이고 또 누가 내 사람인지 알 게 뭐야."

"……."

"숙부님이 네 걱정 많이 하신다. 내가 걱정거리 더 얹어 드리지 않도록…… 조심 좀 하자."

마지막 말은 이전과는 비교도 할 수 없이 싸늘하게 들렸다.

장준석은 씩씩거리며 숨을 내뱉기만 할 뿐 별다른 말이 없었다. 뚫린 입이라지만 할 말이 있을 리도 없고. 그제야 이석은 천천히 손에서 힘을 풀었다. 장준석은 엎어진 채로 테이블에서 미끄러지듯 내려와 바닥에 주저앉았다.

"내가 일일이 보고하지 않는 건 네가 그럴 만한 가치가 없기 때문이야. 그러니까…… 내 계획에 거슬리지만 마."

"……"

"그 외엔 안심해도 좋아. 나는 정말로 네게 관심이 없거든."

그 말에는 딱히 장준석을 비웃거나 조롱하려는 의도가 담겨 있지 않았다. 정말 장준석이라는 인간 자체에 신경 쓰고 싶지도, 쓸 필요도 없다는 어투였다.

"아무래도 숙부님과는 다음에 만나 뵈어야겠군. 내가 여기 오긴 왔었다고 좀 전해 줘."

이석은 흐트러진 옷매무새를 가다듬은 후 걸음을 옮겼다. 남들보다 머리 하나는 큰 몸이 성큼성큼 방 안을 가로질렀다. 혼란스러운 사람들의 시선이 이석의 등 뒤를 쫓다가 다시 장준석을 흘끔 바라보길 반복했다. 이윽고 이석이 나가고 문이 쾅, 닫혔다.

"……"

"……"

고요해진 사위는 바늘 떨어지는 소리도 들릴 지경이었다. 분위기는 걷잡을 수 없이 가라앉아 수습이 불가능했다. 사람들은 주저앉은 장준석의 눈치만 보았다.

불현듯, 주먹을 꽉 쥔 채 앉아 있던 여자가 벌떡 자리에서 일어섰다. 이석의 옆에 앉아 있었던 주연이었다. 그녀는 가방을 낚아채듯 들며 장준석에게 사나운 어조로 말했다.

"오빠 진짜 오늘 나한테 왜 그래?"

"야아…… 너까지 또 왜 이래."

"주연아, 주연아."

이지규와 다른 여자가 조심스레 만류했지만, 주연은 아랑곳없이 짜증을 토로했다.

"분위기가 이게 뭐야? 내가 놀러 왔지 싸움 구경하러 왔어? 오빠 신경 써서 말리려고 했는데 닥치라니, 그게 나한테 할 소리야?"

화와 쪽팔림과, 모멸감이 뒤섞인 감정을 추스르느라 바닥만 응시하고 있던 장준석이 고개를 쳐들며 항변했다.

"야, 임주연, 분위기는 저 새끼가 먼저……!"

"그러니까 그냥 가겠다는 사람을 오빠가 붙든 거잖아! 그리고, 왜 나한테 술을 따르래? 내가 술 따르는 사람이야? 분위기 생각해서 기껏 참고 넘어갔더니만 나한테 닥치라는 소리나 하고……. 갈 거야."

"임주연! 저 썅, 아 씨발 진짜……."

장준석이 분해 죽으려는 얼굴로 머리를 헤집었다. 주연은 뒤도 돌아보지 않고 이석이 나선 길을 따라 방을 나가 버렸다. 굽이 부러질 듯 세찬 구두 소리가 바닥을 울렸다.

\* \* \*

엄준섭은 평소와 달리 미묘하게 사나워진 이석의 기분을 살피며, '절 부르시지 그랬느냐, 무슨 개소릴 지껄였기에 형님이 직접 나서신 것이냐…….' 등의 말을 붙여 왔다.

그러나 이석은 대꾸 없이 조금 신경질적으로 담배를 꺼내 물 뿐이었다. 머릿속에서는 연신 장준석의 말이 맴돌고 있었다.

장준석이 작정하고 늘어놓은 말들은 정작 이석의 신경을 거스르지 못했다. 어차피 대부분 예상했던 말이거나 개소리거나 우습기 짝이 없는 협박질에 불과했다. 이석이 집중한 부분은 다른 말이었다. 단 한 마디. 고작 그 한 마디.
　'형님이 여자에 정신 팔린 동안 많—은 일이 있었다 이거예요.'
　종종 흡연을 하긴 했지만 의존한 적은 없었는데, 오늘따라 담배 연기가 절실했다. 장준석의 말처럼 김정수나 신 전무 때문에 좆 될 위험이 있는 건 전혀 아니었다. 그러나 최근 자신이 예전 같지 않은 것은 사실이었다.
　여자에 정신이 팔린 것처럼 보였다고? 그럴 리가 없었다. 그럴 리가 없는데. 아니, 그래. 맞을 수도. 어쩌면, 정말 어쩌면……. 하지만 무슨 상관이지? 두 달 있으면 사라질 여잔데. 생각이 혼란스럽게 얽히고설켰다.
　"저기요!"
　정적을 깨는 힐 소리와 함께 누군가를 부르는 여자의 목소리가 들려왔다. 이석은 신경 쓰지 않고 마저 담배를 태웠다.
　"장이석 씨!"
　자신의 이름이 들리고 나서야 이석은 고개를 돌렸다. 옆에 앉아 있던 여자였다. 여자는 조금 가쁜 얼굴로 흠흠, 하고 목을 가다듬은 다음 마른 입술에 침을 발랐다.
　"저 아까, 옆에 앉았던……."
　"압니다."
　"그…… 제 이름은 아세요?"
　"성은 못 들었습니다."
　"임주연이에요. 임씨. 저어, 죄송해요."

"무슨 말씀이시죠?"

"준석 오빠를 제가 말렸어야 했는데……."

"아, 예."

주연 씨가 사과할 일이 아닙니다, 하는 상투적인 말조차 따라 붙지 않은 건조한 대답이었다. 하지만 아까 본 바로 성격은 이미 대강 파악했다. 주연은 굴하지 않고 곧장 본론을 꺼냈다.

"혹시 괜찮으면, 번호 받을 수 있을까요? 이런 상황에서 물어보는 거 죄송하긴 한데 정말 놓치기 싫어서요. 계속 연락하고 싶어요."

"……."

"저 이러는 거 처음인데, 정말 너무 마음에 들어서…… 이석 씨의 배경이나 그런 거 때문이 아니라, 그냥 너무너무 제 이상형이시고……."

주연은 늘 하던 것처럼 눈을 크게 뜬 채, 속눈썹을 연신 깜박거리며 부드러운 어조로 말을 이었다. 그러나 그런 노력이 무색하게도 냉담한 목소리가 그녀의 말을 도중에 끊었다.

"아까 장준석한테 들으셨을 텐데요."

"네?"

"같이 사는 여자 있다고."

"아, 하지만 곧 끝난다고…… 질은 모르지만 정말 그런 사라면 괜찮은 거 아닌가요? 상대 과거 별로 상관 안 해요 저는. 그리고 뭐……, 사실 여자 있어도 상관없어요. 그냥 가볍게 만나보고 싶은 거니까."

이석은 별것 아니라는 듯 말하는 주연의 얼굴을 유심히 바라보았다. 목소리가 묘하게 여원과 비슷했다. 조곤조곤하고 여린

투로 은근히 할 말 다 하는 것도 그렇고. 생김새는 전혀 다르지만.

배우를 준비한다는 소개답게, 객관적으로 주연은 예쁜 얼굴이었다. 일반인인 여원과는 내뿜는 분위기부터가 달랐다. 마르기만 한 여원과 비교했을 때 키도 컸고 볼륨감도 있었다.

주연 스스로도 그 사실을 잘 알고 있는지, 제 얼굴을 훑는 이석의 시선에 자신감 넘치는 미소를 지어 보였다.

순간적으로 만나 볼까, 하는 생각이 들었다.

이만한 여자가 주위에 없는 건 아니었다. 아니, 이보다 더 괜찮은 여자들도 많았지만 지금껏 이석은 그들에게 관심이나 욕구를 가져 본 적이 없었다. 그러나 오늘 장준석의 말을 듣고 나니, 차라리 다른 여자를 만나 볼까 하는 충동이 일었다.

"부담 안 가지셔도 돼요. 저도 제대로 남자 만날 처지는 아니니까. 괜찮으면 쭉 가는 거고, 아니면 아닌 거고."

그러나 이석은 금세 생각을 접었다. 임주연이 괜찮고 말고를 떠나서, 이 시기에 갑자기 여자를 만드는 건 계획에 없던 일이다. 여원과 헤어지고 난 후에는 슬슬 결혼을 염두에 두고 정략적으로 소개를 받아야 했다. 쓸데없는 곳에 낭비할 시간 같은 건 없었다.

"죄송하지만 거절하겠습니다."

"아……, 음…… 네."

주연의 입술이 연신 달싹였다. 그녀는 간절히 이유를 듣고 싶다는 얼굴이었지만, 자존심 때문인지 묻지는 않았다. 그녀는 애써 아무렇지도 않은 표정으로 쿨하게 말했다.

"뭐, 그래도 혹시 생각 바뀌면 연락 줘요. 잠시만요, 이거……

모델 일 할 때 잠깐 썼던 명함인데, 일단 이거라도 드릴 테니까."

이석은 별다른 거절 없이 순순히 명함을 받아 들었다. 거기에 주연은 조금 기대를 가졌지만, 그가 제대로 읽어 보지도 않고 무성의하게 집어넣자 금세 실망한 낯을 했다.

"……저도 한 대 피우고 가도 돼요?"

"그러십시오."

주연은 좀 더 이야기를 나눌 수 있어서 다행이다 싶었다. 그러나 그는 겨우 두 번 더 연기를 뱉고 시간을 확인했다. 오후 11시 29분. 집에 들어가면 자정. 평균적으로 여원이 잠자리에 들기 40분 전이었다.

이석은 곧장 반쯤 태운 담배를 재떨이에 넣어 버렸다. 그러고선 여자에게 간단히 고개를 숙인 후 미련 없이 자리를 나섰다. 이제 막 담배에 불을 붙인 주연이 망연한 얼굴로 그의 뒷모습을 바라보았다.

\* \* \*

자정을 조금 넘겨 돌아온 집에는 여느 때처럼 여원이 있었다. 익숙한 분위기와 향기에 어지럽던 정신이 그나마 좀 가라앉는 것 같았다. 이석은 여원을 보자마자 입을 맞추며, 그녀의 옷 속에 손을 넣어 등을 쓸어내렸다.

입술이 마주 눌리고 부드러운 살갗이 손바닥에 감겼다. 그녀를 만지고 살을 맞대면 온갖 상념은 휘발되어 버리고 만다. 앞으로 일어나야 하고, 또 일어날 일들은 어떻게 되든 상관없다는 생각마저 들었다. 비록 그때뿐이라고 해도.

가벼운 입맞춤으로 시작했던 키스는 점점 농익어 가며 질척한 소리를 냈다. 별안간 여원이 옅은 신음을 흘리며 그를 살짝 밀어내려고 했다. 이석은 품속에서 바르작대는 움직임에 인상을 쓰며 입술을 뗐다.

 "왜?"

 "담배랑 향……."

 말끝을 흐리던 여원이 뜯어진 그의 윗단추를 발견하고선 눈을 동그랗게 떴다.

 "단추 뜯어졌어요."

 "알아."

 "어디 다녀왔어요?"

 "왜?"

 "당신한테, 향수 냄새가 나서……."

 이석은 쓸데없는 이야기만 하는 여원의 입을 다시 막아 버렸다. 오늘 있었던 일에 대해서는 상기도 언급도 하고 싶지 않았다. 그녀 앞에서는 더욱.

 "읍, 음! 즈, 즘끈, 잠깐만, 이석 씨, 일단 씻고……."

 여원이 당황하며 고개를 뒤로 젖혔다. 이석은 해소되지 않은 얼굴로 그녀를 슬쩍 노려보았다.

 "어디 다녀왔는지 알아서 뭐 하게."

 "그건 나중에 얘기하고 일단……."

 "오늘따라 왜 이렇게 투정이야?"

 "아니, 내가 언제 투정을, 그냥 먼저 씻으라는……."

 "향수 냄새가 싫어?"

 "나 말 좀 마치자!"

그의 품속에서 여원이 왁 소리를 질렀다. 이석은 얼떨결에 그녀를 놓아주었다. 여원은 결연한 얼굴로 그의 정장 재킷을 잡고 뒤로 들추어 벗겼다.

"옷 벗어요!"

이석은 그녀의 손길에 맞추어 겉옷을 벗어다 건네주었다. 재킷을 팔에 건 여원이 욕실 쪽으로 그의 등을 밀었다.

"빨리 씻고 와!"

여원은 이석을 몰아내듯 욕실 안으로 들여보낸 후 문을 닫았다. 순식간에 일어난 일이었다. 잠시간 침묵이 흘렀다. 이석은 욕실 문을 똑똑, 두드리며 웃음기 어린 목소리로 말했다.

"여원아, 나 갈아입을 옷은 줘야지."

밖은 묵묵부답이었다. 이석은 기척을 살피다 어쩔 수 없다는 듯 마저 옷을 벗었다. 잠시 후 문이 살짝 열리더니 갈아입을 옷이 들여보내졌다.

* * *

이석이 샤워를 마치고 나오자, 여원은 침대에 엎드린 채 노트북으로 작업을 하고 있었다. 문이 열리는 소리에 그녀가 살짝 당황한 얼굴로 뒤를 돌아보았다. 무언가 할 말이 있는 것 같은 얼굴이었다.

그 묘한 기류에, 이석은 한쪽 눈썹을 들어 올리며 걸어와 침대 위에 털썩 앉았다. 그녀를 훑던 이석의 시선이 문득 노트북 옆에 놓인 종이 위에 닿았다. 핑크색 명함이었다.

"재킷 걸다가 명함이 나와서……."

여원은 한없이 조심스러운 태도로, 그의 눈치를 보며 말을 이었다.

"누군지 물어도 돼요……?"

"오늘 만난 사람이야."

"모델이랑요?"

"옛날 명함이래. 지금은 배우 지망생."

"아…… 무슨 일로 만났어요?"

"모임이 있었는데 자리 같이했어."

여원의 얼굴에 갖가지 감정이 스쳐 지나갔다. 불안함, 소유욕, 애정, 짜증, 희망, 슬픔……. 그것들은 이윽고 억눌러졌다. 그녀는 어리광을 피우듯, 누운 채 팔을 뻗어 이석의 허리를 끌어안았다.

"이석 씨 나랑 헤어지면 다른 여자 만날 거예요?"

"갑자기 왜 그런 걸 물어?"

"나한테도 그랬으니까……, 나한테 그랬던 것처럼……."

흔들리는 말끝에는 깊은 불안감이 녹아나 있었다. 뒷말은 이어지지 않았지만 이석은 어렵지 않게 추측할 수 있었다. 그가 그녀에게 했던 제안을, 다른 여자에게도 할 것이냐는 물음이리라.

이석은 조금 어이없다는 생각을 했다. 그녀는 제 일에 참견할 수 있는 위치가 못 됐다. 그가 사적으로 어떤 일을 하든 알 필요도 없었다. 이 계약의 갑은 그였지 그녀가 아니었다.

여원은 늘 이런 식으로 선을 넘을 듯 말 듯 굴었다. 그를 강제하려 들지는 않지만, 은근히 만류하는 기색을 보이며.

'섹파일걸? 호석 형한테 여자 산 거 아니에요? 곧 내쫓긴다는

소문이 파다한데.'

"……필요하다면 그렇겠지."

"내가 있는데도 필요해요?"

"네가 언제까지고 있을 건 아니잖아."

"당신이 나를 계속 있게 하면 되잖아요."

자존심이라곤 하나도 없는 말이었다. 이석은 그녀의 이마에 붙은 잔머리를 천천히 쓸어 넘겨 주며 중얼거리듯 대답했다.

"네겐 그만한 필요가 없으니까……."

그래. 아무런 가치가 없는 여자였다. 그에게 어떤 이득도 가져다주지 않는 존재였다. 제게 온통 손해뿐인 계약은 분명한 그의 실수였고, 기간이 끝나기 전까지는 사라지지 않을 오점이었다.

여원이 애처로운 눈으로 그를 올려다보았다. 그는 제 가슴속에서 타닥거리는 무언가를 애써 내리누르며 무미건조한 얼굴을 했다. 그녀가 속상한 목소리로 물었다.

"이석 씨, 내가 다른 남자를 만나도 괜찮아요?"

"……그랬어?"

"그냥 물어보는 거예요."

생각해 보면, 계약에 여원이 다른 남자를 만나선 안 된다는 조항 따위는 붙어 있지 않았다. 이석은 그녀가 딴 새끼를 이런 눈으로 바라보는 상상을 해 보았다. 일순 머릿속이 덜컹거렸다.

그녀가 자신이 아닌 다른 남자의 뺨을 쥐고 입을 맞추는 상상. 몸을 내맡기며 사랑의 말을 속삭이는 상상. 그에게는 언제나 자연스러웠던 일련의 행위들…….

계약에 이 조항을 넣었어야 했다는 후회가 들었다. 자신을 사랑하는 그녀가 그럴 리 없다는 것을 머리로는 알면서도, 일말의 불안감이 치솟았다. 이석은 반쯤 억눌린 목소리로 내뱉었다.

"너는 내가 빌렸어. 3년 동안."

"……."

"기한이 지나기 전까진, 넌 내 거야."

음조 사이사이에 숨기지 못한 욕망이 짙게 스며 있었다. 이석은 이 불쾌함이, 그녀가 자신을 떠보는 질문을 했기 때문이라고 여겼다. 속내를 파헤쳐 보려는 속셈 따위는 질색이었다.

"기한이 지나면요?"

그러나 여원은 그의 틀어진 비위를 알면서도 또다시 물어 왔다.

"기한이 지나면 난 당신 것이 아니게 되잖아요."

이석은 미간을 찡그렸다. 그의 기분을 거스르는 짓 따위는 웬만해서 하지 않던 여자였는데 오늘따라 이상했다. 그러지 않아도 클럽에서의 일로 그다지 좋지 않았던 감정이 더욱 예민해졌다.

"……무슨 대답을 듣고 싶은 거야?"

"당신이 나를 원했으면 좋겠어요."

"……."

"내가 당신을 원하는 것처럼."

여원의 간절한 목소리는 다른 남자 따위는 결코 만나지 않았다는 말처럼 들렸다. 그에 조금 안도가 되면서도, 동시에 이런 낯선 마음에 대해 거부감이 일었다. 끝이 얼마 남지 않은 시간까지도 온통 그녀에게 휘둘리는 기분이었다.

불쾌했다. 언짢았다. 이따위 손해만 가득한 조건으로 계약을 해 주었는데, 여원은 그 이상의 것을 바라고 있었다.

이석은 분수를 모르는 인간을 싫어했다. 호의를 권리로 아는 인간을 혐오했다. 그녀라고 다를 것은 없었다. 다르지 않아야 했고.

"말했잖아."

그가 메마른 어조로 말했다.

"네겐 그만한 필요가 없다고."

차갑게 마침표가 찍혔다. 방 안에 긴 침묵이 흘렀다. 무언가를 생각하는 듯, 가만히 있던 여원은 아무 말도 하지 않고 눈을 감았다. 이석의 허리를 끌어안은 팔에 힘이 조금 더해졌을 뿐.

그녀는 어린 동물처럼 그의 허벅지에 뺨을 비볐다. 애달프고 서럽게 느껴지는 몸짓이었다. 거기에서부터 시작된 뭉근한 열기가 온몸으로 퍼져 나갔다. 다소 날이 서 있던 분위기가 차차 풀어졌다.

이석은 약간 가라앉은 목소리로 물었다.

"바로 잘 거야?"

"그럴까요?"

"아니."

그녀의 작고, 어딘지 힘없는 웃음소리가 허벅지를 간질였다.

"지금은…… 내가 필요해요?"

"그래."

여원은 그것만으로 되었다는 것처럼, 몸을 일으켜 그에게 스스럼없이 안겨 왔다. 이석은 가는 몸을 품속으로 받아 내며 긴 숨을 뱉었다. 기묘한 충족감이 빠듯하게 가슴속을 채웠다.

그녀의 이런 면이 좋다. 서운한 듯 굴다가도, 이내 크게 마음에 담아 두지 않는다는 양 다시 웃어 주고, 말을 건네고, 입을 맞추고, 몸을 부딪쳐 온다. 초반에는 이따금 건방지게 굴 때도 있었지만 어느 샌가부터 그러지 않아서……, 언제부턴가…….

언제부터였더라…….

흐트러지는 상념을 끝으로 머릿속이 멍해진다. 가까운 거리에서 숨이 섞이고 말캉한 입술이 붙었다가 떼어지길 반복했다. 제 뺨을 가볍게 쥔 그녀의 차가운 손이 옅게 떨리고 있었다. 이석은 그 손등 위에 제 손을 올리며 더욱 깊이 입맞춤했다.

아무리 해도 도무지 질리지 않는 짓이었다. 섹스도 아니고 고작 키스일 뿐인데도. 번번이 그는 이 조잡한 행위에 어이없이 이성을 함락당해 버린다.

단순히 입을 맞추는 행위 자체 때문이 아니라, 그녀의 감은 눈꺼풀과 제 뺨을 감싸는 손과 떨리는 숨결과 달아오르는 낯— 그 모든 것들로 인해서.

'형님이 여자에 정신 팔린 동안…….'

불쑥 찾아든 불청객처럼, 장준석의 말이 뇌리를 흔들고 지나갔다. 부지불식간에 머릿속이 차가워졌다. 단꿈에서 현실로 내동댕이쳐진 듯 이석의 기분이 급격히 가라앉았다.

무시하면 되는 말이다.

무시하면 되는 말인데.

이석은 키스를 멈추고선 제 뺨에 위에 놓인 그녀의 손을 떼어 냈다. 여원의 낯 위로 약간의 당황스러움과 의아함이 떠올랐다. 이석은 그를 무시하고 그녀를 쓰러뜨리듯 눕혔다. 티셔츠를 밀어 올리고 가슴을 그러쥐는 손길에는 배려가 없었다.

"이, 이석 씨, 잠깐만……."

"싫어?"

"싫은 게 아니라……."

장준석의 그 말을 무시할 수 없는 이유는, 은연중에 이석도 인정하고 있기 때문일 것이다. 자신이 무언가 이상하다고. 그러니까 더욱 그녀는 안 된다. 신여원은 안 됐다. 장준석이 말한 섹파, 그 이상이 되어서는 안 됐다.

지나가는 소나기였다.

언제 그랬냐는 듯 날이 갤 것이다.

여원의 걱정스러운 시선이 얼굴 위를 더듬었다. 그녀는 한 손을 들어 올려 그의 뺨을 감쌀 듯하다가, 머뭇머뭇 허공만 배회하고선 천천히 거두었다.

"당신 오늘……."

"오늘따라 왜 이렇게."

이석은 거칠고 갈라진 목소리로 경고하듯 말했다.

"말이 많아……. 성가시잖아."

여원이 입을 꾹 다물었다. 그녀의 투명한 눈동자 위로, 유리 같은 감정이 조각배처럼 떠올랐다. 상처와 체념…… 그 어디쯤의 무언가. 부서진 파편들이 여기저기 생채기를 내며 떠다니는 것처럼 한없이 연약한 눈빛이었다.

그 눈빛에 이상하게 목이 조금 메었다. 머릿속에 정갈히 정리해 놓은 선들이 한데 꽉 엉켜 버리는 것 같았다. 또다. 이 낯설고 짜증 나는 기분. 그는 힘이 빠지려는 제 손을 간신히 붙들어 맸다.

때때로 이석은 그녀를 엉망진창으로 만들어 버리고 싶기도 했고, 또 때로는 유리 세공으로 만들어진 물건처럼 조심스럽게 다루고 싶기도 했다. 이중적인 마음이었다. 기묘한 열기가 목

안쪽을 긁어내린다.

  이 혼란스러움을 풀 방법 따위는 아무것도 없었다. 그 어떤 알고리즘을 정렬하고 재배열해도 답은 나오지 않았다. 그녀 전체가, 처음부터, 모조리 다 오류였다.

  그는 낯가죽 아래에서 일렁거리는 것들을 하나하나 지워 나갔다. 제 눈 속에 죄수처럼 갇힌 음울함과 일말의 미련마저도, 바닥이 보이지 않는 강물 밑으로 가라앉혔다.

  저 높은 육지 위에서 강물의 바닥을 볼 수는 없는 법이었다. 바닥의 것들을 되찾기 위해선 물 밑으로 함께 가라앉아야 한다. 숨을 참고, 머리부터 발끝까지 몸을 온통 적시고, 깊은 압력을 견뎌 내야 한다. 그렇게 기어코 가장 낮은 곳까지 다다라 바닥을 헤매야만 한다.

  이석은 그녀에게 입을 맞추었다. 그녀가 상처 입은 눈을 감는다. 그 눈을 뜨게 해 올곧게 눈동자 안에 저를 담고 싶으면서도, 동시에 영영 자신을 똑바로 바라보지 않았으면 했다. 예기치 못한 순간에— 제 안의 무언가가 꿰뚫리리라는 불안감이었다.

  이석은 그녀와 함께 눈을 감았다.

  너만 없으면 내 삶은 완전한데. 내 세계는 무결한데. 너는 반듯하고 질서 있는 육지 위를 걷던 나를, 한 치 앞을 알 수 없는 물속으로 자꾸만 끌어 내리려고 해. 그 물속은 나를 오점투성이로 만든다. 그래서 나는 네가 불쾌해.

  이석은 스스로에게 뇌까렸다.

  나는 네가, 정말로…… 불쾌해.

10. 서른셋의 남자

## 10. 서른셋의 남자

"며칠 해외에 나가 있어야 할 것 같아."

여원의 퇴근길에서 이석은 조금 머뭇거리는 어조로 말했다. 이제 겨우 그녀와 대화를 트고 경계심을 누그러뜨렸는데, 며칠씩이나 떠나 있어야 한다니 달갑지 않았다. 그러나 그가 생각해 둔 앞으로의 계획을 위해서라도 나가 보지 않을 수 없는 일이었다.

"다음 주 화요일부터."

여원은 조금 멀뚱한 얼굴로 그를 올려다보았다. 다행이라고 해야 할지, 그녀의 눈에는 '어쩌라고? 그걸 왜 나한테 말해?'와 같은 속내는 엿보이지 않았다. 큰 관심을 보이지 않는 건 매한가지였지만.

"어디 가는지 안 물어봐?"

"……어디 가는데요?"

"마카오. 최대한 빨리 올게."

"안 와도 되거든요……."

"빨리 올게."

이석은 아랑곳하지 않고 재차 강조했다. 여원은 조금 뾰족한 말투로 말했다.

"대체 언제까지 이럴 거예요?"

"이제 하지 말라곤 안 하네."

"하지 말래도 할 거잖아요."

"맞아."

"당신은…… 내가 이렇게 구는데 정떨어지지도 않아요?"

"무슨 정이 떨어져?"

이석은 별 해괴한 소리를 다 듣겠다는 듯 되물었다. 차라리 정말 그녀의 말처럼 정이 떨어지면 좋으련만, 그런 일은 일어나지 않았다. 또 애당초 그녀는 정떨어질 만한 행동 같은 걸 한 적이 없었다. 설령 여원이 자신을 죽이려 든다고 해도 그럴 일은 없을 것이다.

"네가 어떻게 굴었는데 정이 떨어져."

"……싸가지 없이?"

"세상에 싸가지 없는 인간들 다 뒈졌군."

"장이석 씨."

여원의 걸음이 조금 느려졌다. 이석은 거기에 발을 맞추며 이어질 말을 기다렸다.

여원이 가라앉은 목소리로 성을 붙여 가며 그의 이름을 부를 때는, 정말로 진지하다는 뜻이었다. 평소에 진지하지 않다는 건 아니었지만 이럴 때는 특별히 더 그랬다.

"다시 돌아오면, 이제 정말로 그만둬요."

"뭘?"

"제게 이러는 것 전부요. 그냥 하는 소리 아니에요. 해외 나가 있는 동안 이성적으로, 생각 정리도 좀 하고……."
"생각 정리는 4년간 지긋지긋하게 했어."
"그래서 계속 이럴 건가요? 앞으로 평생?"
"그래."
"제가 결혼이라도 하면 어쩌려고요?"
 순간 이석은 말문이 턱 막혔다.
 말 자체는 해석이 되는데, 머릿속에서 제대로 받아들여지지가 않았다. 결혼? 그녀가 결혼한다고? 단 한 번도 가정해 본 적이 없었다. 여원에게 남자는 자신이 처음이자 마지막이었고, 당연히 앞으로도 그러리라 생각했으니까.
 이석은 간신히 표정을 가다듬었다. 존재하지도 않는 남편의 목을 조르고 싶은 충동이 일었다. 결혼하기도 전에 사고사로 위장해서 죽여 버리지나 않으면 다행일 터였다.
 하지만 만약 여원이 결혼 생활에 행복해한다면…… 정말 그렇다면……. 생각만으로도 목덜미가 저릿해 왔다.
 이석은 한참 말을 고르고서야 떨어지지 않는 입을 열었다.
"……기다릴게. 이혼하면 나한테 와."
 그 말은 마치 굴복하는 이의 그것이었다.
 장호석을 비롯하여 그를 아는 인간들이 멍청하다며 손가락질을 하고 비웃는다 해도 할 말이 없었다. 실제로 멍청하기 짝이 없었다. 그러나 이석으로서는 이게 최선이었다.
 그녀를 오피스텔에 가두어 놓고 강제하지 않는 건 같잖은 배려, 진심, 걱정, 그런 이유 때문이 아니다. 이석은 그럴 정도로 착한 인간이 못 됐다. '그 일'만 아니었다면 그는 벌써 여원을 원대로 휘두르고 말았을 것이다. 가져 버리고 말았을 것이다.

 이석을 억누르고 제압하는 건, 그녀를 간절히 원하면서도 함부로 손대지 못하게 만드는 건— 오직 두려움이었다.

 3년 전 그녀가 수감 중이었을 때, 교도소 안에서 일어났던 일. 어쩌면 이 두려움은 모두 그 일로부터 비롯된 것이었다.

 이석은 물끄러미 그녀를 내려다보았다. 여느 때처럼 투명한 얼굴에는 우울감이나 근심이 하나도 드러나 보이지 않았지만, 알 수 없는 일이었다. '자신을 죽여도 된다'고 초연히 말하던 전날까지만 해도, 그녀에겐 전혀 그런 낌새가 없었으니까.

 "평생 이혼을 안 하면요?"

 "그래도 기다릴게."

 "안 믿어요."

 "안 믿어도 기다릴게."

 여원의 표정이 미묘해졌다. 거기에는 희미한 동정심이 섞여 있는 듯도 했지만 이석은 개의치 않았다. 아무런 감정이 없는 것보다야 동정하는 게 백배 나았다.

 "새삼 느끼는 거지만……, 4년 동안 당신 너무 이상해졌어요."

 "나는 원래 이상했어."

 "그건 그래요."

 "……."

 "……뭐가 당신을 이렇게 만들었어요?"

 "네가 아니면 뭐겠어?"

 이석은 당연한 걸 묻는다는 듯 대꾸했다. 그러자 여원은 살짝 당황한 얼굴로 잠시 고민하더니, 조심스럽게 입술을 뗐다.

 "당신 혹시…… 배신당하는 게 취향이에요?"

"……그럴 리가 없잖아."

그녀의 사고는 이따금 종잡을 수가 없었다. 이석은 웃어야 할지 울어야 할지 모르겠다고 생각하며 짧게 한숨을 내쉬었다.

"왜 나를 못 받아들여?"

"못 받아들일 이유는 많아요."

"그러니까 정확히 어떤 건데. 하나하나 말해 봐."

"하나하나요?"

"그래. 모두."

"일단…… 내가 당신을 더 이상 사랑하지 않고, 당신은 사람 상처 주는 말을 너무 잘해요. 타인에게 지나치게 냉정하고 차갑고 선을 긋는 데다 그걸 넘어오는 걸 용납하지 않죠. 또 계획이나 시간을 너무 신경 써서 숨 막혀요."

여기까지 말한 여원이 잠깐 숨을 돌렸다. 아주 작정한 얼굴이었다.

"이석 씬 우월하고 고고한 사람이고 당신 스스로가 그걸 체화하고 있어요. 남들이, 저를 포함해서, 당신 아래에 있는 게 당연한 사람이죠. 내 깎아 먹은 자존감은 다 당신 때문이었다구요. 그런데 또 이상한 부분에서— 그러니까, 자신의 감정이나 관계에 대한 부분에서 애 같고."

끝났거니 싶었던 것도 잠깐, 곧장 또 말이 이어졌다.

"그리고 무엇보다, 하는 일이 나쁘잖아요. 난 당신이 속한 그 세계가 진저리 나게 싫어요. 법과 도덕을 지켜 가며 안전하고 무탈하게 살아가는 사람만 곁에 두고 싶다구요."

많기도 많았다. 이석은 체념한 어조로 대답했다.

"……다 고칠게. 이미 고친 것도 있어."

10. 서른셋의 남자 325

"첫 번째랑 마지막 이유가 제일 중요한 건데."

 "첫 번째는 내가 어떻게 할 수 있는 부분이 아니지만, 마지막 이유는 노력해 보지. 그리고…… 이상한 부분에서 애 같아서 싫다니? 옛날엔 그것도 귀엽다고, 좋다고 했잖아."

 "콩깍지였어요."

 "빌어먹을."

 이석이 조금 사납게 중얼거렸다. 문득 옆에서 푸핫, 하고 웃음이 터졌다. 그가 돌아보자 여원은 바로 정색했다.

 "안 웃었어요."

 "뭔 소리야. 웃었잖아."

 삐딱하게 반응하면서도 이석의 표정은 완전히 누그러져 있었다. 실컷 비난을 들어 먹긴 했지만 그녀가 웃었으니 그걸로 됐다.

 "다른 거 다 고친대도 첫 번째 이유가 고쳐지지 않는다면 무슨 소용이겠어요. 말마따나 그건 당신이 어떻게 할 수 있는 게 아니잖아요. 그러니까 이제 그만해요, 정말로."

 "……이사는 언제 갈 거야?"

 "말 돌리지 마요."

 "진짜 언제 갈 건지 궁금해서 그래."

 "글쎄요……."

 여원은 자신도 모르겠다는 듯 대답했지만, 이석은 그녀가 일부러 말해 주지 않는 것임을 알았다. 아마 그녀는 이사 전날까지도 말해 주지 않을 테지.

 하지만 어차피 알려면 다 알 수 있었다. 이석은 그녀가 부동산 매물을 알아보기 시작하면, 중개인에게 따로 돈을 준다든가

해서 좋은 매물을 싼값에 소개하도록 할 작정이었다.

그녀가 쓰레기 같은 곳에서 사는 꼴을 보는 건 이곳만으로 충분했다.

영 껄끄러운 눈으로 그를 바라보던 여원이 생각났다는 듯 말했다.

"참, 내일 퇴근길엔 오지 마요. 선약 있어요."

"누구랑?"

"다영이요. 그, 당신이 처음 공장 앞에 왔을 때 봤던 어린 친구……."

"기억나."

최근 여원과 가깝게 지내는 이라 의례상 뒷조사를 했었다. 별달리 특이 사항은 없었다. 교제 중인 남자 친구에게 폭력 전과 1회 및 카드론 대환 대출과 연체 기록, 그리고 간헐적 폭발성 장애가 있긴 했지만, 거기까지 신경 쓸 바는 아니었다.

"무슨 선약인데?"

"밥 약속이요."

"나랑은 한 끼도 안 먹어 주잖아."

여원은 대꾸할 가치도 없다는 듯 침묵했다. 10년쯤 곁에 계속 있으면 밥 한 끼 정도는 함께 할 수 있으려나. 이석은 처음으로 제 계획에 진담 반 농담 반으로 말노 안 되는 기간을 잡았다. 소리 없는 한숨이 입 안에서 흩어졌다.

*　*　*

마카오의 우기는 4월에서 10월쯤까지로 꽤나 긴 편이다. 8

월을 넘긴 오늘도 거리 위로 추적추적 비가 내렸다. 빗길 위로 차가 부드럽게 멈추어 서자마자 이석은 시간을 확인했다. 오후 6시 29분. 정확한 도착 시간이었다.

바깥에서 차 문이 열렸다. 이석이 발을 내딛자마자 머리 위로 우산이 씌워졌다. 차에서 내린 이석의 바로 앞부터 건물 입구까지, 시커먼 정장을 입은 채 허리를 숙인 사람들의 행렬이 이어져 있었다. 한국에서는 눈에 띄어서 하지 않는 짓이다.

이석은 가죽 장갑을 벗으며 걸음을 옮겼다. 행렬 끝에는 모간 저우가 웃는 낯으로 담배를 태우며 서 있었다. 통통한 얼굴 위로 불그스름한 빛깔이 돌았다. 모간 저우가 내민 손을 이석이 잡자, 그는 힘 있게 악수했다.

【장리스張理奭! 반갑소.】

【오랜만입니다.】

【자네는 어째 더 잘생겨졌어.】

【회장님께서 직접 만나 뵙고 싶어 하셨으나, 아시겠지만 최근 국내 사정이 여의치 않은지라 제게 전권 위임 하셨습니다.】

이석은 자연스러운 중국어로 말을 받았다. 홍콩 재벌인 모간 저우는 그간 카지노 인터넷 도박 사업을 주축으로 하다가, 최근에는 호텔과 금융업 육성에 힘을 쓰고 있었다. 그 부분과 관련하여 손을 잡은 것이 삼진 금융 및 건설사였다.

【아, 장리스가 와 주는데 나야 좋고말고. 한창 바빴다더니 얼굴 한 번 보기 힘드오. 위란이 어찌나 자네 얼굴이 보고 싶다고 징징거리는지. 지금 온 걸 알면 눈물 좀 짜겠군.】

위란 저우는 모간 저우의 막내딸이었다. 지난번 방학 시즌에 우연찮게 잠시 보긴 했지만, 그녀는 아직 유학생 신분이었으므로 지금쯤 해외에 있을 터였다. 당시 모간 저우가 제 딸을 은근슬쩍 붙이려 들던 것을 모르지 않는 터라 차라리 없는 게 다행이었다.

모간 저우는 여유 만만한 태도로 이석을 이끌었다.

【위란이 유학 중인 나라가 어디라고 말했었소?】

【영국이라고 들었습니다.】

【아, 말했었군. 이제 나이가 스물여섯인데, 공부하는 게 재밌는지 도통 연애 생각이 없는 모양이야. 그 애는 남자를 싫어해서 큰일이라오. 결혼이나 제대로 할는지……. 그래도 자네같이 잘생긴 남자에 한해선 또 경우가 다른 건가, 하하하!】

모간 저우는 묻지도 않은 말을 주절주절하며 분위기를 풀었다. 묘하게 장호석과 비슷한 부류였다.

【오늘은 첫날이니 편하게 구경도 할 겸 쉬다 가시오. 콘셉트 룸으로 잡아 놓았으니까. 자네와 따로 할 말도 있고.】

【호의에 감사드립니다.】

【짐은 맡겨 두고 바로 둘러보는 것이 어떻소? 사오위! 짐을 객실로 옮겨 드려.】

【아, 말씀은 감사하지만 거기까지 실례할 수는 없지요. 제 수행원에게 맡기겠습니다.】

이석은 예의 웃는 낯으로 서질했다. 분명 입매는 미소 짓고 있었고, 적당히 조곤조곤하고 나직한 어투였으나 이상하게도 부드럽지는 않았다. 모간 저우는 그런 이석을 묘한 눈으로 일별하고선 다시 유쾌히 말했다.

【좋아, 좋아. 여기 오신 적이 있소? 아아, 하기야 삼진 시공인데 오셨겠지마는. 그러니까 내 말은…….】

【완공 날에만 잠깐 온 것이 다입니다.】

【오, 그렇군. 그래……. 안쪽으로 들어가겠소? 저녁 식사 겸해서 술이나 한잔합시다.】

무언가를 잠시 고민하는 듯하던 모간 저우가 이석의 어깨에 친밀하게 손을 올렸다. 잠깐의 간격을 두고 이석이 고개를 끄덕였다.

\* \* \*

【……그따위로 공사를 진행하는 데엔 이유가 있을 건데, 꼭꼭 숨겨 두기만 한단 말이지. 특별한 날이라도 잡고 있나?】

직원이 따르는 마리아 도레스테(Maria Do Leste)가 빈 잔 위로 유려한 선을 그리며 떨어졌다. 이어 다니엘 소를뤼의 굴과 송어알을 곁들인 홋카이도 성게, 그리고 붉은 새우가 흰 접시에 담긴 채 내어져 왔다.

이석은 흠 없이 반듯한 몸가짐으로 수저를 들며 대답했다.

【철근과 철골의 혼합형, 그리고 아웃리거 구조에 벨트트러스를 적용한 것은 맞다 합니다. 이러나저러나 그쪽 문주가 죽기 전에 강행하려는 것 아니겠습니까.】

【문주가 죽기 전이라. 아, 여기에 와인 페어링 패키지를 추가하려고 하오.】

모간 저우는 생각났다는 듯이 한 마디 덧붙이고선 다시 본론을 이어 갔다.

【으음, 죽기 전에……. 아무래도 그럴 가능성이 높지. 어디까지나 추측일 뿐이지만. 이거야 원 90년대에 북한에서 진행하던

류경 호텔 꼴이 나게 생겼소. 그때도 축전날인가에 맞춰서 공사를 무리하게 진행했다고 하거든. 물론 하이취앤은 자금줄 대려는 놈들이 많지만.】

【다른 면에서도 비슷합니다. 하이취앤 리조트에도 카지노 유치 계획이 수립됐었지요. 류경 호텔도 당시 홍콩의 인베스트먼트가 재투자하다가 카지노 사업권 다툼 때문에 무산된 거라고들 하지 않습니까.】

【아! 그래! 맞군, 맞아. 자네 어릴 때 얘기일 텐데 아는 것도 많군. 하이취앤도 투자자가 바뀌면 카지노 사업권 때문에 또 알력 다툼이 있을 거요.】

【끼실 요량이십니까?】

【글쎄…… 뭐, 어느 정도 간은 봐야겠지. 장리스가 함께해 준다면 조금 손쉬워지지 않겠소?】

모간 저우가 떠보듯 웃었다. 이석은 균일한 낯으로 잔을 들어 보일 뿐이었다. 얼마간 식기 달그락거리는 소리만이 룸 안을 채웠다.

【아, 최근엔 영화사에도 관심이 있다오.】

【처음 듣는군요.】

【뭐, 본격적으로 하려는 게 아니라 그냥 여흥이니까. 자네는 배우로 일해 볼 생각이 없소? 정말이지, 웬만한 남자 배우들보다 훨씬 낫단 말이야.】

모간 저우는 농담조로 말했다. 이석은 너무 빠르지도 늦지도 않게 한쪽 입매를 끌어 올리며 받아쳤다.

【아쉽지만 연기를 못해서 안 되겠습니다.】

【자네가 얼굴만 출연해 준대도 난리가 날 거요.】

이어 무겁지 않은 내용의 대화가 오갔다. 최근 홍콩 영화사가 많이 죽었다는 이야기, 아는 유명 배우에 대한 낭설, 위란 저우의 유학 생활…… . 적은 양의 음식이 놓인 접시가 거의 다 비워져 갈 즈음, 누군가 문을 똑똑 두드렸다.

【아, 왔군.】

모간 저우는 포크를 들어 올리던 손을 뚝 멈추고선 무미건조하게 내뱉었다.

【들어와!】

들어와? 이석은 한쪽 눈썹을 살짝 치켜올리며 왼쪽을 바라보았다. 이어 정장 차림의 사내가 커다란 캐리어를 질질 끌고 들어왔다. 모간 저우는 미안하다는 투로 양해를 구했다.

【내가 깜빡 잊은 바람에 식사 중에 실례하겠군. 시간이 겹칠 줄 모르고 있었어.】

"……."

이석은 대답 없이 눈앞의 작태를 지켜보았다. 사내는 고개를 꾸벅 숙이고선 캐리어를 바닥에 거칠게 눕혔다. 직, 지익, 적요한 가운데 지퍼 열리는 소리가 요란했다.

캐리어의 네 면 중 두 면이 열렸을 때, 그 안에 든 게 무엇인지 이석은 직감적으로 알 수 있었다. 희미한 혈 향이 났기 때문이었다. 아니나 다를까, 뚜껑이 열린 캐리어 안에는 꽁꽁 묶인 남자 하나가 들어 있었다.

정장 차림의 사내는 캐리어를 뒤집어 묶인 남자를 바닥으로 굴러떨어지게 만든 후, 강제로 무릎을 꿇게 했다. 재갈이 물린 잇새로 으, 읍, 윽, 하는 소리가 연신 새어 나왔다.

떡이 된 머리카락 사이로 비치는 얼굴은 온통 피투성이다. 시커먼 중에 흰자위만 생생했다. 지금껏 살아 있는 게 용할 정도로 지치고 야윈 모습이었다.

【……갑작스럽군요.】

【카지노 판에서 죽치고 살던 놈이오. 내가 운영하는 인터넷 도박은 물론이고. 빚이 어마어마한데, 장기도 두 번 팔았지만 다 못 갚았소.】

【이런 놈까지 직접 처리하시는 줄은 몰랐습니다.】

【작은 일을 좌시하다 보면 언젠가 몸집을 불려 나를 위협하는 법 아니겠소. 이따금은 하찮은 불씨도 내가 직접 밟자는 것이 지론이라오.】

【장 회장님의 지론과 비슷하시군요.】

【그거 영광이군.】

흡족하게 대꾸한 모간 저우가 총을 꺼내 들었다. 이석은 무감한 얼굴로 검은색 권총을 바라보았다.

마카오는 민간 보유 사격장 내에서 개인 소지 총기를 보관하는 것까지만 허용이 된다. 즉 기본적으로는 금지였다. 그러나 마카오의 부촌인 콜로안만 해도 총기소유금지 경고판이 있으니, 그가 총기를 소지하고 있는 것도 이상한 일은 아니었다.

모간 저우는 검지를 방아쇠울 위에 댄 채 흐음, 소리를 냈다.

【장리스는 사람을 죽여 본 적이 있소?】

【필요하다면.】

【총? 나이프? 아니면 둔기?】

【실전에서 총기는 사용한 적이 없습니다.】

【아, 그렇겠군. 한국은 총기 사용에 엄격하니까. 그럼 지금 한번 해 보시겠소? 경험 삼아.】

이석은 덤덤한 눈으로 모간 저우를 잠깐 응시하다가, 그가 쥔 권총으로, 그 총구로, 또 그 총구가 겨누는 방향을 따라 묶인 남자에게까지, 차례차례 시선을 주었다. 그러고는 천천히 입을 열었다.

【……관련되지 않은 일은 하지 않습니다.】

【아, 그렇지. 자네는 철저하니까.】

탕!

【그런 점이 마음에 든다오.】

총성과 함께 남자의 몸이 뒤로 넘어갔다. 순식간에 벌어진 일이었다. 단말마처럼 꿈틀대던 마른 어깨가 이윽고 잠잠히 가라앉았다. 몸 밑에서 기어 나온 핏물이 바닥 위로 번졌다.

모간 저우는 총을 다시 집어넣곤 태평한 낯으로 말했다.

【나는 겁을 집어먹는 녀석들을 싫어하거든.】

이석의 낯빛이 고요히 가라앉았다. 일부러 보여 준 것이다. 그리고 저자는 채무 때문에 죽은 게 아니었다.

【저를 놀리시는 겁니까?】

【놀리다니.】

【애니원 중계무역회사의 임원 아닙니까.】

이석도 아는 자였다. 데이빗 홍. 그는 중국계 미국인으로 애니원이라는 유령 회사를 세운 후, 삼진을 비롯한 여러 건설사에 철강재를 매입하게 만들면서 뒤로는 파산을 준비했었다. 또 8,000톤에 달하는 철근을 빼돌리는 등의 돈세탁과 사기 행각을 벌였다.

이 때문에 여러 건설업계가 물먹을 뻔했다가, 이석에게 꼬리를 밟혀 대부분 제거당했다. 곧장 해외로 도망친 한 놈 빼고.

이석이 그 도망친 놈을 바로 알아볼 줄은 몰랐는지, 모간 저우는 눈을 조금 크게 떴다. 물끄러미 이석을 응시하던 그가 이내 픽 웃었다.

【얼굴이 엉망인데 용케도 알아봤군. 자네 복수를 대신 해 준 거요. 그래, 한국은 좁지 않소? 장리스의 역량치고 말이야.】

【삼진은 글로벌 기업입니다만.】

【뭐가 됐건 한국은 이런저런 제약이 많지 않소. 아무리 삼진이 정계와도 손을 잡고 양지로 올라왔다지만 여전히 특수 경찰들은 눈에 불을 켜고 있고……. 나는 자네가 탐이 나.】

모간 저우가 이석을 정면으로 마주하며 씩 웃었다. 욕심으로 번들거리는 시선이었다.

【호텔이든 리조트든 그리고 그걸 누가 투자하든 누가 지어 주든, 카지노와 마약은 상생하기 마련이오. 돈이 될 만한 건 그뿐만이 아니야. 마카오 사우나를 보시오. 그건 아예 거대한 시스템이야. 중국 본토나 홍콩에서는 성매매를 규제하고 있으니 상대적으로 유한 마카오에 대거 몰려드는 건 당연한 일이오. 약에 취한 채 섹스하는 쾌락은 두 손목을 잘라도 끊어 낼 수가 없다지.】

【……】

【장리스, 자네 쪽도 사실 다 알고 있던 소리 아니오? 이쪽 건설은 뭐, 당연히 매춘과 마약의 테마파크를 만드는 거지.】

【적어도 저는 완공 이후로 관여하지 않습니다.】

【아, 자네는 철저히 검증되지 않으면 발도 안 들이는 타입이지. 그런 점이 또 마음에 들지만. 좋소. 내 자네를 믿기에 말해 주겠소.】

모간 저우가 느긋하게 웃으며 이석을 바라보았다.

혈연이나 혼연으로 묶이지도 않은 자를 믿는다니, 이 바닥에서 그 말을 정말 믿을 만큼 멍청한 이가 몇이나 될까. 어차피 이석이 정보를 누설하는 건 제 살 파먹기라는 것을 알기에 말해 주는 것일 테다.

【……경찰 무전 주파수를 알아냈소. 그 새끼들이 접선책을 알아내기 전에 우리가 먼저 손을 써야지. 지금은 태국만 주시하고 있겠지만, 미국의 난민 화약고인 콜롬비아계가 뉴욕에서만 판치리란 보장은 없단 말이야.】

경찰의 무전 주파수. 엄청난 정보였지만 이석의 얼굴에는 한 치의 동요도 없었다.

【제가 맡은 일과는 직접적 연관이 없는 일입니다.】

【내 밑으로 딜러들은 이미 마련됐다오. 아직 시중에 풀리지 않은 클로이(Chloe)를 소분할 거야. 웬만한 대형 카르텔에서도 모르는 일이지.】

【추가하시겠다던 와인 페어링 패키지도 관련이 있습니까? 뱅 마리아니(Vin Mariani, 프랑스 와인에 코카잎을 넣고 코카인을 추출한 혼합주)를 재현하기라도 하시게요.】

코카인을 와인에 몰래 녹여 수출입하는 건 신종 수법이다. 여기까지 이야기가 나온 마당에 관련이 없으리라 생각되지 않았다. 4년 전 장준석이 벌였던, 어린아이 같은 조잡한 짓과는 차원이 다른 판의 밀매였다.

【아, 정말이지 자네는, 관심 두지 않은 일은 다 모른 척 굴면서…… 맞소.】

【…….】

【너무 꼬아서 듣지는 마시오. 이건 협박 같은 게 절대 아니니까. 자네가 적임이라 생각되어 제안하는 거요. 일이 잘 안 되더라도 난 장리스를 적으로 두진 않을 거라오. 나는 자네와 잘 지내고 싶어.】

어마어마한 제안인 건 맞지만 이석은 약 장사 따위엔 관심이 없었고, 애당초 그의 권역도 아니었다.

그러나 모간 저우도 그 사실을 알고 있었다. 모간 저우가 이석에게 바라는 건 적당한 연계, 그리고 카지노와 매춘 및 밀매 사업권을 이석이 가져옴으로써 모간 저우의 편을 들어주는 것이었다.

모간 저우는 여유 만만한 표정으로 이석을 응시했다. 확실히, 의뭉스러운 노인네다. 그러나 휩쓸릴 법한 작금의 분위기에도 이석은 고저 없이 말문을 뗄 뿐이었다.

【……저 혼자 결정할 일은 아닙니다. 회장님과 논의하겠습니다.】

\* \* \*

오후 9시 35분. 본격적인 밤이 시작되지도 않은 시각이었다.

약에 취한 스트리퍼들이 반쯤 옷을 벗은 채 꿈을 꾸듯 웃었다. 퇴폐적인 조명과 시끄러운 음악으로 가득한 지하엔 코카인 향이 자욱했다. 공개된 장소에서 대놓고 들러붙는 남녀들도 있었다. 마치 일반적인 세상과는 유리된 듯한 광경이었다.

이곳에는 수십, 많게는 수백 명의 여자들이 돌아다니고 남자들은 그중에서 상대를 고른다. 상류층들이 애용하는 장소였으므로 고급 콜걸도 꽤나 섞여 있었다. 거대한 매춘의 테마파크 격이었다.

　모간 저우가 이전에【여기 오신 적이 있소?】라고 물었던 것은 이러한 지하까지 와 보았냐는 뜻이었다. 그리고 완공 날에만 잠깐 들렀다는 이석의 대답은 거기에 대한 부정이었다. 그에 모간 저우는 잠깐이라도 자기 사업을 둘러보기를 종용했다.

　이석은 입구 근처에서 건성으로 안을 훑으며 걸음을 옮겼다. 강선영과 엄준섭을 제외한 나머지 수행원들은 몇 걸음 뒤에서 포진해 있었다. 원래도 이따위 불결한 곳에는 관심이 없었지만, 지금은 더욱 껄끄러웠다.

　'당신은 *나쁜 사람*이에요. 법적으로든 도의적으로든, *4년 전이든 지금이든.*'

　이렇게나 요란한 와중에도, 여원의 목소리가 생생하게 들려오는 듯한 착각이 일었다.

　'그때도 지금도 당신이 그런 사람인 줄은 알고 있었어요.'

　이석은 모간 저우가 데이빗 홍을 쏴 죽이던 때부터 지금까지 내내 그녀의 말을 신경 쓰고 있었다. 오늘뿐만이 아니었다. 이석은 그 말 이후로 지금껏, 필수 불가결 한 것을 제외하고는 위험한 사업에서 최대한 손을 떼고자 정리 중에 있었다.

　그러나 기준이 너무 모호했다. '나쁜 사람'이라는 건 도대체 어떤 거지? 여원의 눈에만 합법적이고 도의적으로 보이면 되는 것인가? 불법적인 사업에 직접적으로 관여하지만 않으면 되는 것인가?

　모간 저우의 제안을 반만 받아들인다면, 합법적인 측면에서도 얼마든지 영향력을 얻어 낼 수 있었다. 그러나 이를 과연 여원이 납득할지가 의문이었다.

 세상에 무결한 사람은 없다. 이분법적으로 생각해 본다면 일반적인 거짓말은 법적으로 문제가 되지 않으나 도의적이지 못하다. 마약은? 법적으로도 도의적으로도 문제가 된다.

 그러나 여원은 '법'과 '도의' 모두를 논했다. 그렇다면 그녀의 눈에 나쁜 사람이란, 거짓말을 하는 사람과 마약을 밀매하는 사람, 둘 다인가?

 이석은 선천적으로나 후천적으로나 선악을 잘 판단하지 못했다. 자라 온 환경 탓에 도덕성의 기준도 희미했다. 마음 같아서는 그녀를 붙잡고 이건 되는지, 이건 안 되는지, 하나하나 묻고 싶었지만 도리어 더 경멸당할 게 뻔했다. 그녀가 안 된다는 일을 모두 접는 것도 불가능한 일이고.

 '그리고 무엇보다, 하는 일이 나쁘잖아요. 난 당신이 속한 그 세계가 진저리 나게 싫어요. 법과 도덕을 지켜 가며 안전하고 무탈하게 살아가는 사람만 곁에 두고 싶다구요.'

 자신이 장명섭의 아들인 이상, 이 세계에서 완전히 빠져나올 수는 없다. 또 그러기엔 너무 깊숙이 발을 들여 버렸다. 그러나 여원의 눈에는, 적어도 그녀가 보기에는 '법과 도덕을 지켜 가며 안전하고 무탈하게' 살아가는 것처럼 가장할 수는 있었다.

 그렇게 가장이라도 하기 위해서, 위험도가 높은 굵직한 일들을 정리하고자 했던 것이었다. 만에 하나 혹시라도 일이 잘못되어 여원에게까지 피해가 가는 일이 없도록.

 물론 잘못될 리는 없을 테다. 이석은 계획이 실패하게 된다는 것을 모르는 인간이었다. 오직 그녀를 제외하고는, 그녀 하나만은 도무지 제 뜻대로…….

【장리스, 맞으시죠?】

강선영이 다가온 여자를 가볍게 막아섰다. 여자의 녹색 눈이 웃음으로 가늘어졌다. 혼혈인 듯했다.

【난챠오예요. 대부께서 보내셨어요.】

고급 콜걸인가. 이석은 건조하게 생각하며 딱히 호응하지도 제지하지도 않은 채 여자를 내려다보았다.

【가장 잘생긴 남자를 찾으면 된다기에 절 골탕 먹이시려나, 했는데. 말 그대로군요. 대단한 피지컬이에요. 멀리서부터 알았거든.】

여자가 작게 코를 훌쩍거렸다. 그녀는 나른하고 고혹적인 미소를 지으며 양손에 쥔 칵테일 잔 중 하나를 건넸다.

【왜 거기에 계속 이방인처럼 서 계시죠? 한잔하시겠어요?】

"짐은?"

이석은 시간을 확인하며 한국어로 강선영에게 물었다. 오후 9시 38분. 원래는 10시 40분까지 모간 저우의 뜻대로 천천히 둘러보다 올라갈 예정이었지만, 이석은 드물게 계획을 변경했다.

"룸에 정리해 두었습니다. 손댄 흔적은 없습니다."

"바로 올라가지."

【장리스……?】

【피곤하군. 호의를 거절해 미안하다고 대부께 전해.】

여자가 당황스러운 낯을 했다. 저어, 하고 다시금 붙잡으려 했지만 이석은 이미 등을 돌려 버린 상태였다. 강선영이 대신 여자에게 고개를 까닥여 보였다.

이석은 다른 곳은 더 둘러보지도 않은 채 바깥으로 걸음을 옮겼다. 애초부터 여자와 사적으로 어울릴 생각 같은 건 없었지만, 피곤하다는 말은 거짓이 아니었다. 여러 생각이 더께로 겹쳐서 아까부터 계속 머리가 지끈거렸다.

방이 일렬로 배치된 좁은 복도를 빠져나오는 중, 어딘가에서 와장창하는 소란이 들려왔다. 한 여자의 짧은 비명도 함께 이어졌다. 이석은 별반 신경 쓰지 않고 시계를 확인했다.

그때, 돌연 그의 바로 앞에서 문이 벌컥 열렸다. 그 안에서 옷이 반쯤 벗겨져 어깨와 가슴이 훤히 드러난 여자가 뛰쳐나왔다. 여자는 정신없이 내달리다 복도 벽에 어깨를 부딪치고 억, 하며 쓰러졌다.

수행원들이 위험에 대비해 이석의 앞을 가로막았다. 방 안에서 덩치 큰 남자 하나가 술에 취해 건들건들 걸어 나오더니, 쓰러진 여자의 머리채를 잡아 올렸다. 몇 대 얻어맞았는지 피투성이에 눈물범벅인 여자의 얼굴이 손아귀 힘에 딸려 올라갔다.

【쌍년! 짜증 나게…….】

【살려…… 으윽, 살려 주…….】

여자가 끅끅 울음을 삼켰다. 남은 시간을 계산한 이석이 그제야 고개를 들고 상황을 확인했다. 그러지 않아도 피곤한데 가는 길을 방해받으니 미묘한 짜증이 올라왔다.

【팔려 온 년이 주제 파악 좀 해. 어차피 적응해야 할 거를 여러 사람 힘 빠지게 하고 있어.】

【차, 차, 착오가 있는데, 그 돈 제가 쓴 게, 흐윽.】

이런 곳에서 심심치 않게 볼 수 있는 소란이었다. 술과 약, 도박이 있으니 당연한 이치였다. 이석의 성가신 얼굴을 본 수행원이 곧장 소리쳤다.

【이봐, 비켜! 길 막고 뭐 하는 거야.】

수행원의 말에, 여자의 머리채를 쥐고 있던 남자가 휙 고개를 들었다. 누가 감히 제게 명령을 했느냐는 듯 사납던 얼굴은 앞을 보자마자 순식간에 누그러졌다. 수행원들을 에워싸고 있는 이석이 범상치 않아 보인 까닭이었다.
　남자는 과장된 몸짓으로 어이쿠, 하며 일어서더니, 비죽비죽 웃으며 두 손을 들어 보였다.
　【제가 길을 방해했네요. 자자, 가던 길 가십쇼.】
　이석은 그들에게 제대로 눈길도 주지도 않은 채 걸음을 옮겼다. 그러나 곧이어 바닥을 기어가 앞을 가로막은 여자 때문에 다시금 이동이 막혔다. 이석은 싸늘하게 말했다.
　"치워."
　여자는 두 손을 싹싹 빌며 흐느꼈다.
　【도와주세요, 제발!】
　【비키십시오.】
　강선영이 비교적 온건하게 여자를 일으켜 세우려고 했으나, 여자는 몸에 바짝 힘을 주며 버텼다. 제대로 본 여자의 얼굴은 뺨과 눈두덩에 멍이 들고 코피가 터져 제대로 성한 구석이 없었다. 여자가 울며불며 처절하게 빌었다.
　【뭔가 오해가 있어요. 제, 제발, 제발 한 번만 도와주세요.】
　【끌어내.】
　【제발요! 제발! 아니야, 제가 빚진 게 아닌데! 전 여, 여기 올 이유가……!】
　수행원들이 여자의 팔을 붙들어 질질 끌어냈다. 여자가 몸을 마구 뒤틀며 발악을 했다. 무심히 그 옆을 지나쳐 가려는 순간, 문득 떠오른 과거의 잔상에 발이 뚝 멈추었다.

여원이 공항에서 잡혀 끌려왔던 그날. 자포자기한 얼굴과, 빛이 꺼진 눈동자와, 부어 있던 뺨과, 피가 굳은 입술……. 그의 입매가 가늘게 떨렸다.

'당신은 나쁜 사람이에요.'

또다시, 그녀였다.

여원이 수감된 후에도, 이석은 그녀의 터진 뺨을 종종 떠올리지 않을 수 없었다. 불쾌하고, 거슬렸다. 그때는 단순히 '그녀가 맞았기 때문'의 이유가 아니라고 생각했다.

단지, 부하들이 시키지도 않은 짓을 해서.

이석은 분명 공항에서 신여원을 조용히 끌고 오라고 명령했다. 손을 대도 좋다는 말 같은 건 하지 않았다. 그런데 제멋대로 그딴 일을 한 것이었다.

그게 참을 수 없이 거슬려서, 결국 이석은 그녀가 탔던 차의 블랙박스를 확인했었다.

'명기인갑지. 원래 저렇게 생긴 년들이 더 잘해.'

'야. 너 잘하냐? 잘해?'

그녀를 태웠던…….

'안 그래도 재수 없었는데, 이년. 빚더미 진 창녀 주제에 형님 옆에 꼈다고 도도한 척은 씨발.'

'본부장님은 이년 어쩌신다냐. 우리 한 번 안 주려나?'

넘어갈 수 있는 일이었다. 이 바닥에서 배신자에게 자비는 허용되지 않았으니까.

명령 이상의 짓을 한 건 분명 부하들의 잘못이었다. 하지만 부하들이 여원에게 손을 대든 욕설을 퍼붓든 신경 쓸 일이 아니었다. 오히려 자신은 그 모습을 보고 비웃어야 마땅했다.

그런데 머릿속 어딘가가 뚝 끊어진 기분이 들었다.

그녀에게 손을 댔던 새끼는 사고를 가장해서 죽였다. 구태여 그럴 필요가 없는데도, 그러지 않고서는 견딜 수가 없었다. 그럴 필요가 없는데도. 필요. 필요. 필요…….

【한 번만 도와주세요, 제발, 한 번만 확인해 주세요! 뭔가 잘못된 점이, 놔아아ㅡ!】

처절한 목소리에 상념이 무너졌다. 이석은 저도 모르게 불쑥 내뱉었다.

"놔줘."

수행원들이 곧장 손에서 힘을 풀었다. 발악하던 여자의 몸이 중심을 잃고 크게 휘청였다. 옆으로 돌아선 이석이 널브러진 여자를 내려다보았다.

만일 여원이 자신을 배신하지 않았더라면, 그녀도 저런 꼴이었을 것이다.

이미 지나간 일을, 일어나지 않은 일을 가정하는 건 쓸모없는 짓이었다. 그러나 이석은 그 가정만으로도 싸늘하게 피가 식는 듯했다. 그녀가, 그녀도……. 그는 스스로에게 짙은 혐오감을 느꼈다. 살의마저 일 정도였다.

이석은 어둑하게 가라앉은 눈을 길게 감았다가 뜨며, 건조한 목소리로 말했다.

"……상황 알아보고, 빚 있으면 갚아 줘. 여자 데리고 가."

정말이지 멍청한 수고였다. 어차피 이런 여자는 한둘이 아니고, 당장 눈앞의 일을 해결한다고 해서 별반 달라지는 것도 없었다. 그러나 이미 자신의 이따위 기행들에 대해 이성적으로 이해하는 것은 포기했다. 여원을 만난 후론 모든 것이 엉망이었다.

잠시 얼떨떨해 있던 강선영이 곧 여자에게 상황을 설명해 주었다. 말을 전해 듣는 여자의 눈이 점점 커졌다. 여자는 눈물을 뚝뚝 흘리더니, 두 손을 모은 채 안도와 감격으로 벌벌 떨었다.
【가, 감사합니다! 정말…… 우윽, 흑, 감사…….】
이석은 끝까지 듣지도 않은 채 여자를 지나쳤다.

* * *

샤워 후 수건으로 물기를 털며 나오자, 때맞추어 침대 옆 협탁에 놓인 호텔 전화기가 울렸다. 이석은 수건을 어깨에 걸치며 전화를 받았다.
─【프런트입니다. 장리스 씨 맞으십니까?】
【예.】
─【추안야오이사에서 온 전화입니다. 연결해 드릴까요?】
친절한 직원의 음성이 존재하지 않는 회사명을 언급했다. 이석은 잠깐의 침묵 끝에 대답했다.
【아니오. 나중에 개인적으로 연락하겠습니다.】
─【네, 알겠습니다. 편안한 시간 보내시기 바랍니다.】
삼진의 중국 지부에서 연락을 취해 오려는 모양인데 지금은 받고 싶지 않았다. 긴급한 연락이라면 강선영을 통해서라도 다시 올 것이다.
이석은 마저 몸과 머리카락을 말리고, 침대에 누워 눈을 감았다. 그러나 아직 이른 시각이라 잠은 오지 않았다. 몇 번 뒤척이던 그는 다시 눈을 떠서 시계를 확인했다. 오후 10시 13분. 한국 시간으로는 11시 13분이었다.

이석은 반쯤 무의식적으로 개인 폰에서 메시지 함을 들어갔다. 목록을 내리다 보니 오래지 않아 '신여원'의 이름이 나왔다. 터치하자 주고받은 메시지들이 주르륵 떴다.

[신여원 : 응응 다음 주쯤? 연락할게요~~]
[신여원 : 나 없다고 울지 말고ㅎㅎ]

그를 배신하고 해외로 뜨기 전, 여원은 출장을 간다고 거짓말을 했었다. 그녀와 주고받은 메시지도 그때가 마지막이었다. 핸드폰을 여러 번 바꾸면서도, 이석은 늘 그녀와 주고받은 문자를 복구해 놓았다. 어리석고 무익한 짓이란 걸 알면서도 그랬다.
신여원.
이석은 그녀의 이름을 입 안에서 소리 없이 발음해 보았다. 수없이 불러 본 이름인데도 낯설고 이상한 기분이 들었다. 가까이에 있음에도 불구하고, 언제나 닿을 수 없이 먼 곳에 있는 것만 같은 이름의 주인처럼.
이석은 천천히 문자를 올려 보며 그 기묘한 기분을 떨쳐 내려고 애썼다. 그러나 텍스트를 읽을수록 도리어 더해 갈 뿐이었다. 그는 문득 그녀의 목소리가 몹시 그리워졌다. 아까의 일로 마음이 너무도 불안하고 소란했다.
오른쪽 위의 통화 버튼에 손가락 끝을 가져다 댔다가, 잠깐 머뭇거렸다. 혹시라도 자고 있을까 싶어서였다. 물론 그녀의 방 불이 꺼지는 건 언제나 자정 즈음이었다.
재회한 이후론 이렇게 연락해 본 적이 없었다. 어차피 매일 아침저녁으로 만나는 것이 일상이었고, 이따금 보내는 문자엔

답장이 없었다.
 이석은 한참의 고민 끝에 통화 버튼을 눌렀다. 차가운 통화 신호음이 일정하게 울렸다.
 정확히 네 번의 신호음이 가고 나서야 그녀는 전화를 받았다.
 ─……여보세요?
 "……."
 ─여보세요?
 스피커 너머로 들려오는 그녀의 나지막한 목소리에, 얼간이처럼 심장이 뛰었다. 이석은 먼저 전화해 놓고 입술만 달싹였다. 어떻게 말을 시작해야 할지 망설여진 탓이었다.
 ─잘못 걸었어요?
 "……아냐. 내 번호 안 지웠네."
 ─4년 전 핸드폰 그대로니까요. 무슨 일 있어요?
 "무슨 일?"
 ─무슨 일 있어서 전화한 거 아니에요?
 "그냥 전화해 봤어."
 ─아, 갑자기 전화해서 무슨 일 있는 줄 알고…… 아니면 끊을게요..
 "여원아, 여원아."
 정말 매정히 끊을 기세여서 이석은 다급하게 그녀를 불렀다. 여원이 떨떠름하게 대답해 왔다.
 ─……왜요?
 "보고 싶어서 전화했어."
 ─응?
 "네가 보고 싶어서, 그래서 전화했어."

이석은 그냥 솔직하게 말했다. 잠시 침묵이 흘렀다. 다행히도 여원은 끊지 않고 대꾸해 주었다.
―어제 봤잖아요.
"그래도 보고 싶어서. 그리고 전화하는 건 오랜만이잖아."
―아……. 그러게요, 4년 만이네. 너무 오랜만이라 어색하다, 이렇게 전화하는 거…….
그래. 4년 만이었다. 이석은 어쩐지 울컥하는 기분을 간신히 내리누르며 물었다.
"뭐 하고 있었어?"
―토익 공부요.
토익 공부. 이석은 그 단어를 뇌까려 보았다. 마약, 매춘, 총기, 돈세탁, 이런 것들과는 달리 너무나 건설적이고 일상적인 그 단어에 이상하게 마음이 편안해졌다.
여원과 살 때도 그랬다. 바깥에서 온갖 더러운 꼴을 다 보고 와도, 그녀가 있는 오피스텔에만 들어오면 모든 게 나아지는 느낌이었다. 비록 그게 턱없이 일상적이고 보잘것없는 일에 불과하더라도.
그녀는 둘러싼 모든 것들을 보다 더 괜찮게 만드는 데에 소질이 있었다. 자신은 지독히도 인정하지 않으려 했었지만.
"나 영어 잘해."
―자랑하는 거예요?
"중국어도 잘해."
―참 나.
"그러니까 과외 선생 필요하면 말해."
―…….

"무료 강의야."

여원은 의아함인지 우스움인지 빈정거림인지 모를 모호한 어조로 중얼거렸다.

―다시 만난 후로 당신이 이상하지 않은 날이 없지만…….

"없지만?"

―오늘은 좀 더 이상하네요. 특히.

"피곤해서 그래. 그래서 네 목소리가 듣고 싶었어."

―요즘 무료 인터넷 강의 잘 돼 있어요. 환급 반도 있고. 강의를 꾸준히 듣고 일정 이상 점수를 받으면 돈을 돌려주는 거예요.

"그러면 남는 게 있나?"

―대부분이 환급 못 받을걸요. 꾸준히 무언가를 한다는 거, 생각보다 훨씬 어려워서.

"너는 환급 반이야?"

―그냥 무료 인터넷 강의. 그것도 퀄리티가 꽤 괜찮아요.

"무료 인터넷 강의가 나 같은 사람 일자리를 막는군."

―과외 일자리?

여원이 기가 찬다는 듯 웃었다. 그 별다를 것 없는 웃음이, 하다못해 기쁨이나 행복을 터트리며 나온 소리도 아닌 것이, 그의 가슴 언저리에 이슬처럼 떨어졌다. 이어 작은 파동이 뒤따랐다.

이석은 이 느낌을 잘 알고 있었다. 늘 그가 지독하게 꺼려 하던 감각이다.

어느 예기치 못한 순간에 기어코 그를 무너뜨리려는…… 일종의 침입. 그런 종류였다. 그러나 그녀를 두고 그의 침략자라 칭하는 것도 우스울 테다. 그녀는 그저 거기에 있을 뿐인데, 저

홀로 다가가고 또 무너지는 것이니까.
―이석 씨는 과외 일 하면 굶어 죽을 거예요.
"누군갈 가르치는 것에 재주가 없긴 해."
―아니다, 굶어 죽진 않겠다. 얼굴만 보고 신청하는 학생들이 있을 수도 있어요. 어쩌면 꽤 많이?
"뭐?"
―잘생기긴 했으니까, 당신이.
지겹게 들어온 이야기였지만, 그녀에게서 저런 소리를 들으니 감회가 남달랐다. 외모만으로 다시 네 마음을 얻을 수는 없는 거냐 물음이 목 끝까지 차올랐으나 애써 삼켜 냈다. 이따위 멍청한 소릴 했다간 당장에 전화가 끊길 것 같았다.
"그래. 그러니까 날 과외 선생으로 고용해."
―뭐래…….
"성심으로 가르칠게."
―이석 씨 혹시, 마카오에서 독 주워 먹은 거 아니에요?
"그냥 네가 보고 싶어서 그래."
―아니면 누가 머리를…… 둔기로 세게 때렸어요?
"꼭 그러길 바라는 거 같다."
―뭐……. 4년 동안은 못 봐서 어떻게 살았대.
"죽는 줄 알았지."
―…….
"……."
―……끊어도 돼요?
"아니, 안 돼."
―생각해 보니까 내가 왜 허락을 받지? 끊을게요.

뚝. 미련 없이 통화가 끊겼다. 이석은 끊긴 전화를 얼마간 붙들고 있다가, 믿을 수 없다는 얼굴로 화면을 확인했다. 정말 끊었다. 메인으로 돌아온 휴대폰 액정 위로 허망한 시선이 떨어졌다.

이석은 간신히 미련을 떨쳐 내고 폰을 협탁 위에 두었다. 스탠드를 끄고 침대에 눕자, 잠 못 들던 아까보다 훨씬 편안해진 기분이 들었다. 그는 그녀의 목소리를 곱씹으며 천천히 눈을 감았다.

2권에서 계속

혼자 걷는 새 1

| | |
|---|---|
| **초판 1쇄 발행** | 2024년 12월 27일 |
| **글** | 서사희 |
| **발행인** | 신승한 |
| **표지 디자인** | 장지연 |
| **편집 디자인** | 장지연 |
| **교정·교열** | 봉하연 |
| **기획** | 김다혜, 이경미 |
| **발행처** | 주식회사 영컴 |
| **주소** | 08390 서울시 구로구 디지털로 32길 30 (구로3동 222-7) 코오롱디지털타워빌란트 902호 |
| **전화** | 02-6335-1750 |
| **팩스** | 02-866-1746 |
| **등록일** | 2018년 7월 9일 |
| **등록번호** | 제 25100-2018-000049호 |
| **ISBN** | 979-11-6779-494-9 04810 |
| | 979-11-6779-493-2 (세트) |

www.iyoungcom.com

ⓒ 2024 서사희
이 책의 저작권은 서사희에게 있으며, 출판권은 주식회사 영컴에 있으므로 본 책자의 전재 또는 부분을 복제, 복사하거나 전파, 전산장치에 저장하는 것은 법으로 금지되어 있습니다.

**잘못된 책은 바꾸어 드립니다.**